悪魔の紋章

江戸川乱歩

春陽堂

目次

悪魔の紋章

劈頭《へきとう》の犠牲者

法医学界の一権威宗像《むねかた》隆一郎《りゅういちろう》博士が、丸《まる》の内《うち》のビルディングに宗像研究所を設け、犯罪事件の研究と探偵の事業を始めてからもう数年になる。

同研究室は、普通の民間探偵とは違い、その筋でもてこずるほどの難事件でなければ、決して手を染めようとはしなかった。いわゆる「迷宮入り」の事件こそ、同研究室のもっとも歓迎する研究題目であった。宗像博士は、研究室開設第一年にして、すでに二つの難事件を見事に解決し、一躍その名声を高め、爾来《じらい》年ごとに著名の難事件を処理して、現在では、名探偵といえば、明智小五郎《あけちこごろう》か宗像隆一郎かというほどに、世に知られていた。

天才明智は、その生活ぶりが飄々《ひょうひょう》としていて、何となくとらえどころがなく、気にいった事件があれば、支那《シナ》へでも、印度《インド》へでも、気軽に飛び出して行って、事務所を留守にすることの多いのに反して、宗像博士の方は、明智のような天才的なところはなかったけれど、あくまで堅実で、科学的で、東京を中心とする事件に限って手がけるという、実際的なやり方であったから、期せずして市民の信頼を博し、警視庁でも、難事件が起ると、一応はかならず宗像研究室の意見を徴《ちょう》するというほどになっていた。

　事務所なども、明智の方は住宅兼用の書生流儀であったのに反して、宗像博士は、家庭生活と仕事とをハッキリ区別して、郊外の住宅から毎日研究室へ通い、博士夫人などは一度も研究室へ顔出しをしたことがなく、又研究室の二人の若い助手は、一度も博士の自宅をたずねたことがないという、厳格きわまるやり口であった。

　丸の内の一郭《いっかく》、赤煉瓦《あかれんが》貸事務所街のとある入口に、宗像研究室の真鍮《しんちゅう》看板が光っている。赤煉瓦建ての一階三室が博士の探偵事務所なのだ。

　今、その事務所の石段を、這《は》うようにして上って行く、一人の若い背広服の男がある。二十七、八歳であろうか、その辺のサラリー・マンと別に変わったところも見えぬが、ただ異様なのは、トントンと駆け上がるべき石段を、まるで爬虫類《はちゅうるい》でもあるように、ヨタヨタと這い上がっていることである。急病でも起こしたのであろうか、顔色は土のように青ざめ、額《ひたい》から鼻の頭にかけて、脂汗《あぶらあせ》が玉をなして吹き出している。

　彼はハッハッと、さも苦しげな息をはきながら、やっと石段を昇り、開いたままのドアを通って一室にたどりつくと、入口のガラス張りのドアに、身体《からだ》をぶっつけるようにして、室内にころがり込んだ。

　そこは、宗像博士の依頼者接見室で、三方の壁の書棚《しょだな》には博士の博識を物語るかのごとく、内外の書籍がギッシリと詰まっている。室の中央には畳一畳敷ほどの大きな彫刻つきのデスクが置かれ、それを囲んで、やはり古風な彫刻のある肘掛椅子が並んでいる。

「先生、先生はどこです。ああ苦しい。苦しい。早く、先生……」

若い男は床の上に倒れたまま、あえぎあえぎ、精いっぱいの声をふりしぼって叫んだ。

すると、唯《ただ》ならぬ物音と叫び声に驚いたのであろう、隣の実験室へ通じるドアが開いて、一人の男が顔を出した。これも三十歳ほどに見える若い事務員風の洋服男である。

「おやッ、木島《きじま》君じゃないか。どうしたんだ、その顔色は？」

彼はいきなり室内に駈け込んで、若者を抱き起こした。

「ああ、小池《こいけ》か。せ、先生は？……早く会いたい。重大事件だ……ひ、人が殺される……今夜だ。今夜殺人が行われる。ああ、恐ろしい。……せ、先生に……」

「なに、殺人だって？　今夜だって？　君はどうしてそれがわかったのだ。いったい、誰が殺されるんだ」

小池と呼ばれた若者は、顔色を変えて木島の気違いめいた目を見つめた。

「川手《かわて》の娘だ……その次は親爺《おやじ》の番だ。みんな、みんなやられるんだ……せ、先生は？早く先生にこれを……この中にすっかり書いてある。それを先生に……」

彼はもがくようにして、胸のポケットを探ると、一通の厚ぼったい洋封筒を取り出して、やっとの思いで、大デスクの端にのせた。そして、次には同じポケットから、何かしら四角な小さい紙包みをつかみ出し、さも大切そうに握りしめている。

「先生は今不在だよ。三十分もすればお帰りになるはずだ。それよりも、君はひどく苦しそうじゃないか。どうしたというんだ」

「あいつに、やられたんだ。毒薬だ。ああ、苦しい。水を、水を……」

小池は隣室へ飛んで行って、化学実験用のビーカーに水を入れて帰って来ると、病人をかかえるようにして、それを飲ませてやった。

「しっかりしろ。今医者を呼んでやるから」

彼は又病人のそばを離れて、卓上電話にしがみつくと、附近の医院へ至急来診を頼んだ。

「すぐ来るって。ちょっとの間我慢しろ。だが、いったい誰にやられたんだ。誰が君に毒なんか飲ませたんだ」

木島はなかば白くなった目を見はって、ゾッとするような恐怖の表情を示した。

「あいつだ……三重《さんじゅう》の渦巻《うずまき》だ……ここに証拠がある……こいつが殺人鬼だ。ああ、恐ろしい」

彼は歯を喰いしばって、もがき苦しみながら、右手に握った小さな紙包みを示した。

「よし、わかった。この中に犯人の手掛かりがあるんだな。しかし、そいつの名は？」

だが、木島は答えなかった。もう両眼の虹彩《こうさい》が上瞼《うわまぶた》に隠れてしまっていた。

「オイ、木島君、木島君、しっかりしろ。名だ、そいつの名をいうんだ」

いくらゆすぶっても、木島の身体は水母《くらげ》のように手応えがなかった。

かわいそうに、宗像研究室の若き助手木島は、捜査事業の犠牲となって、ついに無残な最期をとげたのであった。

五分ほどすると、附近の医師が来診したが、もはや脈搏《みやくはく》も鼓動も止まった木島を、どうすることも出来なかった。

待ちかねた宗像博士が研究室に帰って来たのは、それから四十分ほどのちであった。

博士は見たところ四十五、六歳、黒々とした頭髪を耳の辺で房《ふさ》のように縮らせ、ピンとはねた小さな口髭《くちひげ》、学者くさく三角に刈った濃い顎髯《あごひげ》、何物をも見とおす鷲《わし》のような鋭い目には、黒鼈甲縁《くろべっこうぶち》のロイド眼鏡《めがね》をかけ、大柄なガッシリした身体を、折目正しい夏のモーニングに包んで、少し反《そ》り身になって、大股《おおまた》に歩《ほ》を選ぶところ、いかにも帝政ドイツ時代の医学博士という趣《おもむき》であった。

博士は小池助手からことの次第を聞き取ると、痛ましげに愛弟子《まなでし》のなきがらを見おろしながら、

「実に気の毒なことをした。木島君の家へ知らせたかね」

と、小池助手に尋ねた。

「電報を打ちました。やがてかけつけて来るでしょう。それから警視庁へも電話しました。中村《なかむら》さん驚いてました。すぐ来るということでした」

「ウン、中村君も僕も、川手の事件がこんなことになろうとは、想像もしていなかったからね。中村君なんか、被害妄想《もうそう》だろうって取り合わなかったくらいだ。それが、木島君がこんな目にあうほどでは、よほど大物らしいね」

「木島君は、何だか非常にこわがっていました。恐ろしい、恐ろしいといいつづけて死んで行きました」

「ウン、そうだろう。予告して殺人をするくらいのやつだから、よほど兇悪《きょうあく》な犯人に違いない。小池君、ほかの事件はほっておいて、今日からこの事件に全力を尽くそう。木島君の敵討《かたきう》ちをしなけりゃならないからね」

話しているところへ、あわただしい靴音がして、警視庁の中村捜査係長がはいって来た。鼠色《ねずみいろ》の背広姿である。

彼は木島の死体を見ると、帽子をとって黙礼したが、驚きの表情を隠しもせず、宗像博士をかえりみていった。

「こんなことになろうとは思いもよらなかった。油断でした。あなたの部下をこんな目に合わせて実に何とも申し訳ありません」

「いや、それはお互いです。僕だって、これほどの相手と思えば、木島君一人にまかせてなんぞおかなかったでしょうからね」

「電話の話では、木島君は何か犯人の手掛かりを持って帰ったということでしたが」

係長が小池助手を振り返った。

「ええ、これです。この封筒の中にくわしく報告を書いておいたといっていました」

小池が大デスクの上の例の洋封筒を取って差し出すのを、宗像博士が受け取って、裏表を調べながらつぶやいた。

「おや、この封筒は銀座のアトランチスの封筒じゃないか。すると、木島君はあのカフェで、用箋と封筒を借りて、これを書いたんだな」

いかにも、封筒のすみに、カフェ・アトランチスの名が印刷されていた。

博士は卓上の鋏《はさみ》を取って、丁寧に封筒の端を切ると、厚ぼったい書翰箋《しょかんせん》を抜き出して、開いて見た。

「オイ、小池君、確かにこれに違いないね？　君は何か思い違いをしてやしないかね。それとも木島君が倒れてから、この部屋にはいったものはなかったかね」

博士が妙な顔をして、小池助手にただした。

「いいえ、僕は一歩もこの部屋を出ませんでした。誰も来たものなぞありません。どうかしたのですか。その封筒は確かに木島君が内ポケットから出して、そこへ置いたままなんです」

「見たまえ、これだ」

博士は用箋を中村係長と小池助手の前に差し出して、パラパラとめくって見せたが、不思議なことに、それはただの白紙の束《たば》に過ぎなかった。文字なぞ一字も書いてはないのだ。

「変だなあ、まさか木島君が、白紙を封筒に入れて、大切そうに持ってくるわけはないが」

中村氏が、狐《きつね》につままれたような顔をした。

宗像博士は、唇《くちびる》を嚙《か》んでしばらく黙っていたが、突然、白紙の束を紙屑籠《かみくずかご》に投げいれると、決定的な口調でいった。

「小池君、すぐアトランチスへ行って、木島君が用箋と封筒を借りたあとで、誰かと話をしなかったか、同じテーブルに胡乱《うろん》なやつがいなかったか調べてくれたまえ。そいつが犯人か、少くとも犯人の相棒に違いない。木島君の油断している隙《すき》に、報告書のはいった封筒と、この白紙の封筒とすりかえたんだ。毒を飲ませたのも、同じやつかも知れない。出来るだけ詳細に調べてくれたまえ」

「承知しました。しかし、もう一つ、木島君が持って来たものがあるんです。死体の右手をごらん下さい。そこにつかんでいるものは、よほど大切な証拠品らしいんです。……では僕、失礼します」

小池助手はテキパキといい捨てて、帽子をつかむと、いきなり外へ飛び出して行った。

三重渦状紋《かじょうもん》

小池助手を見送ると、宗像博士は死体の上にかがんで、その手を調べた。小さな紙包みを握っている。死んでもこれだけは手放すまいとするかのごとく、固く固く握りしめている。博士は死人の指を一本一本引きはなして、やっとそれをもぎ取ることが出来た。

何か小さな板切れのようなものが、丁寧にいく重にも紙を巻いて、紐《ひも》でくくってある。博士は隣の実験室から、一枚のガラス板を持って来て、紙包みをその上に載せ、なるべくそれに手をふれないように、ナイフとピンセットを使って、紐を切り、紙を解いて行った。

博士も無言、それをじっと見つめている捜査係長も無言、ただ時々ナイフやピンセットがガラス板にふれて、カチカチと小さな音をたてるばかり、まるで、手術室のような薄気味わるい静けさであった。

「なあんだ、靴篦《くつべら》じゃありませんか」

中村係長が頓狂《とんきょう》な声を出した。いかにも紙包みの品物は、一枚の小型の象牙色《ぞうげいろ》をしたセルロイド製のありふれた靴篦である。

木島助手は気でも違ったのであろうか。封筒の中へ大切そうに白紙の束を入れていたかと思うと、今度は御丁寧な靴篦の紙包みだ。いったいこんなものに何の意味があるというのだろう。

しかし、博士は別に意外らしい様子もなく、さも大切そうに、その靴篦の端をソッとつまむと、窓からの光線にすかして見たが、その時分にはもう、窓の外に夕闇が迫っていて、充分調べることが出来なかったので、部屋の隅《すみ》のスイッチを押して電燈をつけ、その光の下で、靴篦を入念に検査した。

「指紋ですか」

中村係長が、やっとそこへ気がついて尋ねた。

「そうです。しかし……」

博士は吸いつけられたように靴篦の表面に見入って、振り向こうともしないのである。

「外側の指紋は皆重なり合っていて、はっきりしないが、内側に一つだけ、非常に明《めい》瞭《りょう》なやつがある。拇指《おやゆび》の指紋らしい。おや、これは不思議だ。中村君、実に妙な指紋ですよ。僕はこんな不思議な指紋を見たことがない。まるでお化けだ。それとも僕の目がどうかしているのかしら」

「どれです」

中村氏が近づいて、博士の手元をのぞき込んだ。

「ほら、こいつですよ。すかしてごらんなさい。完全な指紋でしょう。別に重なりあってはいない。しかし、ほら、渦巻が三つもあるじゃありませんか」

「そういえば、なるほど、妙な指紋らしいが、このままじゃ、よく見分けられませんね」

「拡大して見ましょう。こちらへ来て下さい」

博士は靴箆を持って、先に立って、隣の実験室へはいって行った。中村係長もそのあとにつづく。十坪ほどの部屋である。一方の窓に面して大きな白木の化学実験台があり、その上に大小様々のガラス器具、顕微鏡などが置かれ、一方にはおびただしい瓶《びん》の並んだ薬品棚が立っている。化学実験室と調剤室とをいっしょにしたようなながめだ。

又別の隅には、大型写真器、紫外線、赤外線、レントゲンの機械までそろっている。それらの間に黒い幻燈器械の箱が、頑丈な三脚にのせて置いてある。実物幻燈器械なのだ。これによって指紋は元より、あらゆる微細な品物を拡大して、スクリーン上にうつし出すことが出来る。指紋は紙や板に捺《お》されたものと限らない。ガラス瓶であろうが、ドアの把手《とって》であろうが、コップであろうが、ピストルであろうが、それらの実物の指紋の部分を、ただちに拡大して映写することが出来る。博士自慢の装置である。

中村捜査係長は、この部屋へはたびたびはいったことがあるのだが、はいるたびごとに、まるで警視庁の鑑識課をそのまま縮小したようだと感じないではいられなかった。いや、この部屋には鑑識課にもないような、宗像博士創案の奇妙な器械も少なくはないのだ。

博士はまず靴箆を実験台の上に置いて、指紋の部分に黒色粉末を塗り、隆線《りゅうせん》を黒く染めてから窓の紐を引いて厚い黒繻子《くろじゅす》のカーテンを閉め、部屋を暗室にすると、幻燈内の電燈を点火し、靴箆を器械に挿入《そうにゅう》して、ピントを合わせた。

たちまち部屋の一方の壁のスクリーン上に、巨大な指紋の幻燈がうつし出された。五分にも足らぬ拇指の指紋が、三尺四方ほどに拡大され、指紋の隆線の一本一本が黒い紐のように渦巻いている。

博士も係長も、暗闇の中でじっとそれを見つめたまま、しばらくは口をきくことさえ出来なかった。二人とも、指紋ではなくて、何かしらえたいの知れぬ化物ににらみつけられているような、不思議な気味わるさを感じたからだ。

ああ、何という奇怪な指紋であろう。一箇の指紋に三つの渦巻があるのだ。大小二つの渦巻が上部に並び、その下に横に長い渦巻がある。じっと見ていると、異様な生きものの顔のように見えて来る。上部の二つの渦巻は怪物の目玉、その下の渦巻はニヤニヤと笑った口である。

「中村君、こんな指紋を見たことがありますか」

闇の中から、博士の低い声が尋ねた。

「ありませんね。僕も相当いろいろな指紋を見ていますが、こんな変なやつに出くわしたことがありません。指紋の分類では変態紋《へんたいもん》に属するのでしょうね。渦巻が二つ抱き合っているのは、たまに出くわしますが、渦巻が三つもあって、こんなお化けみたいな顔をしているやつは、まったく例がありません。三重渦状紋とでもいうのでしょうか」

「いかにも、三重渦状紋に違いない。これはもう隆線を数えるまでもありませんよ。一《ひ》と目《め》でわかる。広い世間に、こんな妙な指紋を持った人間は二人とあるまいからね」

「こしらえたものじゃないでしょうね」

「いや、こしらえたものでは、こんなうまくいきませんよ。このくらいに拡大して見れば、こしらえものなれば、どこか不自然なところがあって、じき見破ることが出来るのですが、これには少しも不自然な点がない」

そして、闇の中の二人は、目と口のある巨大な指紋に圧迫されたかのごとく、又黙り込んでしまった。

しばらくして、中村係長の声。

「それにしても、木島君は、この妙な指紋をどうして手に入れたのでしょう。この靴篦が犯人の持物とすれば、木島君は犯人に会っているわけですね。直接犯人から掠《かす》めて来たものじゃないでしょうか」

「そうとしか考えられません」

「残念なことをしたなあ。木島君さえ生きていてくれたら、やすやすと犯人をとらえることが出来たかも知れないのに」

「犯人はそれを恐れたから、先手を打って毒をのませ、その上報告書まで抜き取ってしまったのです。実に抜け目のないやつだ。中村君、これはよほど大物ですよ」

「あの強情な木島君が、恐ろしい恐ろしいと云いつづけていたそうですからね」

「そうです。木島君は、そんな弱音をはくような男じゃなかった。それだけに、僕らはよほど用心しなけりゃいけない……川手の家は、あなたの方から手配がしてありますか」

博士は心配らしく、せかせか尋ねた。

「いや、何もしておりません。今日まで川手の訴えを本気に受け取っていなかったのです。しかしこうなれば、捨ててはおけません」

「すぐ手配して下さい。木島君をこんな目に合わせたからは、犯人の方でも事を急ぐに違いない。一刻を争う問題です」

「おっしゃるまでもありません。今からすぐ帰って手配をします。今夜は川手の家へ三人ばかり私服をやって、厳重に警戒させましょう」

「是非そうして下さい。僕も行くといいんだけれど、死骸《しがい》をほっておくわけにいきません。僕は明日の朝、川手氏を訪問してみましょう」

「じゃ急ぎますから、これで」

中村係長はいい捨てて、あたふたと夕闇の街路へかけ出して行った。

あとに残った宗像博士は、幻燈の始末をすると、指紋の靴篦をガラスの容器にいれて、鋼鉄製の書類入れの抽斗《ひきだし》におさめ、厳重に鍵をかけた。次の間には、部下の無残な死体が、元のままの姿で横たわっている。今に家族のものがかけつけて来るであろう。又検事局から検死の一行も来るであろう。しかし、それを待つあいだ、このままの姿ではかわいそうだ。

博士は奥の部屋から一枚の白布を探し出して来て、黙禱《もくとう》しながら、それをフワリと死体の上に着せてやった。

生ける蠟人形《ろうにんぎょう》

H製糖株式会社取締役川手庄太郎《しょうたろう》氏は、ここ一カ月ほど前から、差出人不明の脅迫状に悩まされていた。

「拙者《せっしゃ》は貴殿に深き恨みをいだくものである。長の年月を、拙者は、ただ貴殿への復《ふく》讐《しゅう》準備のために費《つい》やして来た。今や準備はまったく整った。いよいよ恨みをはらす時が来たのだ。貴殿一家は間もなくみな殺しにあうであろう。一人ずつ、一人ずつ、次々と世にもいまわしき最期をとげるであろう」

という意味の手紙が、毎日のように配達された。一通ごとに筆蹟《ひっせき》が違っていた。ひどく下手な乱暴な書体であった。差出局の消印もそのたびごとに違っていたし、封筒も用箋ももっともありふれた安物で、まったく差出人の所在をつきとめる手掛かりがなかった。

脅迫は必ずしも手紙ばかりではなかった、ある時は電話口にえたいの知れぬ声が響いた。

「川手君、久しぶりだなあ、僕の声がわかるかね、ホホホホホホ。君には美しい娘さんが二人あるねえ。僕はね、まず手初めに、その娘さんの方から片づけることにきめているんだよ。ホホホホホホ」

非常にやさしい鼻声であった。おそらく電話口で鼻をおさえて物をいっていたのであろう。彼は一《ひ》と言《こと》しゃべるたびに、ホホホホホホと女のように笑ったが、その奇妙な笑い声が川手氏を心から震い上がらせてしまった。

むろん声には聞き覚えがなかった。局に問い合わせてみると、公衆電話からという答えで、やっぱり相手の正体をつかむ手掛かりがなかった。

川手氏は今年四十七歳、無一文から現在の資産を築き上げた人物だけに、事業上の敵などは数知れずあったし、事業以外の関係でも、ずいぶんむごたらしい目にあわせた相手がないではなかった。だが、それらの記憶を一つ一つたどってみても、今度の脅迫者を探しあてることは出来なかった。

「もしやあれでは？」

と思われるのが一、二ないではなかったけれど、それらの相手は皆死んでしまっているし、子孫とても残っていないことがわかっていた。いくら考えても脅迫者の素性《すじよう》がわからぬだけに、一そう不気味であった。前半生にいじめ抜いた相手が、怨霊《おんりよう》となって彼の身辺にさまよっているような、何ともいえぬ恐怖を感じないではいられなかった。

川手氏はついにたまらなくなって、このことを警視庁に訴え出た。だが警視庁では、所轄《しよかつ》警察署へよく話しておくからというような返事をしたまま、いっこう取り合ってくれないので、次には民間探偵を物色し、まず明智小五郎の事務所へ使いを出したが、明智氏はある重大犯罪事件のために、朝鮮《ちょうせん》に出張中で、急に帰らないという返事であった。そこで、今度は明智探偵と並び称せられる宗像博士に犯人捜査を依頼したところ、博士の助手の木島という若い探偵がたずねて来て、一伍一什《いちぶしじゅう》を聞き取った上捜査に着手したのであった。

それから十日あまりの昨夜、川手氏は突然中村捜査係長の訪問を受け、宗像探偵事務所の木島助手変死の次第を聞かされ、いまさらのように震え上がった。

そして、その夜は三名の私服刑事が、徹宵《てつしょう》、邸《やしき》の内外の見張りをしてくれることになったが、しかし、この警視庁の好意はもう手おくれであった。

夕刻から友達を訪問するといって出かけた次女の雪子《ゆきこ》さんが、十時を過ぎ十一時を過ぎ、深夜となっても帰らなかった。友達の家はもとより、心当たりという心当たりを電話や使いで探し廻ったが、友達の家を辞去したのが八時頃とわかったばかりで、その後の消息は杳《よう》として知れなかった。

不安の一夜が明けて翌朝、麻布《あざぶ》区の高台にある川手邸は、急を聞いて馳《は》せつけた親戚知己《ちき》の人々で、広い邸内も一方ならぬ混雑を呈していたが、その中に、第一号応接室の洋間には、中村捜査係長と宗像博士と主人川手庄太郎氏の三人が、青ざめた顔を見合わせて、善後の処置を協議していた。係長と博士とは、事件の報告を受けると、取るものも取りあえず、早朝から川手邸を訪問したのである。

川手氏は半白の頭髪を五分刈りにして、半白の口髭をたくわえ、濃い眉、大きな目、デップリと太った、いかにも重役型の紳士であったが、いつも艶々《つやつや》と赤らんでいる豊頬《ほうきょう》も、今日は色を失っているように見えた。

同氏は、一年ほど前夫人に先立たれたまま、後添《のちぞ》いも娶《めと》らず、二人の娘と水入らずの家庭を楽しんでいたのだが、その愛嬢の一人が、何者とも知れぬ殺人鬼の手中に奪い去られたかと思うと、さすがの川手氏も狼狽《ろうばい》しないではいられなかった。

川手氏と宗像博士は初対面であった。川手氏は、木島助手の変死の悔《くや》みをのべ、遺族に対して出来るだけのことをしたいと申し出で、博士の方では、この重大事件を、助手にまかせておいた手落ちを詫《わ》びた。

「うけたまわると、犯人は妙な三重の渦巻の指紋を持ったやつだということですが……」

川手氏はそれを聞き知っていた。

「そうです、三つの渦巻が上に二つ、下に一つと、三角型に重なっているのです。もしや、古いお知り合いに、そんな指紋を持っている人物のお心当たりはないでしょうか」

博士が尋ねると、川手氏は頭を振って、

「それがまったく心当たりがないのです。指紋などというやつは、いくら親しくつき合っていても、気のつかぬ場合が多いものですからね」

「しかし、これほどの復讐をくわだてるのですから、あなたによほど深い恨みを持っているやつに違いありません。そういう点で、何かお心当たりがなければならないと思うのですが」

宗像博士は、やはり少し青ざめた顔をして、じっと川手氏を見た。そこから、この資産家の旧悪を探り出そうとするように、鋭い目で相手の表情を見つめた。

「いや、そりゃ、わたしを恨んでいる人間がないとは申しません。しかし、これほどの復讐を受ける覚えはないのです」

川手氏は、博士の疑い深い質問に、少し怒りをあらわして答えた。

「ですがね、恨みというやつは、恨まれる方ではさほどに思わなくても、恨む側には何層倍も強く感じられる場合が、往々あるものですからね」

「なるほど、そういうこともあるでしょうね。さすがが、御商売がら、犯罪者の気持はよく御承知でいらっしゃる。しかし、わたしには、どう考えてみても、そんな心当たりはありませんね」

川手氏はますます不快らしくいい放った。

「あなたの方にお心当たりがないとしますと、例の指紋が、今のところ、唯一の手掛かりですね。実はゆうべのうちに、警視庁の指紋原紙を充分調べさせたのですが、十五年勤続の指紋主任も、三重の渦状紋なんて見たことも聞いたこともない。指紋原紙のうちには、むろんそんなものはないということでした」

「ばけものだ」

宗像博士が、何か意味ありげに、低い声でつぶやいた。それを聞くと、川手氏はおびえたように、キョロキョロあたりを見廻した。

さりげなくよそおっているけれども、心の底では、何者か思い当たる人物があるらしく見える。

「中村さん、宗像さんも、何とかして娘を取り戻して下さるわけにはいかんでしょうか。費用はいくらかかっても、すっかりわたしが負担します。懸賞をつけてもよろしい。そうだ、犯人を発見し、娘を取り返して下さった方には、(注1)五千円の賞金をかけましょう。警察の方でも、民間の方でもかまいません。娘を安全に取り戻して下さればいいのです。わたしは一秒でもはやく娘の無事な顔が見たいのです」

川手氏は感情のはげしい性格と見えて、しゃべっているうちにだんだん興奮して、ついには半狂乱の体《てい》であった。

「なるほど、懸賞とはよい思いつきですが、悪くすると手おくれかもしれませんね……僕はさっきからあの窓の下に落ちている封筒が気になって仕方がないのだが……」

宗像博士は一方の窓の下の床を、意味ありげに見つめながら、独言《ひとりごと》のようにいった。

その声に、何かゾッとさせるような響きがこもっていたので、あとの二人は驚いて、その方へ目をやった。いかにも一通の洋封筒が落ちている。

それをひと目みると、川手氏の顔色がサッと変わった。

「おや、おかしいぞ、つい今し方まで、あんなものは落ちていなかったのですよ。それに、わたしの家には、あんな型の封筒はなかったはずだ」

といいながら、ツカツカと窓のそばへ立って行って、その封筒を拾い上げ、気味わるそうにながめていたが、いきなり呼鈴《よびりん》を押して女中を呼んだ。

「お前、今朝ここを掃除したんだね。この窓の下にこんなものが落ちてたんだが」

女中が顔を出すと、川手氏は叱りつけるように聞きただした。

「いいえ、あの、わたくし、充分注意して掃除しましたけれど、何も落ちてなんかいませんでございました」

「確かかね」

「ええ、ほんとうに何も……」

若い女中は、いかめしい二人の客の姿におびえて頬を赤らめながら、しかし、キッパリと答えた。

「誰かが、窓の外から投げ込んで行ったのではありませんか」

中村警部が不安らしく瞬《また》きながらいった。

「いや、そんなはずはありません。ごらんの通りこちら側の窓は閉めきってあります。封筒をさし入れるような隙間もありません。それに、この外は内庭ですから、家のものしか通ることは出来ないのです」

川手氏は魔術でも見たように、おびえきっていた。

「封筒がここへはいって来た経路はともかくとして、中身を改めてみようじゃありませんか」

宗像博士は一人冷静であった。

「お調べ下さい」

川手氏は、自ら開封する勇気がなく、封筒を博士の方へさし出した。博士は受け取って、注意深く封を開き、一枚の用箋をひろげた。

「おや、これは何の意味でしょう」

そこには、ただ、五文字、

衛生展覧会

と記してあるばかり、さすがの博士も、その意味を解しかねたように見えた。

「おお、いつもの封筒です。いつもの用箋です。犯人からの通信に違いありません」

川手氏が、やっと気づいたように叫んだ。

「犯人の手紙ですって、それじゃこれは……」

「中村君、行ってみよう。これからすぐ行ってみよう」

博士は何思ったのか、中村警部の腕を取らんばかりにして、あわただしくうながすのだ。

「行くって、どこです」

「きまっているじゃないか。衛生展覧会へですよ」

「しかし、衛生展覧会なんて、どこに開かれているんです」

「U公園の科学陳列館さ、僕は、あすこの役員になっているので、それを知っているんだが、今衛生展覧会というのが開かれているはずなんです。さあ、すぐに行ってみましょう」

中村係長にも、おぼろげに博士の考えがわかって来た。この素人《しろうと》探偵は何という恐ろしいことを考えているのだろうと、ほとんどあっけにとられるほどであった。ともかくぐずぐずしている場合でないと思ったので、博士とともに、門前に待たせてあった警視庁の自動車に乗り込んで、U公園の科学陳列館へ走らせた。

川手氏は両人の気違いめいた出発を、あっけにとられてながめていたが、雪子の行方不明と衛生展覧会とを、どう考えても結びつけることが出来ず、しかし、わからないだけに何ともえたいの知れぬ気味わるさが、黒雲のように心中にわき起こって来て、不安と焦慮《しょうりょ》に、いてもたってもいられぬ心持であった。

自動車が科学陳列館へ着くと、宗像博士と中村捜査係長とは、陳列館の主任に事情を話し、その案内で、三階全体をしめる衛生展覧会へ、あわただしく昇って行った。

早朝のこととて、広い場内には、観覧者の姿もなく、コンクリートの柱、磨き上げたリノリューム、そこに並べられた大小様々のガラス張りの陳列台が、まるで水の底に沈んでいるようにひえびえと静まり返っていた。

場内の一半《いっぱん》には医療器械、一半には奇怪な解剖模型や、義手義足や、疾病《しっぺい》模型の蠟人形などが陳列してある。三人はそれらの陳列棚の間を、グルグルと忙しく歩き廻った。

毒々しい赤と青で塗られた、四斗樽《しとだる》ほどもある心臓模型、太い血管で血走ったフットボールほどの眼球模型、無数の蚕《かいこ》がはい廻っているような脳髄《のうずい》模型、等身大《とうしんだい》の蠟人形を韓竹割《からたけわり》にした内臓模型、長く見つめていると吐き気を催すような、それらのまがまがしい蠟細工の間を、三人は傍目《わきめ》もふらず歩いて行く。目ざすところは、疾病模型の蠟人形なのだ。

何々ドラッグ商会の例の不気味な蠟人形は、もともと衛生展覧会などの蠟人形の効果から思いついたのであった。疾病の蠟人形というものには、それほどのスリルがあるのだ。恐ろしい病毒の吹出物、ニコチンやアルコールの中毒で、黄色くふくれ上がった心臓の模型などは、健康者をたちまち病人にしてしまうほどの、恐ろしい心理的効果を持っている。

それらの陳列棚の中に、ひときわ目立つ大きなガラス箱があった。上部と四方とを全面ガラス張りとした長方形の陳列台である。

宗像博士は、遠くからそのガラス箱を見つけると、まっすぐにその方へ近づいて行った。そして三人はその寝棺のようなガラス箱の前に立った。

ガラス箱の中には、等身大の若い女が横たわっていた。遠い窓からの薄暗い光線では、充分見分けられないほどであるが、しかし、何となく生きているような蠟人形である。

「どうして、こんなものを陳列するのですか。別に病気の模型らしくもないじゃありませんか。美術展覧会の彫刻室へ持って行った方が、ふさわしいくらいだ」

博士が主任をかえりみて尋ねた。すると、主任はいかにも恐縮した体《てい》で、オズオズと、

「いつの展覧会にも、こういう完全な人形が一つくらいまぎれ込むものです。模型師の道楽なんですね。この人形も今朝暗いうちに運び込まれたばかりで、つい今しがた蔽《おお》いの布を取ってみて驚いたくらいなんです。もしなんでしたら別の模型と置きかえることに致しますが」

と弁解しながら、中村警部をジロジロと横目でながめた。

「いや、それにも及ばないだろうが、しかし、この人形は実によく出来ているね。それに非常な美人だ。職人の仕事とは思われぬほどですね」

博士と中村警部とは、熱心にガラス箱の中をのぞいていたが、やがて、何を発見したのか、警部が頓狂な声をたてた。

「おやッ、この人形には産毛《うぶげ》が生えている。ほら、顎《あご》のところをごらんなさい。腕にも」

ようやく薄暗い光線に慣れた人々は、裸体人形の全身に、銀色に光る、目に見えな

いほどの産毛を見分けることが出来た。

三人はあまりの薄気味わるさに、黙りかえって顔を見かわすばかりであったが、宗像博士は、ふと何かに気づいたらしく、ポケットから拡大鏡を取り出して、ガラス箱の表面にある一点をのぞき込んだ。

「中村君、ちょっとここをのぞいてごらんなさい」

いわれるままに、レンズを受けとって、ガラスの表面をのぞいた係長は、のぞくや否や、はじき返されたように、そのそばを離れて、しわがれた声で叫んだ。

「ああ、三重渦状紋だ」

いかにも、そのガラスの表面には、ゆうべ幻燈で見たのとソックリのお化け指紋が、まざまざと現われているのである。

「君、この蓋《ふた》を開けて下さい」

博士がどなるまでもなく、主任もそれに気づいて、もうまっ青になりながら、ポケットの鍵で、ガラス箱の蓋を開いた。

「人形の肌に触ってごらんなさい」

主任はオズオズと、人差指を人形に近づけ、その腕にさわってみた。さわったかと思うと、悲鳴のような叫び声を立てて、飛びのいた。

人形の肌は、まるで腐った果物のようにやわらかかったからである。そして氷のように冷たかったからである。

黒眼鏡の男

三人はしばらくの間言葉もなく茫然《ぼうぜん》と顔見合わせていた。死体をガラス箱に入れて、衆人の目にさらすという、あまりにも奇怪な着想に、さすがの犯罪専門家たちもあっけにとられてしまったのだ。

「ごらんなさい。この死体には全身に化粧が施してある。唇なんかも念入りにルージュが塗ってある。蠟人形らしくするのに、こんなに手数をかけたのですね」

中村係長が感《かん》にたえたように口をきった。

如何《いか》にもそれは死体とは考えられぬ程艶《なま》めかしい色艶《いろつや》であった。犯人は死体化粧によって、そこに一つの芸術品を創造したのだ。彼が人なき部屋、ほの暗き燈火の下で、死体とたった二人のさし向かい、ギラギラと目を光らせ、唇をなめずりながら、絵筆を執《と》って、悪魔の美術品製作に余念のない有様が、まざまざと瞼《まぶた》の裏に浮かんで来るように感じられた。

博士も警部も、川手雪子の顔を知らなかったけれど、種々の事情を考え合わせて、このなまめかしい死体こそ、捜査中の雪子さんであることは明らかであった。何よりの証拠は、ガラス箱の表面に残されていた悪魔の指紋である。あの怪物の顔のように見える三重渦状紋である。こんな気違いめいた怪指紋を持ったやつが、他にあるはずはないからだ。

「恐ろしい犯罪だ。僕は永年犯罪を手がけて来たけれど、こんなのははじめてですよ。気違い沙汰《ざた》だ。この犯人は復讐にこり固まって、精神に異状を来たしているとしか考えられませんね」

中村警部が沈痛な面持でつぶやいた。

「いや、気違いというよりむしろ天才です。邪悪の天才です。これほど効果的な復讐があるでしょうか。自分の娘が惨殺されたばかりか、その死体が展覧会に陳列されているのを見る父親の心持はどんなでしょう。こんなずば抜けた復讐が、並々の犯罪者なんかに思いつけるものじゃありません」

宗像博士は、犯人を讃美《さんび》するような口調でさえあった。博士は今、この稀代《きたい》の大悪人、絶好の敵手を見出して、武者震いを禁じえない体《てい》であった。鋭い両眼は、まだ見ぬ大敵への闘志にらんらんと輝きはじめたかと見えた。

「ところで、この死体は雪子さんに違いないと思いますが、なお念のために川手氏にここへ来てもらってはどうでしょうか。僕が電話をかけましょう。それから、僕としてはすぐ検屍《けんし》の手続きをしなければなりません。それもいっしょに電話をかけましょう」

中村警部はそういって、係員に電話の所在を尋ねた。

「それと、もう一つ大切なことがあります。この死体を出品した人形製作者を取り調べることです。事務所の帳簿を調べて、すぐそこへ人をやるのですね」

博士が注意すると、警部はうなずいて、

「いかにもそうでした。よろしい。電話のついでに刑事を呼んで、すぐ捜査に着手させましょう」

と云い捨て、そそくさと階下の電話へ降りて行った。

科学陳列館は、ただちに一般観衆の入場を禁止して、現場保存につとめ、博士と捜査係長の数名の係員とが、ボツボツと小声にささやきかわしながら待つうちに、やがて、まっ青になった川手氏が自家用車を飛ばしてかけつけたのを先頭に、警視庁捜査課、鑑識課の人々、裁判所の一行、所轄警察署の人々と次々に来着し、それにつづいて、耳の早い新聞記者の一団が、陳列館の玄関に押しかけるという騒ぎとなった。

川手氏は、死体を一目《ひとめ》見ると、目をしばたたきながら、雪子さんに相違ないことを証言した。それから警察医の検屍、鑑識課員の指紋検出、訊問と、取り調べは型通りに進んで行ったが、雪子さんの死因が毒殺らしいこと、死後八、九時間しか経過していないことなどが推定されたほかは、別段の発見もなかった。例の怪指紋は宗像博士が発見したもののほかには一つも検出されなかった。

その取り調べの最中《さいちゅう》、現場に立ち合っていた宗像博士のところにあわただしく一枚の名刺がとりつがれた。博士はそれをチラッと見ると、すぐさまかたわらにいた中村捜査係長にささやいた。

「助手の小池君がやって来たのですよ。例のカフェ・アトランチスの件で、至急に会いたいというのです。わざわざこんなところまで追っかけてくるほどだから、おそらく何か大きな手掛かりをつかんだのでしょう。別室を借りて報告を聞こうと思いますが、あなたも来ませんか」

「アトランチスというと、木島君が手紙を書いたカフェですね」

「そうです。あの手紙を白紙とすりかえたやつがわかったかも知れません」

「それは耳よりだ。是非僕も立ち合わせて下さい」

警部はそこにいた係員に耳打ちして、階下の応接室を借り受けることにし、小池助手をそこに通すように頼んだ。

二人が急いで応接室にはいって行くと、背広姿の小池助手が、緊張に青ざめて待ちうけていた。

「先生、又大変なことが起こったらしいですね……川手さんのお宅ではないかと思って、電話をかけますと、川手さんは先生に呼ばれてここへ来られたという返事でしょう。それで、先生のお出先がやっとわかったのです」

「ウン突然ここへ来るようなことになったものだからね。事務所へ知らせておく暇《ひま》がなくて……ところで、用件は？」

博士が尋ねると、小池はグッと声を落として、

「犯人の風体《ふうてい》がわかったのです」

と、得意らしくささやいた。

「ホウ、それは早かったね。で、どんなやつだね」

「昨夜あれからアトランチスへ行ったところが、ひどく客がこんでいて、ゆっくり話も出来なかったものですから、今日もう一度出掛けて見たのです。女給たちがやっと目をさましたばかりのところへ飛び込んで行ったのです。

「すると、ちょうど木島君のおなじみの女給が居合わせて、昨日のことをよく覚えて

いてくれました。木島君は午後三時頃あのカフェへ行って、飲み物も命じないで、用箋と封筒を借りて、しきりと何か書いていたそうです。それを書き終わると、ホッとしたように女給を呼んで、好きな洋酒を命じ、それから二十分ばかりいて、プイと出て行ってしまったというのです」

「それで、その時木島君の近くに、怪しいやつはいなかったのかね」

「いたのですよ。女給はよく覚えていて、その男の風体を教えてくれましたが、なんでも年は三十五、六くらい、小柄な華奢《きやしや》な男で、青白い顔に大きな黒眼鏡をかけていたといいます。髭はなかったそうです。服は、黒っぽい背広で、カフェにいる間、まぶかにかぶった鳥打帽を一度も脱がなかったといいます」

「その男が、木島君の手紙を書きおわった頃、隣の席へやって来て、なんだか馴れ馴れしく木島君に話しかけ、別にシェリー酒を命じて、木島君にすすめたりしていたそうです。おそらくそのシェリー酒の中へ毒薬をまぜたのではないでしょうか」

「ウン、どうやらそいつが疑わしいね。しかし女給の漠然《ばくぜん》とした話だけでは、そのまま信じるわけにもいかぬが……」

「いや、女給の話だけじゃありません。僕は動かすことの出来ない証拠品を手に入れたのです」

「えッ、証拠品だって？」

博士も中村警部も、思わず膝を乗り出して、相手の顔を見つめた。

「そうです。ごらん下さい、このステッキです」

小池はそういいながら、部屋の隅に立てかけてあった黒檀《こくたん》のステッキを持って来て、二人の前にさし出した。見れば、その握りの部分全体に、厚紙を丸くしてかぶせてある。

「指紋だね」

「そうです。消えないように、充分用心して来ました」

丸めた厚紙をとると、下から銀の握りが現われて来た。

「ここです、ここをごらん下さい」

小池は握りの内側を指さしながら、ポケットから拡大鏡を取り出して博士に渡した。博士はそれを受け取って、示された部分にあてて見る。警部が無言で横からそれをのぞき込む。

「三重渦状紋だ！」

木島助手が持ち帰った靴篦に残っていたのと、寸分違わぬお化けの顔が笑っていた。

「このステッキは？」

「その黒眼鏡の男が忘れて行ったのです」

「そいつはアトランチスの定連《じょうれん》かね」

「いいえ、まったく初めての客だったそうです。木島君が帰ると、間もなくそいつも店を出て行ったそうですが、今朝になっても、ステッキを取りに来ないということです。たぶん永久に取りに来ないかも知れません」

ああ、小柄で華奢な黒眼鏡の男。そいつこそ稀代の復讐鬼なのだ。お化けのような三重渦巻の怪指紋を持った悪魔なのだ。

「とりあえず、それだけ御報告しようと思って。それから、このステッキを先生にお調べ願いたいと思いまして、急いでやって来たのです。もう風体がわかったからには、何としてでも、そいつの足取りを調べて見ます。そして、悪魔の巣窟《そうくつ》を突きとめないでおくものですか。では、僕、これで失礼します」

「ウン、抜け目なくやってくれたまえ」

博士にはげまされて、若い小池助手はいそいそと陳列館を出て行った。

それから間もなく、死体陳列事件の取り調べも終わり、そこに集まっていた人々は、それぞれ引き取ることになったが、宗像博士は中村係長の承諾を得て、黒檀のステッキを研究室に持ち帰り、拡大鏡によって綿密な検査をしたけれど、ごくありふれた安物のステッキで、製造所のマークもなく、例の怪指紋のほかにはこれという手掛かりも得られなかった。

雪子さんの死体はただちに大学に運ばれ、翌日解剖に附されたが、その結果をここに記しておくと、彼女の死因はやはり毒物の嚥下《えんか》によることが明らかとなった。のみならず、ちょうどその前日、木島助手の死体も同じ場所で解剖されたのだが、内臓から検出された毒物と、雪子さんのそれとが、まったく同じ性質のものであったことも判明した。これによって、雪子さんと木島助手の殺害犯人が同一人であることは、いっそう明瞭になったわけである。

なお雪子さんの死体を蠟人形として出品した人形工場については、中村係長自身その工場に出向いて、厳重に取り調べたところ、工場主は、そういう形のガラス箱はまったく覚えがない、おそらく何者かが工場の名を騙《かた》って納入したのであろうと主張した。そして、それには一々確かな拠《よ》りどころがあったので、係長もたちまち疑念をはらし、犯人の用意周到さに驚くばかりであった。

死体入りのガラス箱を陳列館に運び入れた運送店が調べられたことはいうまでもない。しかしそれも何ら得るところなくして終わった。やはりある運送店の名が騙られていた。それを受け取った陳列館員の記憶によると、人夫は都合三人で、似たような汚らしい男であったが、中でも親分らしい送り状に判を取って行った人夫は、左の目がわるいらしく、四角く畳んだガーゼに紐をつけて、そこにあてていたということであった。手掛かりといえば、それが唯一の手掛かりであった。

第三の餌食《えじき》

最愛の雪子さんを失った川手氏の悲嘆が、どれほど深いものであったかは、それから四日の後、雪子さんの葬儀の日に、あのよく太っていた人がげっそりとやせて、半白の髪が、さらにいっそう白さを増していたことによっても、充分察することが出来た。

さかんな通夜《つや》が二晩《ふたばん》、今日は午前から邸内最後の読経《どきょう》と焼香が行われ、正午頃には雪子さんの骸《なきがら》をおさめた金ピカの葬儀車が、川手家の門内に火葬場への出発を待ち構えていた。玄関前の広場をモーニングや羽織袴《はおりはかま》の人々が右往左往する中に、宗像博士と小池助手の姿が見えた。雪子さんの保護を依頼されながらこのような結果となったおわび心に、二人は親戚旧知にまじって、火葬場まで見送りをするつもりなのだ。

小池助手はその後、例のアトランチスの奇怪な客の捜索をつづけていたが、今日までのところまだその行方をつきとめることは出来ないのだ。

宗像博士は、集まっている人々に知り合いもなく、手持ち不沙汰《ぶさた》なままに、金ピカ葬儀車のすぐうしろにたたずんで、見るともなく観音開《かんのんびら》きの扉をながめていたが、やがて、何を見つけたのか、博士の顔がにわかに緊張の色をたたえ、葬儀車の扉《とびら》に顔をつけんばかりに接近して、その黒塗りの表面を凝視《ぎょうし》し始めた。

「小池君、この漆《うるし》の表面にハッキリ一つの指紋が現われているんだよ。見たまえ、これだ、君はどう思うね」

博士がささやくと、小池助手は、指さされた箇所をまじまじと見ていたが、見る見るその顔色が変わって行った。

「先生、なんだかあれらしいじゃありませんか。渦巻が三つあるようですぜ」

「僕にもそう見えるんだ。一つ調べて見よう」

博士はモーニングの内ポケットから、常に身辺を離さぬ探偵七つ道具の革《かわ》サックを取り出し、その中の小型拡大鏡を開いて、扉の表面にあてた。

艶々とした黒漆の表面に薄白く淀《よど》んでいる指紋が五倍ほどに拡大されて、のぞき込む二人の前に浮き上がった。

「やっぱりそうだ。靴篦のとまったく同じです」

小池助手が思わず声高につぶやいた。

ああ、又してもあのえたいの知れぬお化けの顔が現われたのだ。復讐鬼の執念は、どこまでも離れようとはしないのだ。

「この会葬者の中に、あいつがまぎれ込んでいるのじゃないでしょうか。なんだか、すぐ身辺にあいつがいるような気がして仕方がありません」

小池助手はキョロキョロと、あたりの人群《ひとむれ》を見廻しながら、青ざめた顔でささやいた。

「そうかも知れない。だが、あいつがこの中にまじっているとしても、僕らにはとても見分けられやしないよ。まさかあの目印になる黒眼鏡なんかかけてはいないだろうからね。それに、この指紋は、車がここへ来るまでに附いたと考える方が自然だ。そうだとすると、とても調べはつきやしないよ。街路で信号待ちの停車をしている間に、自転車乗りの小僧が、うしろから手を触れることだって、たびたびあるだろうし、誰にも見とがめられぬように、ここへ指紋をつけることなど、わけはないんだからね」

「そういえばそうですね。しかし、あいつ何のために、こんなところへ指紋をつけたんでしょう。まさかもう一度死体を盗み出そうというんじゃないでしょうね」

「そんなことが出来るものか。僕たちがこうして見張っているじゃないか。そうじゃないよ。犯人の目的は、ただ僕への挑戦さ。僕が葬儀車の扉に目をつけるだろうと察して、僕に見せつけるために指紋を捺しておいたのさ。なんて芝居気《しばいけ》たっぷりなやつだろう」

宗像博士は事もなげに笑ったが、あとになって考えてみると、犯人の真意はかならずしもそんな単純なものではなかった。この葬儀車の指紋は、同じ日の午後に起こるべき、ある奇怪事の不気味な前兆《ぜんちょう》を意味していたのであった。

それはさておき、当日の葬儀は、きわめて盛大にとどこおりなく行われて行った。葬儀車とそれに従う見送りの人々の十数台の自動車が、川手邸を出発したのが午後一時、電気爐《でんきろ》による火葬、骨上《こつあ》げと順序よく運んで、午後三時には、雪子さんの御霊《みたま》は、もう告別式会場のA斎場に安置されていた。

事業界に名を知られた川手氏のことゆえ、告別式参拝者の数もおびただしく、予定の一時間では礼拝しきれないほどであったが、斎場の内陣に整列して、参拝者たちに挨拶《あいさつ》を返している家族や親戚旧知の人々の中に、ひときわ参拝者の注意をひいたのは、最愛の妹に死別して涙も止めあえぬ川手妙子《たえこ》さんの可憐《かれん》な姿であった。

妙子さんは故人《こじん》とは一つ違いのお姉さん、川手氏にとって今ではたった一人の愛嬢である。顔立ちも雪子さんにそっくりの美人、帽子から、靴下から、何から何まで黒一色の洋装で、ハンカチを目に当てながら、今にもくずおれんばかりの姿は、参拝者たちの涙をそそらないではおかなかった。

予定の四時を過ぎる三十分、やっと参拝者がとぎれたので、いよいよ引き上げようと、人々がざわめき始めた頃、妙子さんも歩き出そうとして一歩前に進んだとき、悲しみに心も乱れていたためか、ヨロヨロとよろめいたかと思うと、バッタリそこへ倒れてしまった。

それを見ると、人々は彼女が脳貧血を起こしたものと思い込み、我れ先にそばへかけ寄って介抱しようとしたが、妙子さんは、傍《かたわ》らにいた親戚の婦人に抱き起こされ、そのまま自動車に連れ込まれて、別段のこともなく自宅に帰ることができた。

自宅に帰ると、彼女は何よりもひとりきりになって、思う存分泣きたいと思ったので、挨拶もそこそこに、自分の部屋にかけ込んだが、そこに備えてある大きな化粧鏡の前を通りかかる時、ふと我が姿を見ると、右の頰に黒い煤《すす》のようなものがついているのに気づいた。

「あら、こんな顔で、あたし、あの大勢の方に御挨拶していたのかしら」

と思うと、にわかに恥かしく、そんな際ながら、つい鏡の前に腰かけて見ないではいられなかった。

　鏡に顔を近寄せて、よく見ると、それはただの汚れではなくて、何か人の指のあとらしく、こまかい指紋が、まるで黒いインキで印刷でもしたように、クッキリと浮き上がっていた。

「まあ、こんなにハッキリ指のあとがつくなんて、妙だわ」

　と思いながら、つくづくその指紋をながめ入っているうちに、妙子さんの顔は見る見る青ざめて行った。唇からはまったく血の気が失せ、二重瞼の両眼が、飛び出すのではないかと見開かれて。そして「アアア……」という、訳のわからぬ甲高《かんだか》い悲鳴を上げたかと思うと、彼女はそのまま椅子からくずれ落ちて、絨毯《じゅうたん》の上に倒れ伏してしまった。

　その指紋には三つの渦巻がお化けのように笑っていたのである。復讐鬼の恐るべき三重渦状紋はついに人の顔にまで、そのいやらしい呪いの紋を現わしたのである。

　妙子さんの部屋からのただあらぬ叫び声に、人々がかけつけて見ると、彼女は気を失って倒れていた。そして、その頬には、まだ拭《ぬぐ》われもせず、悪魔の紋章がまざまざと浮き上がっていたのである。

　だが、騒ぎはそればかりではなかった。ちょうどその頃、父の川手氏はまだ居残っている旧知の人たちと、客間で話をしていたのだが、シガレット・ケースを出そうとして、モーニングの内ポケットに手を入れると、そこにまったく記憶のない封筒がはいっていた。

おやッと思って、取り出して見ると、どうやら見覚えのある安封筒、封はしてあるが、表には宛名《あてな》もない。それを見たばかりで、もう川手氏の顔色は変わっていた。しかし中には手紙がはいっているらしい様子、恐ろしいからといって見ないわけにはいかぬ。

思いきって封を開けば、あんのじょう、いつもの用箋、わざと下手に書いたらしい鉛筆の筆蹟、あいつだ。あいつが執念深くつきまとっているのだ。文面には左のような恐ろしい文句がしたためてあった。


川手君、どうだね。復讐者の腕前思い知ったかね。だが、ほんとうの復讐はまだこれからだぜ。序幕が開いたばかりさ。ところで二幕目だがね。それももう舞台監督の準備はすっかり整っている。さて、二幕目は姉娘の番だ、はっきり期日を通告しておこう。本月十四日の夜だ。その夜姉娘は妹娘と同じ目にあうのだ。今度の背景はすばらしいぜ。指折りかぞえて待っているがいい、それがすむと三幕目だ。三幕目の主役を知っているかね。いうまでもない。君自身さ。真打《しんうち》ちの出番は最後にきまっているじゃないか。

復讐者より

この二つの椿事《ちんじ》が重なり合って、川手邸は葬儀の夕べとも思われぬ、一方《ひとかた》ならぬ騒ぎとなった。

妙子さんは、人々の介抱によって、間もなく意識を取り戻したけれど、感情の激動のために発熱して、医師を呼ばなければならなかったし、それに引きつづいて、葬儀から帰ったばかりの宗像博士が、川手の急報を受けて再びかけつける。警視庁からは中村捜査係長がやって来る。それから川手氏と三人鼎座《ていざ》して、善後策の密議にふけるという騒ぎであった。

犯人はおそらくA斎場の式場にまぎれ込んでいたものに違いない。そして、一方では妙子さんの頬に怪指紋の烙印《らくいん》を捺し、一方では川手氏に接近して、その内ポケットに掏摸《すり》のような手早さであの封筒をすべり込ませたものに違いない。

しかし、妙子さんの頬に指型を押しつけるなんて、いくらなんでも普通の場合にできる業《わざ》ではない。これはきっと、告別式が終わって、妙子さんが倒れた時のどさくさまぎれに、素早く行われたものであろう。すると、その時、場内に居合わせたものは、川手氏の親戚旧知の限られた人々のみではなかったか。

中村警部はそこへ気がつくと、川手氏の記憶や名簿をたよりに、たちまち四十何人の人名表を作り上げ、部下に命じて、その一人一人を訪問し、指紋を取らせることに成功した。それには主人の川手氏はもちろん、同家の召使たちも漏れなくはいっていたし、宗像博士や小池助手の指紋まで集めたのであったが、その中には、三重渦状紋など一つもないことが確かめられた。

一方、カフェ・アトランチスに現われた怪人物については、引きつづき宗像研究室の手で捜査が行われていたが、最初小池助手が探り出した事実のほかには、何の手掛かりも発見されぬままに、一日一日と日がたっていった。

魔術師

そして、間もなく復讐鬼のいわゆる第二幕目の幕開きの日がやって来た。十四日の夜がすぐ目の前に近づいて来た。

川手の邸宅は、妖雲に包まれたように、不気味な静寂に閉ざされていた。妙子さんはあれ以来ベッドについたきりで、日夜底知れぬ恐怖に打ち震えていたし、川手氏もいっさいの交際をたって、妙子さんを慰めることと、仏間《ぶつま》にこもって、亡き雪子さんの冥福《めいふく》を祈ることにかかり果てていた。

さて、当日の十四日には、あらかじめ川手氏の依頼もあって、同邸の内外には、十二分の警戒陣が敷かれた。

まず警視庁からは六名の私服刑事が派遣され、川手邸の表門と裏門と塀外とを固めることになったし、邸内の妙子さんの部屋の外には、宗像博士自ら、小池助手を引きつれて、徹宵《てっしょう》見張りを続けることにした。

妙子さんの部屋は、屋敷の奥まった箇所にあり、二つの窓が庭に面して開いているほかには、たった一つの出入口しかなかった。博士はそのドアの外の廊下に安楽椅子をすえて夜を明かし、小池助手は二つの窓の外の庭に椅子を置いて、この方面からの侵入者をふせぐという手筈であった。

早い夕食をすませて、一同部署についたが、川手氏はそれでもまだ安心しきれぬ体《てい》で、妙子さんの部屋にはいったり出たりしながら、廊下の宗像博士の前を通りかかるたびに、何かと不安らしく話しかけた。

　博士は笑いながら、妙子さんの安全を保証するのであった。

「御主人、決して御心配には及びませんよ。お嬢さんは、いわば二重の鉄の箱に包まれているのも同然ですからね。お邸のまわりにはことに馴れた六人の刑事が見張っています。その目をごまかしてここまではいって来るなんてほとんど不可能なことですよ。もし仮りにあいつが邸内にはいり得たとしてもですね、ここに第二の関門があります。たった一つのドアの外にはこうして僕が頑張っていますし、窓の外には小池君が見張りしている。しかも窓は全部内側から掛金《かけがね》がかけてあるのです。このドアもそのうち僕が鍵をかけてしまうつもりですよ」

「しかし、もし隠れた通路があるとすれば……」

　川手氏の猜疑《さいぎ》ははてしがないのである。

「いや、そんなものはありやしません。さいぜん僕と小池君とで、お嬢さんの部屋を隅から隅まで調べましたが、壁にも天井にも少しの異状もなかったのです。ここはあなたがお建てになった家じゃありませんか。抜穴《ぬけあな》なんかあってたまるものですか」

「ああ、それも調べて下すったのですか。さすがに抜け目はありませんね。いや、あなたのお話を聞いて、いくらか気分が落ちつきましたよ。しかし、わたしは、今夜だけはどうしても娘のそばを離れる気になれません。この部屋の長椅子で、夜を明かすつもりです」

「それはいいお考えです。そうなされば、お嬢さんには三重の守りがつくわけですからね。あなたが、この部屋の中にいて下されば、僕たちもいっそう心丈夫ですよ」

そこで川手氏は、そのまま妙子さんの部屋にはいって、寝室につづく控えの間の長椅子に腰をおろし、しばらくの間は、ドアを開いたままにして博士と話し合っていたが、このさい会話のはずむはずもなく、やがて川手氏は長椅子の上に横になったまま黙りこんでしまったので、博士はあずかっておいた鍵を取り出して、ドアに締まりをした。

夜がふけるにしたがって、邸内は墓場のように静まり返って行った。町の騒音ももう聞こえては来なかった。女中たちも寝静まった様子である。

宗像博士は、強い葉巻煙草をふかしながら、安楽椅子に沈み込んで、ギロギロと、鋭い目を光らしていた。庭では小池助手が、これも煙草を吸いつつ、椅子にかけたり、椅子の前を歩哨《ほしょう》のように行きつ戻りつしたり、睡気《ねむけ》を追っぱらうのに一生懸命であった。

十二時、一時、二時、三時、長い長い夜がふけて、そして、夜が明けて行った。

午前五時、廊下の窓にすがすがしい朝の光がさしはじめると、宗像博士は安楽椅子からヌッと立ち上がって、大きな伸びをした。とうとう何もなかったらしい。さすがの復讐鬼も、二重三重の警戒陣に辟易《へきえき》して、第二幕目の開幕を延期したものらしい。

博士はドアに近づくと、軽くノックしながら川手氏に声をかけた。

「もう夜が明けましたよ。とうとうやつは来なかったじゃありませんか」

返事がないので、今度は少し強くノックして、川手氏を呼んだ。それでも返事がない。

「おかしいぞ」

博士は冗談のようにつぶやきながら、手早く鍵を取り出し、それでドアを開けて、室内にはいって行った。

すると、ああ、これはどうしたというのだ。川手氏は長椅子に横たわったまま、身体じゅうをグルグル巻きにされて、固く長椅子に縛りつけられていた。その上、口には厳重な猿轡《さるぐつわ》だ。

博士はいきなり飛びついて行って、まず猿轡をはずし、川手氏の身体をゆすぶりながら叫んだ。

「ど、どうしたんです、いつの間に、誰が、こんな目にあわしたのです。そして、お嬢さんは？」

川手氏は絶望のあまり、ものをいう力もなかった。ただ目で次の間《ま》をさし示すばかりだ。

博士はその方を振り返った。間《あいだ》のドアが開いたままになっているので、妙子さんのベッドがよく見える。だが、そのベッドの上には、誰も寝てはいないのだ。

博士は寝室へかけ込んで行った。よほどあわてていたとみえ、大きな音をたてて椅子の倒れるのが聞こえた。

「お嬢さん、お嬢さん……」

だが、いない人が答えるはずはない。寝室はまったくの空っぽだったのである。

博士は青ざめた顔で再び控えの間に戻って来た。そして手早く川手氏の縛《いまし》めを解くと、

「一体これはどうしたというのです」

と叱責《しっせき》するように尋ねた。

「何が何だか少しもわかりません。ウトウトと眠ったかと思うと、突然息苦しくなったのです。あれが麻酔剤だったのでしょう。口と鼻の上を何かでおさえつけられているなと思ううちに、気が遠くなってしまいました。それからあとは何も知りません。

妙子は？　妙子はさらわれてしまったのですか」

川手氏はむろんそれを知っていた。だが聞かずにはいられないのだ。

「申し訳ありません。しかし、僕の持場には少しも異常はなかったのです。あいつは窓からはいったのかも知れません」

博士はいい捨てて、窓のところへ飛んで行くと、サッとカーテンを開き、掛金をはずして、すりガラスの戸を上に押し上げ、庭をのぞいた。

「小池君、小池君」

「はあ、お早うございます」

何としたことだ、小池助手は別状もなく、そこにいたのである。そして何も知らぬらしく、間の抜けた挨拶をしたのである。

「君は眠りやしなかったか」

「いいえ、一睡も」

「それで、何も見なかったのか」

「何もって、何をですか」

「ばかッ、妙子さんが攫《さら》われてしまったんだ」

博士はとうとう癇癪玉《かんしゃくだま》を破裂させた。

だが、よく考えてみると、小池助手に落度《おちど》のあるはずはなかった。彼が犯人を見のがしたのでない証拠には、窓は二つとも、ちゃんと、内側から掛金がかけられ、少しの異状もなかったからである。

とすると、あいつはいったい全体、どこからはいって、どこから出て行ったのであろう。室内に抜穴なんかないことは充分調べて確かめてある。ドアには外から鍵がかかっていた。窓の締まりにも別条はない。ああ、いよいよお化けだ。お化けか幽霊ででもない限り、密閉された部屋に忍び込んだり抜け出したり出来るはずがないではないか。

しかし、幽霊が麻酔薬をかがしたり、人を縛ったりするものであろうか。いや、それよりも、曲者《くせもの》自身は幽霊のように一分《ぶ》か二分の隙間から抜け出たとしても、妙子さんをどうして運び出すことが出来たのだ。妙子さんは血の通った人間だ。隙間などから抜け出せるものではない。

さすがの名探偵宗像博士も、これにはまったく途方に暮れてしまった様子であった。だが、いたずらに途方に暮れている場合ではない。あらん限りの智恵をしぼって、このお化けじみた謎を解かなければならぬ。

博士はふと思いついたように、あわただしく女中を呼んで、玄関の門を開かせると、気違いのように門の外へ飛び出して行った。いうまでもなく、外部を固めている六人の刑事に、昨夜の様子を尋ねるためだ。

だが、その結果判明したのは、表門にも裏門にも、そのほか邸を取りまく高塀のどの部分にも、全く何の異状もなかったということである。彼等は異口同音《いくどうおん》に、外からも内からも、門や塀を越えたものは決してなかったと、確信に満ちて答えたのであった。

名探偵の失策

「おかしい。どうもおかしい。僕は何か忘れているんだ。脳髄《のうずい》の盲点《もうてん》というやつかも知れない。物理上の不可能はあくまで不可能だ」

博士は拳骨《げんこつ》で自分の頭をコツコツなぐりつけながら、川手邸の門を入ったり出たり、そうかと思うと、モーニングの裾をひるがえして、コンクリート塀のまわりを、グルグル歩き廻ったりした。

明るくなるのを待って、再び屋内屋外の捜査がくり返された。博士と助手と六人の刑事とがそれぞれ手分けをして、たっぷり二時間ほど、まるで煤掃《すすはき》のように、まっ黒になって天井裏や縁の下、庭園の隅々までもはい廻った。しかし、足跡一つ指紋一つ発見することが出来なかった。

このことが警視庁に急報されたのはいうまでもない。たちまち全市に非常線が張られたのだが、狭い邸内でさえ、煙のように人目をくらました賊のことだ。おそらくその手配も徒労《とろう》に終わることであろう。

敗軍の将宗像博士は、非常な不機嫌で、一応事務所に引き上げることになった。主人の川手氏は博士の失敗を責める力もなく、絶望と悲嘆のために半病人の体《てい》であったし、博士は博士で、ことさら詫《わ》びごとをいうでもなく、苦虫をかみつぶしたような顔で、簡単な挨拶をすると、小池助手を引きつれて、サッサと玄関を出てしまった。

自動車を拾うと、博士はクッションにもたれたまま、じっと目を閉じて、一《ひ》と言《こと》も口をきかない。まるで木彫《きぼり》の像のように、呼吸さえしていないかと疑われるばかりだ。小池助手は、この不機嫌な先生を、どう扱っていいのか見当もつかなかった。ただ、気まずそうに博士の横顔をジロジロと盗み見ながら、モジモジするばかりである。

ところが、自動車が事務所への道をなかばほど来た時である。博士は突然カッと目を見開き、

「おお、そうかも知れない」

とひとりごとをいったかと思うと、今まで青ざめていた顔に、サッと血の気がのぼって、目の色もにわかに生き生きと輝いて来た。

「オイ、運転手、元の場所へ引き返すんだ。大急ぎだぞ」

博士はびっくりするような声でどなった。

「何かお忘れものでも……」

小池助手がドギマギして尋ねる。

「ウン、忘れものだ。僕はたった一つ探し忘れた場所があったことに、今やっと気づいたんだ」

名探偵は、そういう間ももどかしげに、再び運転手をどなりつけて、車の方向を変えさせた。

「それじゃ、あの賊の秘密の出入り口がおわかりになったのですか」

「いや、賊は出もしなければ入りもしなかったということに気づいたのさ。あいつは、妙子さんといっしょにちゃんと僕達の目の前にいたんだ。ああ、おれは、今までそこに気がつかないなんて、実にひどい盲点に引っかかったものだ」

小池助手は目をパチパチとしばたたいた。博士の言葉の意味が、少しもわからなかったからである。

「目の前にいたといいますと？」

「今にわかる。ひょっとしたら僕の思い違いかも知れない。しかし、どう考えてもそのほかに手品の種はないのだ。小池君、世の中には、すぐ目の前にありながら、どうしても気のつかないような場所があるものだよ。習慣の力だ。一つの道具がまったく別の用途に使われると、我々はたちまち盲目になってしまうのだ」

小池助手はますます面喰《めんく》らった。聞けば聞くほどわけがわからなくなるばかりである。しかし、彼はこれ以上尋ねても無駄なことをよく知っていた。宗像博士は、その推理が確実に確かめられるまでは具体的な表現をしない人であった。

やがて、車が規定以上の速力で、川手邸の門前に着くや否や、博士は自らドアを開いて自動車を飛び出し、風のように玄関へかけ込んで行った。

客間にはいって見ると、川手氏はそこの長椅子にグッタリともたれたまま、ものを考える力もなくなったように、茫然としていた。

「御主人、ちょっと、もう一度あの部屋を見せて下さい。たった一つ見落としていたものがあるんです」

博士は川手氏の手を引っぱらんばかりにして、せきたてた。

川手氏は、異議もとなえなかったかわり、さして熱意も示さず、気抜けしたように立ち上がって、博士と小池助手の後につづいた。

妙子さんの部屋まで来ると、博士はドアの把手を廻してみて、

「ああ、やっぱりそうだったか。ここへ鍵をかけさせておいたらなあ」

と、落胆《らくたん》の溜息《ためいき》をついた。すでに妙子さんが誘拐されてしまったあとの部屋へ、誰が鍵などかけるものか。博士はいったい何をいっているのであろう。

部屋にはいると、博士は次の間を通り越して、寝室に飛び込み、昨夜まで妙子さんの寝ていた大きな寝台の上にのっていきなりゴロリと横になった。そして不作法にも、モーニングのまま、その上に腹ばいになって、川手氏に話しかけたのである。

「御主人、このベッドはまだ新しいようですね、いつお買いになりました」

あまりにも意外な博士の態度や言葉に、川手氏はますますあっけにとられて、急に答えることも出来なかった。いったいこの男はどうしたのだ。気でも違ったのではないかと、怪しみさえした。

「え、いつお買入れでした」

博士は駄々っ子のようにくり返す。

「つい最近ですよ。以前使っていたのが、急にいたんだものですから、四日ほど前に、家具屋にあり合わせのものをすえつけさせたのです」

「ウン、そうでしょう。で、それを持ち込んで来た人夫をごらんでしたかね。たしかにその家具屋の店のものでしたか」

「さあ、そいつは……。わたしはちょうど居合わせて、すえつける場所を指図したのですが、何でも左の目にガーゼの眼帯をあてていた髭面の男が、しきりに何かいっていたようです。むろん見知らぬ男ですよ」

ああ、左の目にガーゼをあてた男。読者は何か思いあたるところがないだろうか。我々はどこかで、同じような人物に出会ったことがあるのだ。かつて雪子さんの死体を入れた陳列箱を、衛生展覧会へ持ち込んだ人夫の顔が、ちょうどそれと同じ風体の男ではなかったか。

「おお、やっぱりそうだったか」

博士はうなるようにいうと、ベッドから降りて、今度はその下のわずかの隙にはい込むと、自動車の修繕でもするように、仰向《あおむ》きになって、ベッドの裏側を調べていたが、突然、恐ろしい声でどなり出した。

「御主人、僕の想像した通りです。ごらんなさい。ここをごらんなさい。きゃつの手品の種がわかりましたよ。ああなんということだ。今頃になって、やっとそこへ気がつくなんて……」

川手氏と小池助手は、急いでベッドの向こう側に廻って見た。

「どこですか」

「ここだ、ここだ。ベッドをもっと壁から離してくれたまえ。ここに仕掛けがあるんだ」

二人はいわれるままに、ベッドを押して、壁際から離したが、すると、その下から仰向きに横たわっている博士の上半身が現われ、博士はそのまま起き上がって、今まで壁に接していたベッドの側面を指し示した。

「ここに隠し蓋があるんです。ホラね、これを開けば中は広い箱のようになっています」

シーツをめくり上げて、ベッドの側面を強くおすと、それは巧妙な隠し戸になって、幅一尺、長さ一間ほどの細長い口が開いた。つまり、ベッドのクッションを、上部の三分の一ほどの薄い部分にとどめて、その下部は全体が一つの頑丈な箱のように作られているのだ。むろん人間がひそんでいるためだ。その広さは二人の人間を隠すに充分である。

「うまく造りやがったな。外から見たんでは、普通のベッドとちっとも違やしない」

小池助手が感心したように叫んだ。

よく見れば、普通のベッドよりは、いくらか厚みがあるようであったが、しかし、その側面には複雑な襞《ひだ》の毛織物で、巧みに錯覚《さっかく》を起こさせるようなカムフラージュがほどこされ、ちょっと見たのでは少しもわからないように出来ていた。

おそらく、復讐鬼は、家具屋から運ばれる途中で、ベッドを横取りして、あらかじめ造らせておいたこの偽物を持ち込んだのに違いない。

「すると、これが運び込まれた時から、あいつは、ちゃんとこの中に隠れていたのでしょうか」

川手氏が、もう驚く力もつきはてたように、投げやりな調子で尋ねる。

「そうかも知れません。あるいはあとから忍び込んだのかも知れません。いずれにせよ、昨夜は、早くからこの中に身をひそめていたに違いありません。お嬢さんは、それとも知らず、悪魔と板一枚をへだてて、ここへお寝《やす》みになったのです」

博士は無慈悲な云いかたをした。

「そして、あいつは真夜中に、そこから忍び出し、あなたをあんな目にあわせた上、お嬢さんをこの箱の中へ押し込み、自分もここへはいって、逃げ出す時刻の来るのを、我慢強く待っていたのです」

「では、今朝になってから……」

「そうです。僕たちは非常な失策をしました。まさか賊とお嬢さんとが、この部屋の中に隠れているとは思わないものですから、ここは開けっ放しにして、庭の捜索などをやっていたのです。賊はその間に、廊下や玄関に誰もいない折を見すまして、お嬢さんを抱えて、ここから逃げ出したのに違いありません」

「しかし、逃げ出すといって、どこへですか。一歩この邸を出れば、人通りがあります。まさか明るい町を、女を抱えて走ることは出来ますまい、それに、刑事さんたちも、まだ門の外に見張りを続けているんだし――」

川手氏が腑に落ちぬ体《てい》で反問した。

「そうです。僕もそれを考えて安心していたのですが、賊の方では、この二重の包囲を脱出する何か思いもよらぬ計略があったのかも知れません。いや、ひょっとすると、あいつは、まだ邸内のどこかに潜伏しているんじゃないか。夜を待つためにですね。しかし……」

博士は確信はないらしく見えた。

「だが、妙子はどうして救いを求めなかったのだ」

川手氏はハッとそこへ気づいたらしく、まっさおになって、おびえきった目で宗像博士を見つめた。

「妙子はわたしと同じように猿轡をはめられていたのでしょうか。それとも……」

「何とも申せません。しかし、少なくとも無残な兇行が演じられなかったことは確かですよ。どこにも、血痕などは見あたらないのですから。でも、お嬢さんの生死は保証出来ません。ただ御無事を祈るばかりです」

博士は正直にいった。

川手氏の物狂わしい脳裏を、妙子さんが、賊のために絞殺されている光景や、毒薬の注射をされている有様などが浮かんでは消えていった。

「もし邸の中に隠れているとすれば、もう一度捜索して下さるわけには……」

「僕もそれを考えていたのです。しかし、念のために門前に見張りをしている刑事に、よく尋ねて見ましょう。まだ二人だけ私服が居残っているはずです」

そういうと、博士はもう部屋の外へ走り出していた。小池助手と川手氏とが、あわただしくそのあとにつづく。

掃除人夫

門前に出て見ると、背広に鳥打帽の目の鋭い男が、煙草をふかしながら、ジロジロと町の人通りをながめていた。

「君、その後、不審《ふしん》な人物は出入りしなかったでしょうね。何か大きな荷物を持ったやつが、ここから出たということはなかったですか」

博士がいきなり尋ねると、刑事は不意を打たれて、目をパチパチさせた。

この刑事は、早朝邸内の大捜索が終わったあと、万一犯人が邸内にひそんでいて、逃げ出すようなことがあってはと、念のために見張りを命ぜられていたのだから、もし不審の人物が出入りすれば、見のがすはずはなかった。

「いいえ、誰も通りませんでした。あなた方のほかには誰も」

刑事は、宗像博士が彼らの上役《うわやく》中村捜査係長の友人であることを、よく知っていた。

「間違いないでしょうね。ほんとうに誰も通らなかったのですか」

博士は妙に疑い深く聞き返す。

「決して間違いありません。僕はそのために見張りをしていたのです」

刑事は少し怒気《どき》をふくんで答えた。

「たとえば新聞配達とか、郵便配達とかいうようなものは?」

「え、何ですって? そういう連中まで疑わなければならないのですか。それは、郵便配達も、新聞配達も通りました。しかし、犯人がそういうものに変装して逃げ出すことは出来ませんよ。彼らは皆外からはいって来て、用事をすませると、すぐ出て行ったのですからね」

「しかし、念のために思い直して下さい。そのほかに外からはいったものはなかったですか」

刑事は、何というつまらないことを尋ねるのだといわぬばかりに、ジロジロと博士を見上げ見おろしていたが、やがてなにごとか思い出したらしく、いきなり笑いながら、

「おお、そういえば、まだ、ありましたよ、ハハハハハハ。掃除人夫ですよ。塵芥車《ごみぐるま》を引っぱって塵芥箱の掃除に来ましたよ。ハハハハハハ、掃除人夫のことまで申し上げなければならないのですか」

「いや、たいへん参考になります」

博士は刑事の揶揄《やゆ》を気にもとめず、生真面目《きまじめ》な表情で答えた。

「で、その塵芥箱というのは、ここから見えるところにあるのですか」

「いや、ここからは見えません。掃除人夫は門をはいって右の方へ曲がって行きましたから、多分勝手元の近くに置いてあるのでしょう」

「それじゃ、君は、その掃除人夫が何をしていたか、少しも知らないわけですね」

「ええ、知りません。僕は掃除人夫の監督は命じられていませんからね」

刑事はひどく不機嫌であった。何をつまらないことを、クドクドと尋ねているのだといわぬばかりである。昨夜の徹夜で、神経がいらだっているのだ。

「で、その人夫は、ここから又出て行ったのでしょうね」

博士は我慢強く、掃除人夫のことにこだわっている。一体塵芥車と昨夜の犯罪とに、どんな関係があるというのだろう。

「むろん出て行きました。塵芥を運び出すのが仕事ですからね」

「その塵芥車には蓋がしてあったのですか」

「さあ、どうですかね。たぶん蓋がしてあったと思います」

「人夫は一人でしたか」

「二人でした」

「どんな男でしたか。何か特徴はなかったですか」

そこまで問答が進むと、仏頂面《ぶっちょうづら》で答えていた刑事の顔に、ただならぬ不安の色が現われた。博士がなぜこんなことを、根掘り葉掘り尋ねるのか、その意味がおぼろげにわかって来たのだ。彼はしばらく小首をかしげて考えていたが、やがてそれを思い出したらしく、今度は真剣な調子で答えた。

「一人は非常に小柄な、子供みたいなやつで、黒眼鏡をかけていました。もう一人は、ああ、そうだ、どっちかの目に四角なガーゼの眼帯をあてた四十ぐらいの大男でした。二人とも鳥打帽をかぶって、うす汚れたシャツに、カーキ色のズボンをはいていたと思います」

それを聞くと、小池助手はハッと顔色を変えて、今にもつかみかからんばかりの様子で、刑事をにらみつけたが、宗像博士は別に騒ぐ様子もなく、

「君は犯人の特徴を、中村君から聞いていなかったのですか」

とおだやかに尋ねた。すると、刑事の方がまっさおになって、にわかにあわて出した。

「そ、それは聞いていました。アトランチス・カフェへ現われたやつは、黒眼鏡をかけた小柄な男だったということは、聞いていました。しかし」

「それから、衛生展覧会へ蠟人形を持ち込んだ男の風体は？」

「そ、それも、今、思い出しました。左の目に眼帯をあてたやつです」

「すると、二人の掃除人夫は、犯人と犯人の相棒とにそっくりじゃありませんか」

「しかし、しかし、まさか掃除人夫が犯人だなんて……それに、あいつらは外からはいって来たのです。僕は中から逃げ出すやつばかり見張っていたものですから……偶

然の一致じゃないでしょうか」

刑事は、ひたすら自分の落度《おちど》にならないことを願うのであった。

「偶然の一致かも知れない。そうでないかも知れない。我々は急いでそれを確かめてみなければならないのです。犯人は妙子さんの自由を奪って、どこかへ隠しておいて、ひとりでここを逃げ出し、改めて妙子さんを運び出すために戻って来た、と考えられないこともない。今朝あなた方が邸内を捜索している間に、犯人がひとりで逃げ出すような隙は、いくらもあったのですからね」

「隠しておいたといって、お嬢さんを塵芥箱の中へですか」

「とっぴな想像です。しかし、あいつはいつも、思いきってとっぴなことを考えるやつです。それに、我々は今朝の捜索の時、塵芥箱の中までは探さなかったですからね。さあ、いっしょに行って、調べてみましょう」

人々は博士のあとに従って、門内にはいり、勝手口の方へ急いだ。博士と刑事のあとから、青ざめた川手氏と小池助手とがつづく。

問題の塵芥箱は、炊事場の外のコンクリート塀の下に置いてある。黒く塗った木製の大きな箱だ。これなれば、人間一人充分隠れることが出来る。

博士はツカツカとその塵芥箱のそばに近づいて、蓋を開いた。

「すっかりきれいになっている。だが、あれはなんだろう。小池君、ちょっと見てごらん」

いわれて、小池助手も箱の中をのぞき込んだが、ジメジメしたその底に、少しばかり残った塵芥にまじって、四角な白いものが落ちている。

「封筒のようですね」

彼はそういいながら、手を入れて、拾い上げた。どこやら見覚えのある安封筒だ。宛名も差出人もないけれど、中には手紙がはいっているらしい。

「中を見てごらん」

博士の指図に従って、小池助手は封筒を開き便箋を取り出した。

「おや、ここにインキで指紋が捺してあります」

簡単な文章の終わりに、署名のかわりのように、ハッキリと一つの指紋が現われているのだ。博士はいそがしく例の拡大鏡を取り出して、その上にあてた。

「やっぱりそうだ。川手さん。僕の想像した通りでした。お嬢さんはここに隠してあったのです」

そこには、あのお化けのような三重渦状紋が、用箋の隅からニヤニヤと笑いかけていたのである。

小池助手が、気をきかして文面を読み上げた。

川手君、俺の字引に不可能という文字はないのだ。ずいぶん厳重な警戒だったね。しかし、君のほうで二重の警戒をすれば、俺も二重の妙案をひねり出すばかりさ。宗像大先生によろしく伝えてくれたまえ。あれほど捜索をしながら、ベッドと塵芥箱に気づかなかったとは、名探偵の名折れですぜと伝えてくれたまえ。もっとも俺は誰しも見のがしそうな盲点というやつを利用したんだがね。君はとうとう一人ぼっちになってしまったねえ。だが、妙子にはいつか会えるよ。一つ探して見たまえ。そしてある恐ろしい場所で、君の娘の無残なむくろと対面した時、どんな顔をするか。それを思うと、俺は心の底からおかしさがこみ上げて来る。川手君、これが真の復讐というものだぜ。今こそ思い知るがよい。

小池助手は途中で、いくども朗読をやめようかと思ったが、川手氏の目が、先を先をとうながすものだから、やっとのことで読み終わった。

「川手さん、何といってお詫びしていいかわかりません。僕は完全に敗北しました。

だが、何という恐ろしいやつだ。あいつは心理学者ですよ、あいつのいう通り、僕たちは盲点に引っかかったのです。それをちゃんと予知して、少しも騒がず悠々と逃げ去った腕前は、ゾッとこわくなるほどです。しかし、僕はこの恥辱をそそがねばなりません。お嬢さんはおそらく、もう生きてはいらっしゃらないかも知れませんが、いずれにせよ、きっとその隠し場所を発見してお目にかけます。そして、僕はあいつをとらえるまでは、この戦いをやめません。命をかけても、必ずあいつをやっつけないでおくものですか」

宗像博士は、満面に朱《しゅ》を注《そそ》いで、川手氏にというよりはむしろわれとわが心に誓うもののように、はげしい決意を示すのであった。

お化け大会

宗像博士が、塵芥車のトリックを発見したのが八時三十分ごろ、警視庁の中村捜査係長が、おくればせにかけつけたのが、それから又十分ほども後であった。

中村警部は、宗像博士から委細を聞き取ると、捜査手配のために、すぐさま警視庁に引き返したが、あらためて全市の警察署、派出所、交番などに、犯人逮捕の指令が飛んだことはいうまでもない。

今度は犯人と共犯者の風体もよくわかっているのだし、その上塵芥車という大きな荷物があるのだから、発見は容易である。だが、彼らが逃げ出してからすでに一時間、何しろ魔術師のようなすばやいやつのことだから、まさか今ごろまで、もとの掃除人夫の姿で塵芥車を引っぱって、ノロノロ町を歩いているはずはない。おそらくは邪魔な塵芥車はどこかへ捨てて、風体を変え、妙子さんをさらって姿をくらましたに違いない。とすると、折角の非常指令もあとの祭りである。からっぽの塵芥車でも発見するのが関の山であろう。

案の定、それから三十分ほどもすると、主人を慰めるために川手邸に居残っていた宗像博士のところへ、警視庁の中村係長から電話があって、塵芥車が発見されたという知らせである。

場所は川手邸から三丁とは離れていない、神社の森のなかだという。ああ、何ということだ。賊は川手邸を出たかと思うと、もう車を捨ててしまったのだ。では、妙子さんは？　まさかの森の中へ捨てたわけではあるまい。いったいどうして、どこへ運び去ったというのであろう。

博士と小池助手とは、ともかく現場へ行ってみることにした。

車を呼ぶまでもなく、教えられた道を、走るようにして二つ三つ曲がると、もうそこが神社の森であった。その辺は、麻布区内でも、市中とも思われぬ場末めいた感じで、附近には広い空地などもあり、子供たちの遊び場所になっている。

神社の森の中へはいってみると、塵芥車はもう警察署へ運び去られたということで、そのあとに目印の小さな杭が立てられ、そばに制服の若い警官が立っていた。

博士は名刺を出して、警官に話しかけた。

「警視庁の中村警部から聞いてやって来たのです。中村君もじきあとから、ここへ来るといっていました」

「ア、そうですか。お名前はよく承知しております。今度の事件に御関係になっているんだそうですね」

若い警官は、有名な民間探偵の顔を、まぶしそうに見て、丁寧な口をきいた。

「で、塵芥車のほかに何か発見はありませんでしたか」

「さいぜんから、ひと通りこの森の中を捜索したのですが、まったく何の手掛かりもありません。ごらんの通りの石ころ道で、足跡はわかりませんし、被害者をどこかへ隠したのではないかということですが、そういう様子も見えません、狭い境内《けいだい》のことですから、土を掘ったりすれば、すぐわかるはずですし、社殿の中や縁の下なども調べたのですが、これという発見もありませんでした」

「君一人でお調べになったのですか」

「いえ、署の者が五人ほどで手分けをして、調べたのです」

「いや、有難う。僕はこの辺を少しぶらついてみますから、中村君が来られたら、そうお伝え下さい」

博士は警官に挨拶をして、小池助手といっしょに神社を出ると、どこという当てもなく、ブラブラと歩き出した。

「おや、小池君、あすこに見世物《みせもの》が出ているようだね」

しばらく行くと、博士がそれに気づいて助手をかえりみた。

「ええ、そうのようですね。のぼりが立ってますよ。ああ、お化け大会と書いてあります。例の化物屋敷の見世物でしょう」

「ホウ、妙なものが出ているね。行って見ようじゃないか。化物屋敷なんてずいぶん久し振りだ。東京にもこんな見世物がかかるのかねえ」

「近頃なかなか流行しているんです。昔は化物屋敷とか(注2)八幡《やわた》の藪《やぶ》知らずとかいったようですが、この頃お化け大会と改称して、いろいろ新工夫をこらしているそうです」

話しながら歩くうちに、二人は大きなテント張りの小屋掛けの前に来ていた。

小屋の前面は、張り子の岩組みと、一面の竹藪になっていて、その間から狐格子《きつねごうし》の辻堂などがのぞいている。さもものすごい飾りつけである。上部にはズラッと毒々しい絵看板が並び、それにはありとあらゆる妖怪変化《ようかいへんげ》の姿が、今にも飛びついて来そうに、ものおそろしくえがいてある。

前には黒山の人だかりだ。その群集の頭の上に、台にのった木戸番の若者の胸から上が見えている。若者は口にメガフォンをあてて、しゃがれ声をふりしぼり、夢中になって客寄せの口上《こうじょう》をどなっている。

だんだん近づいて見ると、木戸の上に、大きな貼紙をして、下手な字で、何かゴタゴタと書いてある。

大　懸　賞
本お化け大会入口より出口まで御通過なされしお客様には、入場料金を全部返却の上、賞金壱千円贈呈致します。

「おや、変な見世物だねえ。百円の入場料で、千円の賞金を出していたんじゃ、興行主は損ばかりしていなけりゃなるまい」

博士が思わずひとりごとのようにいうと、群衆の中の一人の老人が、それを聞きつけて話しかけた。

「それが、そうじゃねえんですよ。座元は丸儲《まるもう》けでさあ。ほら、ごらんなさい。入口からああしてゾロゾロ見物が出て来るでしょう。みんな中途で引き返すんでさあ。

「あっしゃ、昨日から気をつけて見ているんだが、無事に出口までたどりついた客は一人もねえ。よっぽどおっかない仕掛けがあるんですぜ。中途で引き返した人の話じゃ、中は八幡の籔知らずで、どこを歩いていいかさっぱり見当がつかない上に、まったく思いもかけないところから、ヒョイヒョイとおっそろしい化物や幽霊が飛び出して来る。いや化物ばかりならいいんだが、もっと気味のわるいものがあるっていいますよ。死人ですよ。汽車にひかれて、手足がバラバラになってころがっているんだとか、胸をえぐられて、空《くう》をつかんで、口から血をタラタラと流して、今息を引き取ろうとしているんだとか、こわいよりも胸がわるくなって、とても見ちゃいられねえっていうんです」

江戸っ子らしい老人は、ひどく話好きと見えて、聞きもしないのに、ペラペラとしゃべるのだ。

「で、お爺《じい》さんは中へはいって見ないんですか」

小池助手がからかい顔に尋ねると、老人は顔の前で手を振って見せた。

「ごめん、ごめん、百円も出して胸のわるい思いをするこたあねえからね。何なら、お前さん方御見物なすっちゃどうだね」

すると、宗像博士は何を思ったのか、その言葉を引きとるように、

「どうだ、小池君、一つはいってみようじゃないか」

と、笑いもしないでいうのである。

「え、先生がおはいりになるんですか」

犯人の捜索はどこへ行ったのだ。それを捨てておいて、子供みたいにお化けの見世物を見たがるなんて、先生はどうかしたんじゃないかしら。小池助手はあっけにとられて博士の顔をまじまじと見つめた。

「少し思いついたことがあるんだよ……まあ、黙ってついて来たまえ」

博士はそう云ったかと思うと、群衆を押し分けて、もう木戸口の方へ歩き出していた。

立ち上がる骸骨《がいこつ》

小池助手は、名探偵ともいわれる人のあまりの子供らしさに呆気《あっけ》にとられたが、ふと気がつくと、それには何かわけがありそうであった。博士は非常に実際的な規則正しい性格で、意味もなく見世物なんかへはいる人ではなかった。

「もしかすると、先生はこの化物屋敷の中で、妙子さんを探そうというのではないかしら」

この想像が、小池助手をギョッとさせた。見せびらかすことの好きな、芝居がかりの殺人鬼のことだ。あるいはこの想像が当たっているかも知れない。妙子さんを運んだ塵芥車はすぐ近所の神社の境内にからっぽにして捨ててあったのだ。まだ薄暗い早朝とはいえ、まさか若い女を抱いて遠くまで逃げることは出来まい、どちらの方角も町続きだから、やがてはげしくなる人通りの中を、あやしまれないで逃げおおせるものではない。というふうに考えて来ると、いかにとっぴに見えようとも、博士の想像はどうやら当たっているらしくも思われる。

博士が木戸へ近づいて入場料を払うと、木戸番の若者は妙な笑い顔で注意を与えた。

「中で紙札を二度渡しますからね。出口で返して下さい。それが無事に通り抜けたという証拠になるのですよ。二枚揃ってなくちゃいけませんよ」

二人はそれを聞き流して木戸をはいって行った。テント張りとはいえ、天井はすっかり厚い黒布でおおってあるので、一歩場内にはいると、夜も同然の暗さであった。その薄暗い中に見通しもきかぬ竹藪の迷路が続いているのだ。あるいは右に、あるいは左に、あるいは往き、あるいは戻り、やっと人一人通れるほどの細道が、何丁となくつづいている。全体の面積はさほどではなくても、往きつ戻りつの道の長さは驚くばかりである。

道が分かれている箇所に出ると、小池助手はどちらを選ぼうかと迷った。もし間違った道にはいり込んでしまったら、いつまでもどうどう巡《めぐ》りをするばかりで、はてしがないからである。

「君、迷路の歩き方を知っているかい、それはね、右なら右の手を、藪の垣から離さないで、どこまでも歩いて行くんだ。そうすると、たとい無駄な袋小路へはいっても、二度と同じ間違いを繰り返すことがない。出鱈目《でたらめ》に歩くよりも、結局はずっと早く出られるのだよ」

博士は説明しながら、右手で竹藪を伝って、先に立って、グングンと歩いて行く。小池助手はなるほどそういうものかなあと思いながら、そのあとを追うのである。

長い竹藪の間々には、ありとあらゆる魑魅魍魎《ちみもうりょう》が、ほのかな隠し電燈の光を受けて、あるいは横たわり、あるいはたたずみ、あるいはうずくまり、あるいは空からぶら下がっていた。あるものはからくり仕掛けで、ゆっくりと動いていた。古池になぞらえた水溜《みずため》の中から痩《や》せ細った手がニューッと出て、それから徐々に、お岩のように片目のつぶれた女の幽霊が現われ、見ていると、そのまんまるに飛び出した目から、タラタラとまっかな血が、とめどもなく流れ出すという、念のいった仕掛けもあった。

ある時はまた、見物は闇の通路で、何かしらグニャグニャした大きなものを踏んづけるのである。ギョッとして目をこらすと、何とも形容の出来ない、鼠色のいやらしいものが地上に横たわっているのだ。どうやら顔らしい部分や手足らしい部分が見えるけれど、むろん人間ではない、といって動物でもない。何かしら、ゾーッとするような、えたいの知れぬ物体なのだ。

ある場所では、真《しん》に迫った首吊り女が、見物の頭の上から、スーッとその肩に負《お》ぶさって、両手でしがみつき、いやな声で笑い出す仕掛けもあった。

だが、それらの人形が、どれほどたくみに、いやらしく出来ていたとしても、屈強《くっきょう》の男を走らせるほどの恐怖は感じられなかった。よく見ていると滑稽《こっけい》でこそあれ、心からこわいというようなものではなかった。

「先生、つまらないじゃありませんか、ちっともこわくなんかありゃしない。どうしてこんなものを見て逃げ出すんでしょうね」

「まあ、終わりまで見なければわからないよ。それに僕たちはただ慰《なぐさ》みにはいって来たんじゃない。大事な探しものがあるんだ。人形一つでも見のがすわけにはいかないよ」

二人はそんなことを低声に云いかわしながら、お化けや幽霊に出くわすと、ハッと立ち止まり立ち止まり歩いているうちに、やがて竹藪の迷路を抜けて、黒板塀のようなものに突き当たった。

「おや、また袋小路かな。いやいや、そうじゃない。ここに小さなくぐり戸がある。開けておはいりください、とはり紙がしてある」

いかにも、黒板塀の上に、ひどく下手な字のはり紙が見える。

「君、少しすごくなって来たじゃないか。まっ暗な中で戸を開けてはいるというのは、何だか気味のわるいものだね」

「そうですね。一人きりだったら、ちょっといやな気持がするかも知れませんね」

しかし、二人はまだ心の中でクスクス笑っていた。なんてこけおどしな真似《まね》をするんだろうと、おかしくて仕方がなかった。

博士を先に、二人は戸を開いて中にはいった。だが、そこには別に恐ろしいものがいるわけではなく、ただ文目《あやめ》もわかぬ闇があるばかりであった。天井も左右の壁も、板を重ねた上に黒布が張ってあるらしく、針の先ほどの光もささぬ如法暗夜《にょほうあんや》である。目の前に何かムラムラと煙のようなものが動いたり、ネオンサインのようにあざやかな青や赤の環《わ》が現われたり消えたりした。造りものの化物などよりは、この網膜《もうまく》のいたずらの方が、かえって不気味なほどであった。

「こりゃ暗いですね。歩けやしない」

二人は手を壁に当てて、足で地面をさぐりながらあるいて行った。

「昔パノラマという見世物があってね。そのパノラマへはいる通路が、やっぱりこんなだったよ。この闇が、つまり現実世界との縁を断つ仕掛けなんだ。そうしておいて、まったく別の夢の世界を見せようというのだね。パノラマの発明者は、うまく人間の心理をつかんでいた」

手さぐりで五間ほども進むと、左側の闇に、何か白いものが感じられた。やっぱり網膜のいたずらかと疑ったが、どうもそうではないらしい。何かがうずくまっているのだ。

「なあんだ、骸骨ですよ。骸骨が胡坐《あぐら》をかいているんですよ」

小池はそのそばに近づいて、骨格にさわってみた。絵ではない。人間が縫いぐるみを着ているのでもない。本物の骨格模型である。

何も見えぬ黒暗々《こくあんあん》の中に、この世のたった一つの生きもののように、白い骨が浮き上がって、ポツンと胡坐をかいている有様は、こわいというよりも、異様に謎めいて不気味であった。

だが、二人が立ち止まって見ているうちに、妙なことが起こった。骸骨がスーッと立ち上がったのである。そして、いきなり右手を二人の方へ突き出した。その手に紙の束を持っているのが、どうやら見分けられた。

と同時に、骸骨の口がパックリと開いて、カチカチと歯をかみ合わした。

妙なしゃがれ声で笑っているのだ。どこかにラウド・スピーカーがあって、遠くから声を聞かせているのに違いない。

それが木戸番のいった証拠の紙札であることはすぐわかったが、気の弱いものは、黒暗々の中で、骸骨の手からそれを受け取る勇気がなくて、逃げ出してしまうかも知れない。いわばこれが第一の関所《せきしょ》であった。

博士と小池助手とは、むろんこわがるようなことはなく、一枚ずつそれを受け取って、さらに前方への手さぐりをはじめた。

それから少し行くと正面の壁に突き当たった。右にも左にも道はない。行き止まりになっているのだ。

「変だね。あとへもどるのかしら」

「その辺に、又戸があるんじゃないでしょうか。やっぱり黒い板塀のようじゃありませんか」

「そうかも知れない」

博士は正面の板をしきりとなで廻していたが、間もなく、

「ああ、あった、あった。ドアになっているんだよ。押せば開くんだ」

とつぶやきながら、そのドアを押して中へはいって行った。その拍子に、何かしらマグネシュームでも焚《た》いたような、ギラギラした光線が、パッと小池助手の目をくらませたが、それも一瞬で、ドアはバネ仕掛けのように、彼の鼻先にピッタリ閉ざされてしまった。

博士を追って中へはいろうと、押しこころみたが、どうしたことか、ドアは誰かがおさえてでもいるように、びくとも動かない。

「先生、戸が開かなくなってしまいました。そちらから開きませんか」

その声がドアを漏れてかすかに聞こえて来たが、博士の方ではそれどころではなかった。まっ暗闇から突然太陽のような光の中へほうり出されて、クラクラとめまいがしそうになっていたのだ。

何かしらギラギラと目を射る、非常な明るさであった。しばらくは闇と光の転換のあまりの激しさに網膜が麻痺《まひ》したようになって、何が何だか少しもわからなかったが、靄《もや》が薄れて行くように目の前のギラギラした後光《ごこう》みたいなものが消えて行くと、その向こうに、目を大きく見開いて、口をあけ、だらしのない恰好《かっこう》で立っている一人の男が現われて来た。

「おやッ、あれは俺じゃないか」

ギヨッとして見直すと、その男はよそ行きの取りすました顔になっていたが、眼鏡といい、口髭といい、三角の顎髯といい、モーニングといい、宗像博士自身と一分一厘も違わない男であった。

千人の宗像博士

何だか魔法にかけられたような、それとも気でも狂ったのじゃないかと怪しまれるような、一種異様の心持であった。場所が化物屋敷の中だけに、そして、今の今まで、文字通りの闇の中を歩いて来ただけに、博士はついこの見世物の考案者を買いかぶったのであった。

少し落ちついて、よくよく見れば、博士の正面にあるものは、大きな鏡の壁に過ぎないことがわかって来た。

「なあんだ。鏡だったのか。しかし、それにしても、この見世物は普通の化物屋敷なんかと違ってなかなか味をやりおるわい」

だが、なあんだ鏡かと、軽蔑《けいべつ》するのは少し早まり過ぎた。この妙な小部屋にはまだまだ博士をびっくりさせるような仕掛けが、しつらえてあったのだから。

ヒョイと右を向くと、そこにも博士自身がいた。左を向くとそこにも同じ自分の姿があった。うしろを振り返ればドアの裏側がやっぱり鏡で、そこに実物の五倍ほどもある大入道《おおにゅうどう》のような博士の呆気にとられた顔がのぞいていた。

いやいや、こう書いたのではほんとうでない。鏡は四方にあったばかりではないのだ。天井も一面の鏡であった。床も一面の鏡であった。そして、博士を取りまく壁は不規則な六角形になっていて、それが枠もなにもない鏡ばかりなのだ。つまり六角筒の内面が、少しの隙間もなくすっかり鏡で張りつめられ、その上下の隅々に電燈が取りつけてあるという、いとも不思議な魔法の部屋なのである。

しかも、それらの鏡は、必ずしも平面鏡ばかりではなかった。ある部分は先にも記したように実物を五倍に見せる円形の凹面鏡《おうめんきょう》になっていた。またある部分は、鏡の面が複雑な波形《なみがた》をしていて、人の姿を一丈に引き伸ばしたり、二尺に縮めたりして見せた。そして、それらの雑多《ざった》の影が六角のおのおのの面に互いに反射し合って、一人の姿が六人になり、十二人になり、二十四人になり、四十八人になり、じっと鏡の奥をのぞくと、はるかのはるかの薄暗くなった彼方《かなた》まで、おそらくは何百という影を重ねてうつっているのだ。それを六倍すれば何千人、さらにその上に、天井と床とが、またそれぞれに反射し合い、それぞれの壁に影を投げるのである。

博士はそういう鏡の部屋というものを、想像したことはあった。しかし、これほどよく出来た鏡の箱に、ただ一人とじこめられたのは、まったくはじめての経験なのだ。世間を知りつくし、物に動ぜぬ法医学者も、このすさまじい光景には、理窟ぬきに、赤ん坊のような驚異《きょうい》を感じないではいられなかった。

博士が笑えば、千の顔が同時に笑うのだ。しかも、それらの中には、五倍の大入道の顔、胡瓜《きゅうり》のような長っ細い顔、南瓜《かぼちゃ》のように平べったい顔なども、幾十となくまじっている。手を上げれば同時に千人の手が上がり、歩けば同時に千人の足が動くのだ。

天井を見上げると、そこには逆立ちをした博士が、じっとこちらをにらみつけている。床をのぞけばそこにも足を上にしてぶら下がっている博士が、下の方から見上げている。そして、それら二様の逆の姿が、無限の空にまで、奥底知れぬ六角の井戸の底まで、数限りもなく重なり合って、末は見通しもきかぬ闇となって消えているのだ。つまり、前後左右はもちろん、上も下も無限の彼方に続いていて、まるで大空に投げ出されでもしたような、大地が消えてなくなったような、いうにいわれぬ不安定の感じであった。

どちらを見ても、行き止まりというものがなく、自分自身の姿が無限に続いているのである。この恐ろしい場所を逃れるためには、それらの何千という人々を、掻き分け押し分け、無限に走るほかはないという、奇怪千万な錯覚が起こるのだ。

博士はふと、こんな見世物を興行させておくのは人道問題だと思った。博士のような思慮分別《しりよふんべつ》のある中年者でさえ、たまらないほどの不安を感じるのだから、若《も》し女子供がこの鏡部屋にとじこめられたら、恐怖のために泣き出すに違いない。いや、泣き出すばかりでなく、中には気が違ってしまう者もあるかも知れない。

博士はかつて何かの本で、人間を鏡の部屋にとじこめて発狂させた話を読んだことがあった。そして、それと関連して、寄席《よせ》の芸人が物真似をする、蝦蟇《がま》の膏《あぶら》売りの、滑稽なようでいて、どこともなくものすごい妙な口上が、耳元に浮かんで来た。無神経な蝦蟇でさえ、鏡に取りかこまれた恐怖には、全身からタラーリタラーリと脂汗を流すではないか。

さすがの宗像博士もこの恐怖の部屋に、そのままたたずんでいる気はしなかった。大急ぎで六角の鏡の面にさわりながら、どこかに出口はないかと歩き廻った。すると、千人の同じ博士がグルグルと大グラウンドでのマス・ゲームのように卍巴《まんじともえ》となって歩き廻るのだ。

何という残酷な仕掛けだろう。入口のドアは閉まったまま開かないし、出口も見つからぬ。見物が気の違うまで閉じこめておこうとでもいうのだろうか。

さいぜんドアが素早く閉まったのには理由があったのだ。あのドアには、一人だけ中にはいるとあとから見物がはいらぬよう、ある時間、押しても引いても、開かなくなってしまう仕掛けがしてあるのだ。そして一人ぼっちでこの魔の部屋の恐怖を味わわせようというわけなのだ。

「小池君、こいつは気味がわるいよ。鏡の部屋なんだ。それに出口がどこにあるんだかわからない。そのドアをもう一度押してごらん」

博士は外の闇の中にいる小池助手に、大声に呼びかけた。

「どうしても開かないんです。さっきから押しつづけているんですけれど」

「小池君、君ここへはいっても驚いちゃいけないよ。僕は何も知らずに飛び込んだものだから、ひどく面喰らってしまった。どこもかも鏡ばかりなんだ。この部屋には僕と同じやつが千人以上もウヨウヨしているんだぜ。そして、僕と同じように、今ものをいっているんだ。ハハハハハハハハ、ああ、僕が笑うと、やつらも口を開いて笑うんだ」

「ヘエ、気味がわるいですね。そして出口がわからないのですか。この戸はどっか狂ったのじゃないでしょうか。入口へもどって、人を呼んで来ましょうか」

「アッ、開いた。開いた。君、やっと鏡の壁が口を開いたよ。じゃ僕は先に出て待っているからね」

いかにも、六角形の一つの面が、機械仕掛けでクルッと廻転して、人一人通り抜けられるほどの隙間が出来た。その向こう側は例によって、黒暗々の闇である。

博士はそこを出ようとして、躊躇《ちゅうちょ》した。もし小池助手がはいって来たら、こんな不気味な部屋へ一人残しておかないで、いっしょに出ようと考えたからである。

しかし、化物屋敷の考案者はそこに抜かりがなかった。

「僕の方は開きませんよ。どうしたんだろう」

小池助手が入口のドアを、外からドンドンとたたく音がした。しかし、いっかな開きはしないのである。

仕方がないので、博士は先に鏡の部屋を出て、外の暗闇にはいったが、すると、今まで開いていた隙間が、カタンという音をたて、自然にふさがれてしまった。そして、ほとんどそれと同時に、部屋の中からかすかな小池助手の声が聞こえて来た。

「先生、どこにいらっしゃるのです。開きましたよ。ドアが開きましたよ」

「出口はここだ。しかし、自然に開くのを待つほかはないのだ。仕方がない、しばらくそこに我慢していたまえ」

博士は今出たあたりの壁をコツコツとたたいて聞かせながら、大声にどなるのであった。

轢死者《れきししや》の首

闇の中にたたずんでしばらく待っていると、やっと目の前の壁が開いて、小池助手がフラフラと逃げ出して来た。

「驚きました。実にいやな気持ですね。僕は半分目をつむってましたよ。そうでないと、今にも気が変になるような気がして」

「なるほど。これじゃ、みんなが逃げ帰るはずだ。進めば進むほどものすごくなるのだからね」

二人はボソボソとささやきかわしながら、またしても壁伝いに闇の中を歩きだした。真の闇というものは、人の声を低くするものである。そこにただよう何かしら隠《いん》微《び》な魂《たましい》が高話《たかばなし》をおさえつけて、ささやき声にしてしまうものである。

「どうです？　少し驚いたでしょう。だが、これはホンの序の口ですよ。ほんとうにこわいのはこれからです。引き返した方がおためですぜ。気絶なんかされちゃ困りますからね」

闇の中から低いしゃがれ声が響いて来た。おそらくは骸骨の場合と同じように、どこにかラウド・スピーカーがあって、誰かが遠くからしゃべっているのであろうが、闇の中だけに、つい鼻の先にまっ黒なやつがうずくまってでもいるような気がして、二人は思わず立ち止まった。

「ハハハハハ、ひどくおどかすねえ。それに、帰れ帰れっていうのは、すこし卑怯じゃないか」

「そうですね、人を喰ったものですね」

大多数の見物は、この辺でとどめを刺されて、いよいよ引き返す気になるのであろうが、博士達は引き返さなかった。鏡の部屋の経験で、これが世の常の化物屋敷でないことがわかったけれど、この二人は不気味であればあるほど、かえって好奇心をおこす側の人々であった。それに、かんじんの死体捜索という大目的があるのだから、場内を一巡しないでは意味をなさぬわけだ。並々の見世物でなくて、大人の二人にもかなりのスリルを感じさせるのは、いわば予期しなかった儲けものであった。

手探り足探りで歩くほどに、やがて徐々にあたりがほの明るくなって来た。

「また竹藪があるようだね」

いかにも、黒布のトンネルのような通路を出ると、またしても鬱蒼《うっそう》たる竹藪の細道であった。そこをガサガサいわせながらたどって行くうちに、ヒョイと右側を見ると、その竹藪の切れ目があって、幅一間奥行二間ほどの、藪にかこまれた空地があった。その部分だけ薄青い電燈がついているのでハッキリ見えるのだが、空地のまんなかに大きな十字架が建っていて、そこに一人の女が大の字にしばりつけられている。青い獄衣《ごくい》のようなものを着て、その胸の部分だけが、前にくくり合わされ、両腋《りょうわき》から乳の辺まで、肌が現われている。

「磔刑人形《はりつけにんぎょう》ですね」

その十字架の両側には、チョン髷《まげ》に結った二人の男が、縄《なわ》の襷《たすき》をかけて、長い鎗《やり》を左右から女の両腋につきつけている。そして、その鋒鋩《ほさき》が女の両の乳の下を、抉《えぐ》っている。それはここに細叙《さいじょ》することを憚《はばか》るほどの、見るものはたちまち吐き気を催すほどの、無残な有様であった。

女の美しい顔は藍色《あいいろ》であった。恨めしげに見開いた目はまっかであった。唇はドス黒く見えた。眉をしかめ、目を狐のように逆立て、口を大きく開いて、わめいている形相のものすごさ。

しかも、ここにも異様なからくり仕掛けがあった。二人の男の手が動いて、鎗の鋒鋩がグイグイとそこを抉った。すると、アア、何ということだ。磔刑女は、ゾーッと歯ぎしりが出るような、聞くも無残な声で叫ぶのである。一度聞いたら、一《ひ》と月《つき》も二た月も耳に残るような恐ろしい声で、わめくのである。マイクロフォンとラウド・スピーカーを、何と巧みに使いこなしていることだろう。

お化けや幽霊を怖がらなかった二人も、流石にこの生人形《いきにんぎょう》(注3)には胸が悪くなった。お互の顔色が青くなっていることを認め合った。

「先生、早く通りましょう。これでは見物が逃げもどるはずですよ。なんてひどい見世物でしょう」

「管轄の警察の手落ちだね。こんなものを許すなんて。多分いつものお化け大会だぐらいに思って、よく調べなかったのじゃないかな」

それからの長い竹藪の細道には、あるいは右にあるいは左に、大小様々の空地があって、そこにありとあらゆる無残なもの、血なまぐさいもの、一と口でいえば、解剖学教室のもっともおそろしい光景に類する恐怖が、次から次へと、ほの暗い照明の中に、毒々しい生人形の塗料を光らせて、真に迫って並んでいるのである。或ものは断末魔のうめきを立て、十本の指に空を掴み、あるものは知死期《ちしき》の痙攣《けいれん》に震え、あの死の恐怖、大手術の恐怖を、まざまざと見物の目の底に焼きつけようとしていたのである。

その光景のことごとくを描写することは読者のために、避けなければならない。それらのうちの、もっとも手軽な一例を記すだけでも、おそらく充分すぎるであろう。

そこにはやや広い空地があって、背景は暗く茂った森林、左手にトンネルが魔物のようなまっ黒な口を開き、その中から二本の鉄路《てつろ》が流れ出している。レールの土台をのぞいて、一面の草原。今汽車が通過したばかりという心持である。

その線路と草原とのあちこちに、今轢断《れきだん》されたばかりの若い女の死体がころがり、その切り離された首だけが、見物にもっとも近い草の上に、チョコンと、切り口を土につけて立っていた。藍色に青ざめているけれど、美しい顔だ。

桐の木に彫刻をして、胡粉《ごふん》をぬり、塗料をぬり、毛髪は一本一本植えつけ、歯はほんとうの琺瑯義歯《ほうろうぎし》をいれるという、この生人形というものは、いつの世、何人《なんぴと》が発明したのであろう。顔の小皺《こじわ》の一本まで、生けるがごとき生々《なまなま》しさ。生人形とはよくも名づけたものである。

轢死者の首は、美しい眉をしかめ、口を苦悶《くもん》にゆがめて、じっと目を閉じていた。ああ、何という生々しさ。今汽車が通過したばかり、そして、レールからコロコロところがって来て、そこへすわったばかりという心持を、どんな名画も及ばぬたくみさで描き出していた。まだ反動がしずまらないで、生首はユラユラとゆれているかとさえ疑われた。

「先生、先生」

小池助手が青ざめた顔で、かわいた唇で、強くささやきながら、博士の腕をとらえた。

「先生、僕の目がどうかしているんでしょうか。よくこの首を見て下さい。こんな人形ってあるでしょうか。もしや……」

あとは口に出すのも恐ろしいように、いい渋った。

「妙子さんではないかというのだろう。僕もそれに注意しているんだが、少しも似ていないよ。生顔《いきがお》と死顔《しにがお》とは相好《そうごう》が変わるものだといっても、こんなに違うはずはないよ」

「そういえば、そうですね。しかし、僕はなんだか、ほんとうの人間の首のような気がして……」

小池助手がそこまでささやいた時であった。まるで、その言葉を裏書《うらがき》でもするように、生人形の首がパッチリと目を見開いたのである。すずしい黒目がちの目だ。その黒目が右に左にキョロキョロと動いた。二人はギョッとして、一歩あとにさがった。例のからくり仕掛けにしては、少し出来すぎている。

呆然と立ちすくんでいる二人の前で、生首の口辺の皺がムクムクと動いて、やがて、紫色の唇が開き、白い歯がニッと現われた。そして、笑ったのである。草原の上の生首が声をたてないでニヤニヤ笑ったのである。一瞬間、さすがの法医学者も、勇敢なその助手も、動悸《どうき》の早まるのをどうすることも出来なかった。顔は二人とも紙のように青ざめていた。

しかし、やがて、宗像博士は笑い出した。

「これは君、生きた人間だよ。若い女が土の中へ全身を埋めて、首だけ出しているんだよ」

むろんそのほかに考え方はなかった。おそらくそこに木の箱でも埋めて、全身が冷えぬような設備をして、そんな真似をしているのであろうが、それにしても、何というとっぴな人騒がせな思いつきをしたものだ。うす暗い草原の中で、人形とばかり思い込んでいた轢死女の首だけが、ニヤニヤ笑うのを見たら、たいていの見物は腰を抜かしてしまうであろう。

「なるほど考えたものだねえ。これ一つでも入場料だけの値打ちはありそうだぜ」

「僕はこんな気味のわるい見世物は始めてですよ。この興行主はよっぽど変わり者に違いありませんね」

まだ青ざめた顔で、かわいた唇で、そんなことを話しながら、轢死の場面を立ち去ろうと、二、三歩あるいた時である。小池助手は何かしらうしろに異様なものの気配を感じて、ハッと振り向いた。

すると、線路の上にころがっていた、血みどろの腕が、まるで爬虫類《はちゆうるい》ででもあるように、スーッと草原の上をはって、こちらへ近づいて来るのが見えた。しかも、恐ろしいことには、それが見る見る柵を越して通路の方まではい出して来たのである。

「ワァ！」

小池助手は思わず声を上げて、博士の肩にしがみついた。からくり仕掛けとわかっていても、青白い腕ばかりが、暗い地面をはい出して来るなんて、どんな大人にも気味のよいものではない。

すると又してもいつものしゃがれ声が、どこからともなく響いて来た。

「お客さん、これが二枚目の紙札ですよ。これを持って出ないと賞金はとれませんよ。だが用心して下さい。死びとの腕はお客さんに咬《か》みつくかも知れませんよ」

又しても、陰気なおどかし文句だ。見れば、死人の指には、一束の小さな紙札が握られている。

「なるほど。なるほど、よく考えたものだね。しかし、これを受け取れば、我々は完全に関所を通過したことになるわけだね」

博士はそんなことをつぶやきながら、腰をかがめて、人形の腕をつかむと、その指から二枚の紙札を抜き取った。

「なるほど、大きな判が捺してあるね」

博士は立ち上がって、感心したように眺めていたが、さい前のと同じように、二枚とも自分のポケットにおさめた。

それからまた、いくつもの思いきって無残な場面を通りすぎて、さしも長い竹藪も終わりに近いところまでたどりついた。

「先生、とうとうおしまいのようですね。しかし、どこにも本物の死体なんて、なかったじゃありませんか」

小池助手は失望の面持である。あれだけおびただしい死びと人形の中に、一つも本物がまじっていないなんて、かえって不自然のような気さえした。

「だが、まだここに、何だかものものしい場面があるぜ。ここだけひどく薄暗いじゃないか」

博士はそこの柵の前に立って、じっと奥の方を見つめていた。

そこには、竹藪にかこまれた雑草のおい茂った空地に一軒の荒屋《あばらや》が建っていた。六畳一と間きりの屋内は、戸も障子もなくて見通しである。その部屋いっぱいに、色褪《あ》せた萌黄《もえぎ》の古蚊帳《かや》が吊ってある。光といっては、その蚊帳の上に下がっている青いカバーをかけた暗い電燈ばかり。蚊帳の中はほとんど見すかせぬほどである。

「なんだろう。蚊帳の中に何かいるようじゃないか」

「いますよ。よく見えないけれど、何だか裸体の女のようですぜ。ああまっぱだかです。それでこんなに暗くしてあるんですよ」

「なにをしているんだろう」

「殺されているんですよ。顎から胸にかけて、黒いものがいっぱい流れています。血です。はだかに剝《は》がれて惨殺された女ですよ」

「五体はそろっているようだね」

「ええ、そうのようです」

「髪は断髪じゃないかい」

「断髪ですよ」

「肉づきのいい、若い女だね」

話しているうちに少しずつ目が慣れて、蚊帳の中の女の姿が浮き上がって来た。

「調べて見ましょうか」

「ウン、調べて見よう」

二人は意味ありげな目を見かわした。何かツーンとしびれるような感じが、小池助手の背筋をはい上がった。

二人は柵を越えて、無言のまま中にはいり、膝を没する雑草を踏み分けて、荒屋の上にあがって行った。そしてまず博士が古蚊帳の裾に手をかけると、それをソッとまくり上げた。

黒い影

荒屋の縁側に上がって、古蚊帳をまくると、天井に仕掛けた青い豆電燈のかすかな光を受けて、一人の美女がまるで水の底の人魚のように横たわっていた。二人は這うようにして、その生々しい生人形のそばへ近づいて行った。

「どうもそうらしいね」

「ええ、この顔は妙子さんにそっくりです」

小池助手の鼻の先に、ふっくらとした美女の肩がもり上がっていた。彼はオズオズとその青ざめた肌に指を当てて見た。

冷たい、水のような冷たさが、指の先から心臓まで伝わって来るように感じられた。それを我慢しながら、グッと押してみると、美女の肩が、靨《えくぼ》のようにへこんで行った。やわらかいのだ。ゴムのようにやわらかいのだ。

博士は、ハンカチを取り出して、ベットリと美女の胸を染めた黒いものを押しあて、それを目の前に持って来てながめたり、匂いを嗅いだりしていた。ハンカチには黒い液体がにじんでいる。

「君、懐中電燈をつけてごらん」

小池助手はポケットから、小型の懐中電燈を取り出して、スイッチを押し、その光を博士のハンカチにあてた。

今まで青い電燈の下で、黒く見えていたハンカチの汚点が、赤黒い血の色に変わった。

博士は無言のまま、ハンカチを助手に渡すと、胸の傷痕を調べた。

「心臓を抉られている。だが……」

博士は、出血量が案外少ないことを不審に思っているらしく、なお死体の全身をながめ廻していたが、

「ああ、やっぱり絞殺されていたんだ。そして、ここに運んで来てから、舞台効果を出すために心臓を抉ったに違いない」

と、ひとりごとのようにつぶやいた。

「昨夜、寝室で絞殺されたのでしょうか」

「そうらしい。でなければ、あんなにやすやすとベッドの中へ隠したり、塵芥箱の中へ隠したり出来ないはずだからね……犯人は、今朝まだ薄暗いうちに、これを塵芥車にのせて、そこの神社の中へ引っぱって来た。それから、死体をかついで、化物屋敷のテントに忍び込み、この蚊帳の中の生人形と置きかえたのだ。心臓を抉ったのは、こ

こへ来てからに違いない。むろん最初からここへ死体を隠すつもりで、見当をつけておいたのだろう。この場面を選んだのは、電燈も薄暗いし、蚊帳の中というこうまい条件がそろっていたからだ。この中へおけば、我々のように蚊帳をまくって見る見物なんかありやしないから、急に発見される心配はないと思ったのだ」

「それに、たいていの見物はここまで来ないで、逃げ帰ってしまうのですからね……でも、見世物小屋の人たちに、よく見つからなかったものですね」

「犯人がここへ来た頃は、まだ夜があけたばかりで、みんな寝ていたのだろう。それに、何も正面の入口からはいらなくても、この場面のすぐうしろから、テントの裾をまくって忍び込めばわけはないんだからね」

「早速、川手さんと中村係長に知らせなければなりませんね」

「ウン、電話をかけることにしよう……だが、小池君、ちょっと待ちたまえ。さいぜん渡された二枚の紙札がなんだか気になるんだ。懐中電燈をつけたついでに調べておこう」

紙札というのは、例の暗闇のなかの骸骨と叢《くさむら》をはい出して来た生腕とから受け取った化物屋敷通過証ともいうべき紙片である。

博士はその二枚の紙片を、ポケットから取り出し、小池助手のかざす電燈の光の中で、丁寧に調べてみた。

紙片は二枚とも同質同形で、その表面にはそれぞれ「第一引換券」「第二引換券」と筆太《ふでぶと》に記され、そのまん中に「丸花興行部之印」と大きな赤い判がベッタリと捺してある。

二枚とも、表面を調べ終わると、博士はそれを裏返して、懐中電燈の光に照らして見た。

「ああ、やっぱりそうだ。君、これを見たまえ」

二枚とも、紙片のまんなかに、黒い指紋がハッキリと現われていた。偶然についたのではなくて、指の腹に墨をつけて、わざと捺した指紋である。

博士は胸のポケットから、小型拡大鏡を出して、紙片の上にあててみた。

「三重渦状紋だ。悪魔の紋章だ」

「例のいたずらですね」

「我々を嘲笑《ちょうしょう》しているのだよ」

「しかし、あの骸骨や、人形の腕が、これを持っていたのは変ですね。ちょうど僕らの受け取った札にあいつの指紋が捺してあるというのは……もしや、あいつ、まだこの中にウロウロしているんじゃないでしょうか」

小池助手は異様に声を低くして、じっと博士の顔を見つめた。

「そうかも知れない。君、あれは何だろう。あの藪の中にいる黒いものは……」

博士の目は、蚊帳を通して、荒屋のうしろの竹藪にそそがれていた。

「エッ、黒いものですって？」

「ほら、あすこだ。海坊主のようなまっ黒な奴だ、まさか、こんな人の目につかぬところに、化物の人形が置いてあるはずはない」

博士は荒屋の背後の竹藪の中を、目で知らせながらささやいた。ほとんど光線の届かぬ闇の中だ。そういわれてみると、何かそこに、闇よりも濃い影のようなものが、朦《もう》朧《ろう》と立っているように感じられる。

博士は、刺すような眼光で、それをにらみつけている。闇の中の怪物も、身動きもせず、こちらを見つめている様子だ。蚊帳をへだてて、ほとんど三十秒ほども息づまるようなにらみ合いがつづいた。

「君、来たまえ」

博士はそうささやくと、いきなり蚊帳をまくって、荒屋の裏の藪の中へ飛び込んで行った。

ガサガサと竹のゆれる物音。

「そこにいるのは誰だッ」

博士の叱りつけるような重々しい声に応じて、闇の中から異様な笑い声が響いて来た。クックックッと、口を押さえて忍び笑いをしているような、まるで怪鳥《けちょう》の鳴き声のような、何ともいえぬいやな感じの音響であった。そして、又ガサガサと竹が鳴って、黒い怪物はすばやく藪の中へ逃げ込んだ様子である。

「待てッ」

闇の中のめくら滅法《めっぽう》な追跡が始まった。

小池助手も、博士のあとを追って、蚊帳を飛び出し、竹藪をかき分けながら、音のする方へ急いだ。

厚い竹藪の壁を押し分けて向こうに出ると、そこは以前に通り過ぎた迷路の中で、両側に藪のある曲がりくねった細道がつづいていた。

「どちらへ逃げました？」

「わからない、君はそちらを探して見てくれたまえ」

博士は云い捨てて迷路を右へ走って行く。小池助手は左の方へ突進した。

右に折れ左に折れ、いくら走っても際限のない竹藪の細道であった。もう自分がどの辺にいるのかさえ見当がつかない。黒い怪物は影も見えず、宗像博士がどの辺を追跡しているのか、それさえまったくわからぬ。

ふと立ち止まると、厚い竹藪の向こう側にガサガサと人の気配がした。重なり合った竹の葉をすかして見ても、薄暗くてよくわからない。何かしら黒い人影が感じられるばかりだ。

「先生、そこにいらっしゃるのは先生ですか」

声をかけても相手は答えなかった。答えるかわりに、又ガサガサと身動きしてクックックッとあの何ともいえぬ不気味な笑い声をたてた。

小池助手はそれを聞くと、ギョッと立ちすくんだが、やがて気を取りなおして、いきなり竹藪をかき分けながら、

「先生、ここです。ここです。早く来て下さい」

と叫びたて、顔や手の傷つくのも忘れて、藪の向こう側へくぐりぬけた。

だが、くぐりぬけて見廻すと、怪物はどこへ逃げ去ったのか、影もない。そして又、八幡の藪知らずの、はてしない鬼ごっこが始まるのだ。

「小池君」

ヒョイと角を曲がると、向こうから宗像博士が走って来た。

「どうだった。あいつに出あわなかったか」

「一度声を聞いたばかりです。確かにこの迷路のどこかにいるには違いないのですが」

「僕も声は聞いた。竹藪のすぐ向こう側に立っているのも見た。しかし、こっちがそこまで行く間に先方はどっかへ隠れてしまうんだ」

二人が立ち話をしているところへ、ガサガサと人の気配がして、三人の男が近づいて来た。見世物小屋の人たちである。さいぜんの叫び声を聞きつけて、様子を見にやって来たのだ。

博士は三人のものに、ことの仔細《しさい》を語り、怪物逮捕の手伝いをしてくれるように頼んだ。

「小池君、じゃあ君はこの人たちといっしょに、出来るだけ探して見てくれたまえ。僕は近くの電話を借りて、中村君に警官隊をよこしてくれるように頼むことにする。

「外は明るいのだし、大勢の見物が集まっているんだから、犯人が外へ逃げ出すことはなかろう。なあに、もう袋の鼠も同然だよ」

博士はいい捨てて、あわただしく迷路のかなたへ遠ざかって行った。

迷路の殺人

それから間もなくの出来事である。

薄暗い竹藪の、とある細道を、黒い影法師のようなものが、フラフラと歩いていた。

よく見ると、そいつは、ぴったりと身についたまっ黒なシャツを着、まっ黒なズボン下をはき、黒い靴下、黒い手袋、頭も顔もすっぽりと黒布で包んだ、全身黒一色の怪物であった。

ただ黒布の目の部分だけが、細くくり抜いてあって、その奥から、鋭い両眼が用心深くあたりを見廻している。むろん何者とも判断がつかぬけれど、もしこれが妙子さんを誘拐した犯人の一人とすれば、あの背の高い方の、ガーゼの眼帯をあてていた男に違いない。

黒い怪物は、宗像博士が警官隊を呼ぶために電話をかけに行ったことも、又、小池助手の指図で十人あまりの小屋の者が、迷路の要所要所に、捜索の網の目を張っていることも、よく知っているに違いない。

だが、彼は少しもあわてている様子がない。さも自信ありげに、ゆっくりと歩いている。例のクックックックッというかすかな笑い声さえたてながら。

竹藪の向こうのあちこちでは、捜索の人たちがガサガサと物音をたてながら、右往左往しているのが手に取るように聞こえる。竹の葉をかき分ける音が、前からも後からも、右からも左からも聞こえて来る。黒い怪物は、今や四方から包囲された形だ。しかも、その包囲陣は徐々に彼の身辺に縮められているのだ。

怪物は、しかし、まだせせら笑っていた。冗談らしくピョイピョイと飛ぶような恰好をしたりして暗の中を呑気《のんき》らしく歩いていた。

角を曲がると、頭の上に白いものがぶら下っていた。例の首吊り女の幽霊である。

怪物はそれを見上げて、又クックックックッとせせら笑った。黒布で包んだ顔の中から、二つの細い目が、何か陰気なけだものの目のように光っている。この海坊主を見ては、幽霊の方で身震いするかも知れない。

怪物がそのまま歩き出すと、からくり仕掛けの幽霊は、そのあとを追うように、スーッと舞い下がって来た。そして普通の見物にするのと同じ恰好で、うしろから彼の黒シャツの肩にしがみついた。

怪物は予期していたとみえて、少しも驚かなかった。又妙な笑い声をたてながら、その幽霊人形の細い手を払いのけようとした。

だが、どうしたことか、幽霊の両手はいくらふりほどいても、黒い怪物の肩から離れなかった。もがけばもがくほど、その手はグングン彼の頸《くび》をしめつけて来た。

それは実に異様な光景であった。細い両眼のほかは黒一色の影法師の背中に、長い髪の毛をふり乱した、白衣《びゃくえ》の青ざめた女幽霊が、負ぶさるようにしがみついているのだ。暗闇の竹藪の中ではそれが滑稽に見えるどころか、何ともえたいの知れぬ奇怪なものに感じられた。現実の出来事というよりは、悪夢の中の突拍子《とっぴょうし》もない光景であった。

痩せおとろえた女幽霊のあまりの力強さに、さすがの怪物もギョッとしたらしく、こんどは本気になって力まかせにその手をふりほどこうとあせった。

だが、幽霊の両手は、いよいよ力をこめて頸をしめつけて来る。呼吸もとまれとしめつけて来る。

「き、貴様ッ……」

怪物はついに悲鳴を上げた。うしろにしがみついているやつが、人形ではなくて、生きた人間であることを悟ったのだ。

恐ろしい格闘が始まった、女幽霊と海坊主との、死にもの狂いの組み打ちである。

だが、戦いはあっけなく終わりをつげた。頸をしめつけられて、力の弱っていた怪物は、たちまち幽霊のために組み伏せられてしまった。

「オーイ、とらえたぞ。ここだ、ここだ。早く来てくれ」

幽霊が小池助手の声でどなった。

ただ追い廻していたのでは、相手はまっ黒な保護色の怪物だから、急にとらえる見込みはないと悟って、とっさの機智、彼は首吊り幽霊の衣裳をつけ、長髪鬘をかぶって、人形に化けて敵の虚《きょ》を突いたのであった。

小池助手は得意であった。博士の留守の間に、早くも怪物をとらえてしまったのだ。残虐あくなき復讐魔を組み敷いてしまったのだ。それにしても、見かけたほどにもない弱いやつだ。いったいどんな顔をしているのだろう。

彼はいきなり覆面《ふくめん》の黒布に手をかけて、ピリピリと引き破った。顎が、口が、鼻が、そして目が次々と現われて来た。薄闇の中とはいえ、接近しているので顔容《かおかたち》がわからぬほどではない。彼は怪物の顔を見たのだ。一《ひ》と目《め》見るや否や、小池助手の口から何ともいえぬ恐ろしい叫び声がほとばしった。その調子には極度の驚きと、何かしら世にも悲痛な響きがこもっていた。

「うぬ、俺の顔を見たな」

黒い怪物がうめくようにいって、組みしかれたまま、クネクネと身体を動かしたかと思うと、闇の中にパッと青い光がひらめいて、パクッと物をさくような音がした。

それと同時に、幽霊の胸から、まっかな血のりがポトポトしたたり落ちていた。彼は顔の前にたれ下がった黒い髪の毛を振り乱して、ウーンとのけぞったが、そのままことされて、バッタリうしろに倒れてしまった。

組みしかれていた黒い怪物は、引き裂かれた黒布を、元通り顔の前にたれると、ゆっくりと起き上がった。右手には今火を吐いたばかりの小型ピストルを握っている。

「クッ、クッ、クッ……」

彼は又あの奇妙な笑い声を立てた。そして、可哀そうな小池助手の死体を踏み越え、すばやく竹藪の向こうに姿を隠してしまった。

それと入れ違いに、反対の方角から、二人の小屋の者が、息せききってかけつけて来た。小池助手の恐ろしい叫び声と銃声を聞きつけたからである。

彼らはそこに女幽霊のころがっているのを見た。不思議なことに、その幽霊の裾からは、二本の足がニューッと突き出していた。胸からは白衣を染めてまっかな血が流れ出していた。

しばらくは何が何だかわからず、呆然として立ちつくしていたが、やがて、一人がそれと気づいて、幽霊の長髪をかき分けて見た。

「オイ、これはさっきの探偵さんだぜ。幽霊に化けて曲者を待ち伏せしていたのかも知れない。ああもう脈が止まっている。あいつにやられたんだ。あいつはピストルを持っているんだぜ」

二人は恐怖に耐えぬもののように、竹藪の重なり合った闇の中を見廻した。

「これはいったいどうしたというのです」

見上げると、そこに宗像博士が立っていた。

「あなたのお連れの方が、曲者のために撃たれたのです」

「エッ、小池君が？」

博士はとっさにそれと察したのか、ころがっている幽霊のそばにひざまずいた。

「おお、小池君、この様子では、あいつを見つけて組みついて行ったんだね。そして、こんな目に会ってしまったんだね。

「ああ、もう駄目だ、心臓のまんなかをやられている。よしッ、小池君この仇《かたき》はきっととってやるよ。君と木島君と二人の仇は俺がかならず討《う》って見せるよ」

博士は両眼にキラキラと涙の玉を浮かべて、小池助手の屍《しかばね》の前に静かに脱帽するのであった。

鏡の魔術

中村捜査係長が制服私服合わせて十二名の部下を引き連れ、二台の自動車を飛ばしてかけつけたのはそれから二十分ほどのちであった。

係長は宗像博士から委細を聞きとると、敏速に兇賊《きょうぞく》逮捕の陣容をととのえた。半数の警官は賊がテントをくぐって逃走するのをふせぐために、小屋掛けの四方の見張りに立て、残る半数を二隊に分け、小屋の入口と出口とから、綿密な捜索をしながら中心地点に進ませることにした。

化物屋敷全体を薄暗くしている天井の黒布は、小屋の者に命じて、ただちに取りはずさせることにしたので、見る見る陰鬱《いんうつ》な小屋の中が明るくなって行った。それにつれて、場内の魑魅魍魎は昼間の化物となって、到るところに滑稽なむくろをさらしはじめた。

竹藪の迷路も行き止まりの袋小路が全部切り払われ、どこを通っても出口に達することができるようになった。警官隊と十数名の小屋の若い者とが、隊伍《たいご》を組んで、切り開かれた白昼の藪の間を進んで行った。

裏口からはいった一隊は、無残人形の場面を、一つずつ綿密に捜索しながら、前進したが、天井の黒布が取り払われて見ると、どの場面もいたずらに毒々しく醜怪《しゅうかい》なばかりで、すごみなどほとんど感じられなかった。

裏口から三つ目の舞台は、例の轢死女の場面であったが、地上に身をひそめた生ける生首は、どこへ逃げ去ったのか、影もなく、その首の生えていた部分に、ポッカリと黒い穴があいていた。

「オイ、あの奥に何だかいるようだぜ」

一人の警官が同僚をかえりみてささやいた。指さすのを見ると、そこには例の模造赤煉瓦のトンネルがまっ黒な口を開いているのだ。

天井から光がさすとはいっても、トンネルの中はまっ暗だし、その辺一体は竹藪の茂みになっていて、何となく陰気である。

三人の警官、それに小屋の若者四人、七人の同勢が手をつながんばかりにして、オズオズと柵を乗り越え、汽車の線路を伝って、ころがっている人形の手や足を蹴ちらしながら、トンネルの口に向かって近よって行った。

「このトンネルは一間《いっけん》ばかりで、行き止まりになっているんですから、どこにも逃げ道はありやしませんよ」

若者が警官たちにささやく。

やがて、人々はトンネルの前二間ほどに近づくと、暗い穴の中をのぞき込んだ。トンネルの内部はすっかり黒い塗料でぬりつぶしてあるのだが、その行き当たりの壁の中に、細い二つの目が光っていた。よく見ると、壁と同じ色をした影法師のようなものが、そこに突っ立っているのだ。

それを見ると、人々は思わずギョッと立ち止まった。

「危ないッ、ピストルを持っているぞッ」

人々のひるむ前に、黒い怪物は、浮き出すように前進して来た。右手には油断なくピストルを構えながら、クックックッと例の不気味な笑い声をたてながら。

トンネルを出ると、大胆不敵にも、ジリジリと警官の方へにじり寄って来る。七人の方がかえって押され気味である。

怪物の足が線路を越えた。今度は柵の方へ、蟹《かに》のように横歩きを始める。ピストルは七人のまんなかにねらいを定めたままだ。

アッ、柵を越えたかと思うと、クルリとうしろ向きになった。そして、通路を人なき方へと、矢のように走り出した。

「うぬ、待てッ」

「逃がすもんか、畜生」

かけ声だけは勇ましく、逃げる一人を追う七人、すさまじい追っ駈けが始まった。

「クックックッ……」

怪物は走りながらも、まだ嘲笑をやめなかった。

無残人形のいく場面を過ぎて、怪物は両側を黒布で張った細い通路へ飛び込んで行った。その正面には、例の鏡の部屋があるのだ。

その通路も、天井のおおいが取り去ってあるので、怪物のおどるような姿がよく見える。彼はそこをひと息にかけ抜けて、行き当たりの黒板塀のドアを引きあけ、とうとう鏡の部屋にすべり込んだ。

七人の追手《おって》はたちまちドアの前に殺到したが、そこで又立ちすくんでしまった。ドアが細目に開いて怪物の白い目がじっとこちらをにらみつけていたからだ。いや目だけではない。ピストルの筒口が、今にも火を吐くぞとばかり、不気味にのぞいていたからだ。

「向こうの出口から廻ってはさみ撃ちにしたらどうでしょう」

一人の若者がささやき声で、妙案を持ち出した。

「よし、それじゃ、君は向こうへ廻って、あっちにいる警官に、このことを伝えてくれ。出口の方を固めてくれるようにね」

これもあわただしい声の指図だ。若者は通路の壁を押し破って、鏡の部屋のうしろ側へ飛び出して行った。

いよいよ怪物は袋の鼠となった。彼は今、何も知らないで、戸の隙間から警官たちを威嚇《いかく》しているけれど、やがて背後の入口から、別の警官隊が殺到するのだ。腹背《ふくはい》に敵を受けては、いかな兇賊も運のつきに違いない。もし万一、どうかしてこの鏡の部屋は逃げ出すことが出来たとしても、小屋の外には六人の警官が見張りをしているばかりか、事件を聞きつけて集まった野次馬の大群が、テントのまわりをグルッと遠巻きにして見物しているのだ。その中を、どう逃げおおせることが出来るものか。

あとに残った六人の追手は、じっとピストルの筒口をにらみつけながら、息を殺して時の来るのを待ち構えていた。

「クックックッ……」怪物は又笑い出した。ああ何も知らないで、のんきらしく笑っている。

五秒、十秒、十五秒……追手たちの腋の下から冷たい汗がジリジリと流れた。突然、鏡の部屋の中に物音がした。何者かが歩き廻っているのだ。咳《せき》ばらいの音が聞こえる。

しかし、賊のピストルはこちらをねらったまま、少しも動かない。どうしたのかしら。オオ、今にも格闘が始まるのではないか。敵も味方も鏡にうつる千人の姿となって、何千人の乱闘が演じられるのではないか。

手に汗を握って待ち構える人々の前に、鏡の部屋のドアが、静かに開き始めた。おやッ、おかしいぞ。怪物はやっぱりピストルを構えたままだ。では、早くも計略を悟って、逆にあいつの方から打って出るつもりかしら。

人々はギョッとして、思わずあとじさりを始めた。

ドアはだんだん大きく開いて行く。黒い怪物め、飛び出して来るんだな。逃げ腰になって、じっと見つめている一同の前に、ついにドアはすっかりあけ放された。

すると、おお、これはどうしたことだ。そこに立っていたのは、敵ではなくて味方であった。味方も味方、当の怪物の発見者の宗像博士その人であった。

「おや、あなたがた何をしているんです。あいつはどうしたのですか」

博士の言葉に、警官達はあいた口がふさがらなかった。

「おお、宗像先生、あなたはその部屋で、曲者をごらんにならなかったのですか。つい今しがたまでそのドアの隙間から、われわれにピストルを突きつけていたんですぜ」

「僕も、ここにあいつが隠れていると聞いたものだから、はさみ撃ちにするつもりで、はいって来たのだが、はいってみると誰もいないのです。ただ、このピストルがドアの把手にぶら下がっていたばかりでね」

博士はそういいながら、紐で結びつけたピストルを取り上げて、一同に示した。

「あなたがたは、このピストルの筒口がのぞいているのを見て、あいつ自身が、ここにいるのだという錯覚を起こしていたのですよ。あいつはピストルをここにぶら下げて、ちょうどあなたがたの方に筒口が向くようにしておいて、すばやく逃げてしまったのです」

人々はあまりのことに、それに答える力もなく、呆然として博士の顔を見つめていた。

「しかし、おかしい。僕はもうさいぜんから向こうの戸口の外にいたんですが、誰もここから逃げ出すものを見かけなかった。ひょっとしたら、鏡の壁に何か抜け穴でも出来ているのじゃないかと思うくらいです」

怪物の奇怪な消失に、又改めて大捜索が繰り返された。人の隠れそうな場所は、ことごとくさがし、迷路の竹藪も隅から隅まで、何度となく探し廻った。

しかし、ついに黒い怪物は、どこにも姿を現わさなかった。といって、テントの外へ逃げ出さなかったことは、見張りの六人の警官をはじめまわりをかこむ群衆が、何よりの証人であった。

宗像博士の提案によって、鏡の部屋が取り去られ、大鏡が、一枚一枚壁からはずされて行った。しかし、そのあとには、どんな抜け道も、どんな隠れ場所も発見されなかった。

あの不気味な鏡の部屋は、一人を千人にして見せるばかりでなくて、人間をまったく影も形もないように吸い取ってしまう魔力を持っていたのであろうか。人々は、六角の鏡の部屋が、奇術師の魔法の箱のように、そこへはいった人間を、まず粉々に打ちくだき、その目にも見えぬ破片を、六方から、サーッと吸い取って行く光景を幻想して、ゾーッと肌寒くなる思いをしたのであった。

復讐第三

その執拗残酷な復讐鬼の正体は少しもわからなかった。不思議なことに、復讐を受けている川手氏自身さえ、まったく見当がつかないといっていた。

ただ分かっているのは、そいつが世にも恐ろしい三重渦巻の指紋を持っていることであった。三つの渦巻が三角形に並んで、まるでお化けが笑っているように見える三重渦状紋、悪魔は到るところにその怪指紋を残して行った。ことに復讐行為の直前には、殺人の予告でででもあるかのようにかならず人々の前にそのお化け指紋が現われるのであった。

復讐鬼は魔術師のような手段によって、川手氏の二令嬢を誘拐し、惨殺し、しかもその美しい死体を、衆人の目の前にさらしものとした。妹娘雪子さんは、衛生展覧会の人体模型陳列室にその生けるごときむくろをさらす憂《う》き目を見、姉娘の妙子さんは、場所もあろうにお化け大会の残虐場面の人形と置きかえられ、竹藪にかこまれた一つ家《や》の場面に、胸を血だらけにして倒れていた。

そして、この次は、一家の最後の人、川手氏自身の番であった。復讐鬼の真の目的は、川手氏にあったことはいうまでもない。まずその二令嬢を惨殺したのは、川手氏を思うさま苦しめ悲しませ、復讐を一層効果的にするためであったことは、復讐鬼のかつての脅迫状によっても明らかであった。

川手氏は愛嬢を失った悲嘆と、我が身に迫る死の恐怖のため、さすが実業界の英雄も、まるで思考力を失ったように、なすところを知らぬのであった。ほとんど人まかせで妙子さんの葬儀を終わると、奥まった一《ひ》と間《ま》にとじこもり、人を避けて物思いにふけっていた。

葬儀の翌早朝、宗像博士の来訪が取り次がれた。他の来客はことごとくことわっているのだけれど、博士だけには会わぬわけにはいかぬ。今はこの聡明《そうめい》な私立探偵だけが頼りなのだ。妙子の場合は、明らかに探偵の失敗であったが、たちまちに悪魔のトリックを看破《かんぱ》し、死体のありかを探しあてたのは、宗像博士その人ではなかったか。この人をおいて、あの魔術師のような復讐鬼に対抗し得る者が、ほかにあろうとは考えられないのだ。

応接間に通されると、宗像博士は鄭重《ていちょう》に悔《く》やみを述べ、彼自身の失策を心からわびるのであった。

「この申し訳には、第三の復讐を未然に防ぐために、僕の全力を尽くしたいと思います。こうなってはもう職業としてではありません。あなたの依頼がなくても、僕の名誉のために戦わなければなりません。それに、僕としては、可愛い二人の助手をあいつのために奪われているのですから、彼らへの復讐のためにも、今度こそあの怪指紋の主をとらえないでは、僕自身申し訳がないわけです」

「有難う、よく云って下すった。わたしは二人の娘をなくし、あなたは二人の助手を奪われたのですから、お互いに、同じ被害者だ。費用の点はいくらかかっても私が負担しますから、思う存分にあなたの智恵を働かして下さい。

「二人きりの娘が二人とも、あんなことになってしまって、私はこの世に何の楽しみもなくなってしまったのです。もう事業にも興味はありません。今もそれを考えていたところですが、これを機会に事業界から引退したいと思うのです。そして、二人の娘の菩提《ぼだい》を弔《とむら》って、余生《よせい》を送りたいと思っています。

「ですから、娘たちの敵《かたき》をとるためには、私の全財産をなげうっても惜しくはありません。君にいっさいをおまかせしますから、警視庁の中村君とも連絡をとって、出来るかぎりの手段をつくして下さい」

「お察しいたします。おっしゃるまでもなく、僕は当分の間、ほかの仕事は放っておいて、この事件に全力をつくす考えです。それについて、一つ御相談があるのですが」

宗像博士はそういって、一と膝前に乗り出すと、ほとんどささやき声になって、

「川手さん、今さし当たって予防しなければならないのは、第三の復讐です。つまりあなたに対する危害です。それがあいつの最終最大の目的であることはわかりきっているのですからね。

「こうしてお話ししているうちにも魔法使いのようなあいつの魔手は、我々の身辺に迫っているかも知れません。これから僕たちは、昼も夜も絶間《たえま》なく、あいつに監視されているものとして、行動しなければならないのです。

「で、僕は第三の復讐を予防する手段について、今朝から一日頭をしぼったのですが、結局あなたに身を隠していただく以外に、安全な方法がないという結論に達したの

です。

「身を隠すなんていうことは、あなたもお好みにならぬでしょうし、僕にしてもとりたくない手段ですが、この場合に限って、そうでもするより安全な道はないのです。なにしろ、相手が何者であるか、どこにいるのか、少しもわかっていないのですからね。見えぬ敵と戦うためには、こちらも身を隠すほかはないのです。

「そうして、あなたに安全な場所へ移っていただけば、僕は思う存分働けるというものです。あなたの保護と賊の逮捕という二重の仕事に、力をわける必要がなくなって、ただ復讐者の捜索に全力をそそぐことが出来るわけですからね。

「それについて、一つ考えていることがあるのですが」

博士はそこまでいって、ジロジロとあたりを見廻し、椅子を引き寄せて、川手氏に近づき、その耳に口をつけんばかりにして、一そう声を低め、ほとんど聞き取れぬほどにささやくのであった。

「あなたの替玉《かえだま》を作るのですよ。影武者《かげむしゃ》ですね、ちょうど持って来いの人物があるのです。相当の報酬を出して下されば、命を的《まと》に引き受けてもいいという男があるのです。柔道三段という剛《ごう》のものですよ。その男をこのお邸へ、あなたの身がわりに置いて、いわば囮《おとり》にするわけです。そして、近づいて来る賊を待ち伏せしようというのです」

「そんな男がほんとうにあるのですか」

川手氏は少し大人げないという面持で、気の進まぬ調子であった。

「不思議とあなたにそっくりなのです。まあ一度会ってごらんなされればわかります。うまくやれば召使の方たちも、替玉とは気がつかないかも知れません」

「それにしても、わたしの身を隠す場所というのが、第一問題じゃありませんか」

「いや、それも心当たりがあるのです。山梨県《やまなし》の片田舎に、今ちょうど売りに出ている妙な一軒家があるのです。ある守銭奴《しゅせんど》のような老人が、盗難を恐れるあまり、そんな妙な家を建てたのですが、全体が土蔵造りで、窓にも縁側にもすっかり鉄板張りの戸がついていて、その上に城郭《じょうかく》のような高い土塀をめぐらし、土塀の外にはちょっと堀があって、跳橋《はねばし》までかかっているという、まるで戦国時代の土豪《どごう》(注4)の邸とでもいった用心深い建物なのです。

「僕はそこの主人がなくなる前、ある事件で知り合いになって、その城のような邸に泊まったこともあるのですが、場所といい、建物といい、あなたの一時の隠れ場所には持って来いなのです。

「現在はその地方の百姓の老夫婦が留守番をしているのですが、その人たちも僕はよく知っていますから、売買のことはいずれゆっくり取りきめるとして、今日からでもそこへ落ちつくことが出来ます。家具調度もそろっていますし、まあ、宿に泊まるようなつもりで、鞄《かばん》一つで行けばいいわけです。

「実はこういうことをおすすめするのも、その城のような家があり、あなたの替玉になる男を知っていたから思いついたので、こんなおあつらえ向きな話は、滅多《めった》にあるものじゃないと思うのです」

「一つ考えてみましょう。何だかそれほどにして逃げ隠れするのも、大人げないような気もしますからね」

川手氏はまだ乗り気にはなれない様子であった。一々記さなかったけれど、これらの会話はすべて用心深く、お互いの耳から耳へささやきかわされたのである。

川手氏が考え込んでいるところへ、若い女中が二度目のお茶を運んで来た。漆器《しっき》の蓋のついた大型の煎茶茶碗《せんちゃぢゃわん》である。

宗像博士は、それを受け取って、蓋をとろうとしたが、何思ったのか、ふと手を止めて、その黒い漆器の表面を異様に見つめるのであった。それから、

「ちょっと」

といって、川手氏の茶碗に手をのばし、その蓋をとって、窓の光線にかざしながら、

つくづくとながめた上、今度はポケットから例の拡大鏡を取り出して、二つの蓋の表面を仔細に点検しはじめるのであった。

「蓋に何かあるのですか」

川手氏は早くも恐ろしい予感におびえて、サッと顔色を変えながら、上ずった声で訊《たず》ねた。

「あの指紋です。ごらんなさい」

恐ろしいけれど見ぬわけにはいかぬ。川手氏は顔をよせて、レンズをのぞき込んだ。ああ、お化けが笑っている。まぎれもない三重渦状紋が、二つの蓋の表面に一つずつ、はっきりと浮き上がっていたではないか。

「わざわざ捺したのです。そして、我々をあざ笑っているのです」

二人はあきれたように顔を見合わせた。ああ、何というす早いやつだ。妙子さんの葬儀がすむかすまぬに、もう第三の復讐の予告である。ぐずぐずしているわけにはいかぬ。悪魔の触手《しょくしゅ》は、すでに川手氏の身辺に迫っているのだ。

ただちに茶を運んだ女中が取り調べられたのはいうまでもない。宗像博士は自身台所へ出向いて行って、そこにいる召使たちに一人一人質問した。だが、いつの間に、誰がそんな指紋をつけたのかまるで見当もつかなかった。念のために召使たち残らずの指紋を取って見たけれど、むろん三重の渦巻などは一つもなかった。

問題の茶碗は、昨夜すっかり拭き清めて茶箪笥《ちゃだんす》にいれておいたのを、今取り出してそのまま応接室へ運んだというのだから、賊は昨夜のうちに台所へ忍び込んで、茶箪笥をあけ、指紋を捺して逃げ去ったものとしか考えられなかった。しかし戸締まりには少しも異状はなく、どこからどうして忍び込んだかということは、少しもわからなかった。

屋外にも賊の足跡らしいものはまったく発見されなかった。

「宗像さん、やはりおすすめにしたがって、一時この家を去ることにしましょう。臆病のようですが、こんなものを見せつけられてはもう一刻もここにいる気がしません。それに、この家には亡くなった娘たちの思い出がこもっていて、いつまでも悲しみを忘れることが出来まいと思いますから、あなたのおっしゃるようにする決心をしました」

川手氏はついに我《が》を折った。三重渦巻のお化けの恐怖は、世間を知りつくした五十男を、まるで子供のように臆病にしてしまったのである。

「実をいいますと、無理にもこの計画を実行していただく決心で、ちゃんとその手配をしておいたのですが、御同意下さって、僕も安堵《あんど》しました。あなたさえ安全な場所へお匿《かくま》いすれば、僕は思う存分あいつと一騎討ちが出来るというものです。あなたの替玉になる男も、実は用意をして、或る場所に待たせてあるのです。電話さえかければ、すぐにもやって来ることになっています」

博士はひそひそささやいて、部屋の隅の卓上の電話に近づくと、ある番号を呼び出して、第三者には少しもそれとわからぬ話し方で、簡単に用件をすませた。

それから二十分ほどもすると、書生の案内で、その応接間へ、異様な人物がはいって来た。ソフトをまぶかにかぶったまま、(注5)インバネスを着たまま、しかもその襟《えり》をたてて顔を隠すようにしながらツカツカと部屋の中へはいって来たのだ。

あらかじめ玄関番の書生にこういう人が来るから、あやしまないで案内するようにと云いふくめてあったので、この異様な身なりのまま、無事玄関を通過することが出来たのである。

書生がドアを閉めて出て行くと、宗像博士は、主人から渡されていた鍵で、唯一の入口へ締まりをした。それから、窓のブラインドをおろし、御丁寧にカーテンまで閉めてしまった。そして薄暗くなった部屋に電燈をつけてから、異様な人物に何か合図をした。

すると、その人物が、いきなり外套《がいとう》を脱ぎ、帽子をとって、川手氏に向かい、

「はじめてお目にかかります。よろしく」

と頭を下げた。

川手氏は思わず椅子から立ち上がって、あっけにとられたように、その人物をながめた。ああ、これはどうしたことだ。突然目の前に大きな姿見《すがたみ》が現われたとしか考えられなかった。

背恰好といい、容貌といい、髪の分け方、口髭の大きさ、着物から羽織から、羽織の紐や襦袢《じゅばん》の襟の色までも、川手氏とそっくりそのままの人物が、眼前一、二尺のところにたたずんで、ニコニコ笑いかけているのだ。

「ハハハ……いかがです。これなら申し分ないでしょう。僕でさえどちらがほんとうの川手さんか迷うくらいですからね」

宗像博士は双生児《ふたご》のような二人を見比べて、得意らしく笑うのであった。

「この人は近藤《こんどう》という僕の知り合いのものです。さっきも申し上げた通り、柔道三段の剛のもので、こういう冒険が何よりも好きな男です。

「ところで近藤君、お礼のことは僕が引き受けて、充分に差し上げるから、一つうまくやってくれたまえ。つまり今日から、君が川手家の主人なのだ。かねて打ち合わせておいた通り奥の間にとじこもって、いっさい客に会わないことにするんだ。召使もなるべく近づけないように。いくら似ているといっても、よく見ればどこか違ったところがあるんだから、召使にはすぐわかるからね。

「まあ、お嬢さんがあんなことになられたので、悲しみのあまり憂鬱症《ゆううつしょう》にかかったという体《てい》にするんだね。そして、昼間も部屋を薄暗くして、女中などにも正面から顔を見合わさないように、その都度《つど》何かで顔を隠す工夫をするんだ。

「むろんそんなことが永続きするはずはないから、いずれ一両日のうちに僕が来て、召使たちに事情を話し、よく呑《の》み込ませるつもりだが、それまでのところを、一つうまくやってくれたまえ」

博士が例のひそひそ声で注意を与えると、新しい川手氏は、呑み込んでいるよといわぬばかりに胸をたたいて答えた。

「まあ、私の腕前を見て下さい。青年時代には舞台に立ったこともある男です。お芝居はお手のものですよ」

「これは不思議だ、声まで私とそっくりじゃありませんか。これなら女中どもだって、なかなか見分けはつきませんよ」

川手氏はあきれたように、つくづくと相手の顔を見守るのであった。

異様な旅行者

　間もなく応接間の窓のブラインドやドアが元のように開かれ、宗像博士と、ソフト帽と外套の襟で顔を隠した異様の人物とは、にせ物の川手氏をあとに残して、さりげなく川手邸を辞去した。ソフト帽と外套の男が替玉と入れかわった本物の川手氏であったことはいうまでもない。同氏はとっさに取《と》り纏《まと》めた重要書類と当座の着換えを詰めたスーツケースを、外套の袖に隠すようにして提《さ》げていた。

　二人は書生に送られて、玄関を出ると、門前に待たせてあった、宗像博士の自動車に乗り込んだ。

「丸の内の大平《たいへい》ビルまで」

　博士の指図にしたがって車は動き出した。

「近藤さん、これからが大変ですよ。いろいろ意外なこともあるでしょうが、驚いてはいけません。いっさい僕におまかせ下さるんですよ」

　博士は川手氏を近藤さんと呼ぶのだ。

「お任せします。だが、山梨県へ行くのに、丸の内というのは、どうしたわけですか。汽車は新宿《しんじゅく》駅からでしょう」

と川手氏が不審《ふしん》を起こして尋ねると、博士はいきなり口の前に指を立てて、「シーッ」と制しながら、

「だから、おまかせ下さいというのです。これから妙なことがいくつも起こるはずですから、びっくりなさらないように。みんなあなたを賊の目から完全に隠すための手段なのですからね。これから目的地へ着くまでに、探偵という商売がどんなものだか、あなたにもお分かりになるでしょう」

と、何か意味ありげにささやくのであった。

それから二十分ほどのち、車は大平ビルディングの表玄関に横着けになった。博士は運転手に賃銀を支払うと、外套で顔を隠した川手氏の手を引くようにして、いきなりビルディングの中へはいって行ったが、エレベーターに乗ろうとせず、階段をのぼろうとせず、ただ廊下をグルグル廻り歩いたすえ、いつの間にか建物の裏口へ出てしまった。

見ると、そこの道路に大型の自動車が一台、人待ち顔に停車している。博士は川手氏を引っぱりながら大急ぎでその自動車の中に飛び込んだ。

「あやしいやつは見なかったか」

「別にそんなものはいないようです」

運転手は振り向きもせず答える。

「よし、それじゃ云いつけておいた通りにするんだ」

車は静かに走り出した。

博士は手早く、窓のブラインドをおろし、運転席との境のガラス戸を閉めきって、さて、面喰らっている川手氏の方に向き直った。

「近藤さん、これが尾行をまく、ごく初歩の手段ですよ、犯罪者がもちいる籠抜《かごぬ》けというのはこれですが、探偵も犯罪者も、時には同じ手を使うものですよ。

「こうしておけば、たといお宅から我々をつけて来た者があったとしても、あるいは又、あの自動車の運転手が敵の廻しものであったとしても大丈夫です。

「しかし、普通一般の悪人を相手なればこれで充分ですが、なにしろあいつは神変自《しんぺんじ》在《ざい》の魔術師ですからね。まだまだ手段をほどこさなければなりません。こんどは変装です。この運転手は僕の部下も同様のものですから、まず心配はありません。この車の中で変装をするのです。探偵というものは、走っている自動車の中で、姿をかえなければならない場合が往々《おうおう》あるのですよ」

博士は小声に説明しながら、あらかじめ車内に置いてあった大型のスーツ・ケースを開いて、まず髭剃りの道具を取り出した。

「近藤さん、あなたの口髭を剃り落とすのです。つまり川手さんの面影を出来るだけなくしてしまおうというわけです。構いませんか。では失礼して、お顔に手をあてますよ。さあ、もっとこちらをむいて下さい」

川手氏は博士の用意周到なやり口に、感にたえて、されるがままになっていた。あの恐ろしい復讐鬼の目をのがれるためとあれば、口髭をおとすくらい、何の惜しいことがあろう。

車はあらかじめ命じられていたと見えて、徐行しながら、麹町区内の屋敷町をグルグルと廻っていた。

左右と後部の窓のブラインドがおろしてあるので、通行者から車内をのぞかれる心配はない。安全至極な移動密室である。

博士はチューブから石鹸液《せっけんえき》を絞り出して、川手氏の鼻の下を泡だらけにしながら、手際よく剃刀《かみそり》を使って、見る見る髭を剃りおとしてしまい、剃りあとにメンソレータムを塗ることさえ忘れなかった。

「ウフフフ……大変若返りましたよ。さあこれでよし、こんどは僕の番です」

「エッ、あなたもその髭を剃るのですか。惜しいじゃありませんか。君まで何もそんなことをしなくっても」

川手氏はびっくりして、博士の立派な三角型の顎髯を見た。この特徴ある美髯《びぜん》をなくしては宗像博士の威厳にも関するではないか。

「ところが、この髯はひと目で僕ということがわかりますからね。いくら変装をしても、髯があっちゃ何にもなりません

「しかし、剃り落とすのじゃありません。剃らなくてもいいのです。これは僕のとっておきの秘密ですが、この際ですから、あなただけに明かしましょう。ごらんなさい、これです」

いうかと見ると、博士は揉上《もみあ》げのところを指でつまんで、まるで顔の皮を剥ぎでもするようにいきなりメリメリと引きむしり始めた。すると、驚くべし、あのりっぱな三角型の美髯が、見る見る顔を離れて行き、そのあとになめらかな頬が現われた。次には口髭に爪をあてると、それも美しく剝がされてしまった。

「つけ髯とは見えなかったでしょう。これを作らせるのにはずいぶん苦心をしたものです。ある鬘師《かつらし》と僕との合作《がっさく》なんですがね。普通に注文したんでは、とてもこんな見事なのは出来ません。

「この三角髯は、僕のいわば迷彩《めいさい》なのですよ。無髯《むぜん》の探偵がつけ髯で変装するということはよくありますが、僕のはその逆で、平常《へいぜい》から髭男と思わせておいたのです。数

年前から、わざと目につきやすいこんな髯をたくわえたと見せかけ、宗像といえばすぐに三角髯を連想するように、世間の目を慣らしておいて、実はその逆の効果をねらったわけです。ハハハ……探偵というものはいろいろ人知れぬ苦労をするものですよ」

川手氏はますますあっけにとられてしまった。なるほどその道によっては、外部から想像も出来ない苦心のあるものだと、感嘆しないではいられなかった。

博士は十年も若返ったような、のっぺりした顔に微笑をたたえながら、今度はスーツ・ケースの中から、変装用の衣服を取り出して、膝の前にひろげた。

「近藤さん、これがあなたの分です。ここで着更えをして下さい。あなたは印半纏《しるしばんてん》の職人になるのですよ。僕はその親分の請負師《うけおいし》というわけです」

川手氏の分は、古い印半纏に紺《こん》の股引《ももひき》、破れたソフト帽子までそろっている。博士の分は、茶色の古い背広に、安手なニッカーボッカー、模様入りの長靴下、編上げ靴、ソフト帽などで、いかさま土方《どかた》の親分といった服装である。

二人は車の中で、窮屈《きゅうくつ》な思いをしながら、どうやら着かえを済ませた。今まで身につけていた着物や外套は、一つにまとめてスーツ・ケースの中へおし込まれた。

「さあ、これでよし。近藤君、これから口のきき方もちょっと乱暴になるからね。わるく思っちゃいけないぜ」

親分が云い渡すと、子分の川手氏は急に答える言葉も見つからぬ様子で、破れソフトの下から目をパチパチさせるばかりであった。

「もういいから東京駅へ直行してくれたまえ」

博士が境のガラス戸をあけて、運転手に声をかけた。車はたちまち方向をかえて、矢のように走り出す。

やがて、駅に着くと、二人は銘々のスーツ・ケースを提げて、車を降り、遠方へ出かせぎに行く職人といった体《てい》で、構内へはいって行った。

博士は川手氏を待たせておいて、三等切符売場の窓口に行き、沼津《ぬまづ》までの切符を二枚買った。

「おや、こりゃ沼津行きじゃありませんか。山梨県じゃなかったのですか」

川手氏は切符を受け取って、けげん顔に尋ねる。

「シッ、シッ、何も聞かないという約束じゃないか。さあ、ちょうど発車するところだ、急ごうぜ」

博士は先に立って、改札口へ走り出した。

発車まぎわの下関《しものせき》行き普通列車に間にあって、二人は後部三等車の片隅に、つつましく肩を並べて腰をかけた。

ゴットンゴットン各駅に停車して、横浜へついたのは、もう正午に近い頃であった。

「この次の駅で、少しあぶない芸当をやりますからね。足もとに気をつけて下さいよ」

博士は川手氏の耳に口を寄せてささやいた。

やがて保土ケ谷《ほどがや》。だが停車しても博士は別に立ち上がろうとするでもない。

「ここですか」

川手氏が気づかわしげに尋ねると、博士は目顔でうなずいて、平然としている。いったいどんな芸当をしようというのだろう。

車掌の呼笛《よびこ》が鳴った。ガタンと動揺して汽車は動き始めた。

「さあ降りるんです」

やにわに立ち上がった博士が川手氏の手を取って、後部のブリッジへ走った。そして、もう速力を出し始めている車上から、まずスーツ・ケースを投げ出しておいて、サッとプラット・ホームへ飛び降りた。川手氏も手を引かれたままそれに続く。二人とも足がもつれて、あやうくころがるところであった。

「いったいこれはどうしたわけです」

「いや、驚かせてすみませんでしたね。これも尾行をまく一つの手なんですよ。まさかここまであいつが尾行していようとは考えませんが、ああいう敵に対しては、無駄と思われるほど念を入れなければなりません。

「こうしておいて、こんどは東京の方へ逆行するんです。もしあの汽車に我々の敵が乗っていたとすれば、まんまとひと駅乗り越すわけですから、いくらくやしがっても、もう我々のあとをつけることは出来ません。おお、ちょうど向こうから上り列車がはいって来たようです。向こうへ渡りましょう。なあに、切符は中で車掌にいえばいいんですよ」

ガランとしたプラット・ホーム。あたりに聞く人もないので、博士は普通の声で口をきいた。

それから反対側のフォームに渡り、上り列車に乗って、二た駅《ふ》引き返すと東神奈川《ひがしかながわ》である。二人はそこで下車して、今度は八王子《はちおうじ》への線に乗り替え、八王子で再び目的の中央線に乗り替えた。つまり東海道線に乗ったと見せかけ、桜木町八王子線(注6)の連絡を利用して、まんまと中央線に方向転換をしたのである。その大迂回《だいうかい》のために、乗り替えのたびに時間をとり、甲府《こうふ》へ着いた頃はもう日が暮れかけていた。

「さあ、やがてN駅です。今度こそ思いきったはなれ業を演じなければなりませんよ。しかし、決して危険なことではありません。N駅の少し手前で汽車が急勾配《きゅうこうばい》にさしかかって、速力をウンとゆるめる場所があります。僕らはそこで土手の下へ飛び降りる予定なのです。これが最後の冒険ですよ。何もそれほどにしなくてもとお思いでしょうが、かならずしもあいつの尾行を恐れるばかりじゃありません。いくら変装をしても、あなたはただ口髭がなくなっただけですからね。知っている人が見れば疑います。そしてどこの駅で降りたかということを記憶していて、人に話せば、それがどんなことで敵の耳にはいらないとも限りません。

「当たり前なればN駅で下車するのですが、ちょうどそのN駅に我々の知人が居合わせないとどうして断言出来ましょう。中途で飛び降りるというのは、かならずしも無駄な用心ではないのですよ。それに汽車の速度が決して危険がないまでににぶることが、ちゃんと確かめてあるのですから、少しも心配はいりません」

博士は川手氏の耳に口をつけて、こまごま説明するのであった。幸い、日もとっぷりと暮れて窓の外はまっ暗になっていた。冒険にはおあつらえ向きの時間である。

「ぼつぼつ、ブリッジへ出ていましょう。今に急勾配にさしかかりますから」

二人は何気なく、鞄を提げて、後部のブリッジへ忍び出た。幸い、車掌の姿もなく、こちらを注意している乗客も見当たらなかった。

やがて、トンネルを知らせる短い汽笛が鳴り響くと、汽車の速度が目に見えて減じて行った。ボッボッボッという機関の音、黒煙にまじって、火の粉が美しく空を飛んで行く。

「さあ、ここです」

博士の声を合図に、二つスーツ・ケースが闇の土手下へ投げ出された。続いて博士の手が鉄棒を離れると見るやまん丸な肉団《にくだん》となって、サーッと地上へ。印半纏の川手氏もおくれず、闇の中へ身をおどらせた。

線路の土手草の上を、二つのスーツ・ケースと、二つの肉団とが、あい前後して、コロコロところがり落ち、下の畑に折り重なって倒れた。

しばらくして闇の中に低い声が聞こえた。

「大丈夫ですか」

「大丈夫です。飛び降りなんて、存外わけのないものですね」

川手氏は数十年来経験せぬ冒険に、腕白《わんぱく》小僧の少年時代を思い出したのか、ひどく上機嫌であった。

「すぐその向こうに細い村道《そんどう》があるので、そこを二、三丁行って、右に折れた山裾《やますそ》に、例の城郭が建っているのです」

二人は闇の中に、ムクムクと起き上がり、塵《ちり》を払って、スーツ・ケースを提げると、畑を踏んで村道に出た。

雑木林を過ぎて、右に折れ、雑草を踏み分けて、こんもりした森の中へはいって行くと、行く手の木の間《こま》にチロチロと燈火《とうか》が見えた。

「あれですよ」

「なるほど、山の中の一軒家ですね」

しばらく行くと、森の切れ目から、夜目にも白い土蔵づくりの不思議な建物が見え始めた。なるほど城郭である。屋根のつくりにも、何かしら天守閣を思い出させるようなところがある。高い土塀も見えて来た。なお近づくと、土塀の一カ所にいかめしい門があって、その前に堀の跳橋が吊り上げられているのが、ぼんやりと、まるで夢の中の不思議な城門のようにながめられた。

「変わった建物ですね」

「お気に召しましたか」

二人はそんな冗談を云いかわして、低い笑い声を立てた。

恐怖城

その城郭のような一軒家に到着すると、川手氏はまず、広い邸にたった二人で留守番をしている老人夫婦に引き合わされた。夫婦とも見た目こそ頑丈な老人であったが、気だてはしごく淳朴《じゅんぼく》な田舎者。これなら身の廻りの世話をしてもらうにも気がおけないし、その上護衛の役も勤まると、川手氏も大いに気に入った。

同行した宗像博士は、一《ひ》と晩《ばん》そこに泊まって、川手氏の気持の落ちつくのを見届け、老人夫婦にその世話をねんごろに頼んだ上、ただちに東京に引き返した。復讐鬼は東京にいるのだ、そして、今頃は影武者とも知らず、にせ川手氏の身辺に悪魔の触手を伸ばしているに違いない。博士は、その見えざる敵と、いよいよ最後の勝負を決するために、一日もぐずぐずしているわけにはいかなかった。

川手氏が城郭の不思議な客人となってから、四、五日はなにごともなく経過した。陽春の山住まいは憂《うれ》いの身にもこころよかった。土蔵造りの白壁も明るく、それを取りまく雑木林の枝々には、黄ばんだ若芽のふくらみも暖かく、吊橋《つりばし》の下の小川は軽やかにせせらぎ、樹間《じゅかん》に呼びかわす鳥の声も浮世《うきよ》離れてのどかであった。

三度の食膳には、老夫婦が心づくしの、新鮮な山の珍味が並べられ、退屈すれば、うらうらと日ざしの暖かい庭の散歩、夜ともなれば、老夫婦の語る山里のものめずらしい物語、忘れようとて忘れられぬ悲しみを持つ川手氏も、環境の激変に心もなごみ、時には何か保養の旅にでも出ているような気分になることもあった。

ところが、山住まいのものめずらしさに、だんだん慣れて来るにつれて、川手氏は身辺に何となく気がかりな空気を感じ始めた。あれほどの用心をしたのだから、復讐鬼がこの山中まで追いかけて来るということは、まったく考えなかった。その点はすっかり安心しきっていたのだけれどそれとは別に広い城郭住まいの朝晩、何とはなしに怪談めいたゾクゾクするような雰囲気《ふんいき》が、ひしひしと身にせまるのを覚え始めた。

最初それに気づいたのは、五日目の夜ふけのことであった。ふと目をさますと、どこかでボソボソと人の話し声がしていた。天井の高い寒々《さむざむ》とした十二畳の座敷、ここには電燈の設備がないので、石油の台ランプを使っているのだが、それも吹き消して寝についた、まったくの暗闇である。

一と間隔てて老夫婦の部屋があるので、彼らが老《おい》の寝ざめの物語でもかわしているのかと想像したが、それにしては人声が遠すぎる。しかも二人だけでなくて、三人四人の声がいりまじっているように思われる。

何丁四方人家のない山中、この城郭には自分をまぜて三人しか人が住んでいないのに、そんな多人数の話し声が聞こえるというのはただごとではない。幻聴《げんちょう》かしら、いやいや、幻聴ではない。確かにどこかこの建物の中の遠くの方で、意味は少しも聞き取れぬが、ボソボソという話し声がいつまでも続いている。五十男の川手氏も、それを聞いていると、ゾーッと水をあびせられたような恐れを感じないではいられなかった。

城郭には一階と二階を合わせて、二十に近い部屋がある。老人二人ではとても全部の掃除が出来ないので、入口に近い階下の五間《いつま》ほどを除いては、まったく雨戸を閉《し》めきって誰もはいらぬことにしているのだが、もしやその開かずの部屋の奥の方に、何者かが深夜の会合をしているのではあるまいか。山賊どもか。まさか今どきそんなものが、人里近いこの辺にすんでいるはずもない。では、山の中からさまよい出した谺《こだま》の精《せい》、老樹の精、童話の国の魑魅魍魎の類であろうか。

闇と静寂と山中の一軒家という考えが、川手氏を子供のように臆病にしてしまった。しかし、頭から蒲団《ふとん》をかぶってちぢこまるほどではない。彼は手許《てもと》の手燭《てしょく》に火をつけて小用に起き上がった。

念のために廻り道して、一と間隔てた老夫婦の部屋をのぞいて見たが、二人は山慣れた健康者。夜半《よなか》に目をさますこともないと見え、グッスリ寝入っていた。広い冷たい廊下を踏んで、ガランとした昔風の便所にはいった。窓の外はすぐに大樹の茂みである。小障子を開けて空を見ると、星もないまっ暗闇、大樹の梢《こずえ》がカサコソと動くのは、夜鳥か、それとも川手氏には馴染のない小動物が住んでいるのか。そうしていると、心が澄んで、夜の静けさがしんしんと身にしみる。その静寂の中に、突然、実に突然、川手氏は人間の笑い声を聞いたのである。ちょうど便所の壁の外のあたり、女の、おそらくは若い女の忍び笑いの声であった。低いけれども、おかしくてたまらないというように、いつまでも笑いつづける、まがう方なき女の笑い声であった。

川手氏はゾーッと背筋がしびれるように感じて、外へ出て調べて見る勇気もなく、そのまま寝室へ逃げ帰った。するとますます不気味なことには、手燭をかざして急ぎ足に通り過ぎる廊下の闇で、スーッと何者かにすれ違ったのである。何か小さなものであった。しかし、人間には違いない。子供とすれば四つ五つの幼児である。それが、目にもとまらぬすばやさで、行く手の闇から、足音もたてず矢のように走って来て、川手氏の袖の下をくぐり、うしろの闇の中へ姿を消してしまったのだ。重ね重ねの怪異に、その夜はまんじりともせず、朝になるのを待って、老夫婦にその由《よし》を告げると、ひどく笑われて、山住まいに慣れない人はよくそんなことをいうものだ。人の話し声は、堀の小川のせせらぎを聞きあやまったのではないか。女の笑い声は、夜鳥が鳴いたのであろう。廊下の小坊主は、気のせいでなければ大方いたずら猿めが迷い込んだのであろうと、一向取り合ってはくれなかった。

だが、怪異はそれで終わったわけではない。翌日は昼間から、不思議なことが起こった。川手氏が老人たちの部屋でしばらく話し込んで、自室に帰って見ると、床の間に置いたスーツ・ケースの位置が明らかに変わっていた。紫檀《したん》の大きな卓の上に置いてあった懐中時計が裏返しになっていた。同じ卓上の手帳が開かれていた。

一度なれば川手氏の思い違いということもあるだろうが二度三度と同じことが起こった。今度は念のために、いろいろな品物の位置をよく記憶しておいて、しばらく部屋をあけて帰って見ると、ちゃんとその位置が変わっている。もう思い違いではない。この城郭の奥の方には、老夫婦も知らぬ何者かが住んでいるのだ。そして川手氏を驚かせようと、たくらんでいるのだ。

そんなにおっしゃるなら、御得心《ごとくしん》のいくよう邸中の雨戸をあけて家捜しをして見ましょうと、その翌日は、三人で広い邸内を二階も下もすっかり調べて見たが、別に怪しいこともなかった。どの部屋にも人の住んでいたような気配は見えぬのだ。

それごらんなさい。やっぱり猿かなんかのいたずらですよと、老夫婦は笑い話にしてしまったが、川手氏はどうも納得がいかなかった。何かしら身辺に、人の匂いが感じられた。妖気とでもいうようなものが、ひしひしと身に迫るのを覚えた。

すると、その晩のことである。

川手氏は深夜また目がさめて、どこからか漏れて来る人の話し声を聞いた。そして、前の晩と同じように、手燭をつけて小用に起きた。今夜もひょっとしたら、あの笑い声がするかも知れない。川手氏は覚悟をきめて耳を澄ませていた。今度こそ鳥の鳴き声か人間の声か聞き分けてやろう。

窓からのぞいた空には、やっぱり星がなかった。そよとの風もない梢に、ガサゴソと不気味な音がしていた。

突然、ああ、又してもあの笑い声だ。若い女が、袂で口をおおって、身体を曲げて、忍び笑いをしているような、あの笑い声だ。川手氏は目の前に、その若い白い顔が見えるような気がした。

今夜こそ正体を見現わさないでおくものか。かねて心に定めていた通り、川手氏は急いでそこを出ると、音のせぬように、廊下の端の雨戸の(注7)枢《くるる》をはずし、ソッと引き開けてまっくらな庭の声のしたと思われる箇所へ手燭をさしつけた。

だが、おそらくは今の間に逃げ失せてしまったのであろう。そこにはひとむらの南《なん》天《てん》が黒く押し黙っているばかりで人間らしい物の影はなかった。

しかし、人の姿は見えなかったけれど、それよりももっと妙なものが、たちまち川手氏の注意をひいた。というのは、その廊下の斜め向こうに、鉤《かぎ》の手になった建物の大きな白壁が、夜目にも薄白く目を圧《あっ》するように浮き上がっているのだが、その白壁の表面にボーッと白く燐《りん》のような光がさしていたのである。

おや、何だろう。ギョッとして、よく見なおすと、壁を塗りなおしたあとではない。たしかに何かの光である。直径二間にもあまる巨大な円を描いて、その部分だけが映画のように浮き上がっている。

だが、怪光はそれだけではなかった。じっと見ているとその丸い光のなかに、何かしら、無数の蛇でも這っているような、妙な黒い模様が、朦朧と見えて来るのだ。何百何千とも知らぬ蛇だ。いや、蛇ではない。何だかえたいの知れぬ模様だ。どこかで見たような模様だぞ。どこで見たのかしら……あまり大きすぎてよくわからぬが……

川手氏はその巨大な模様めいたものを見つめているうちに、心臓の鼓動がピッタリ止まってしまうほどの、はげしい驚きにうたれた。驚きというよりも恐れであった。ゲエッ、と吐き気を催すような深い恐怖であった。

無数の蛇の塊と見えたのは、何千何万倍に拡大された人間の指紋であることがわかって来たからだ。しかも、おお、どうしてあれを忘れよう。その巨大な指紋には、三つの渦巻があったではないか。二つは、まん丸く上部に並び、一つは、楕円形に下部にひろがっている。お化けの顔だ。一間四方のお化けが山中の一つ家の庭で、ニヤニヤ笑っているのだ。

川手氏は、訳のわからぬうめき声をたてながら、死にもの狂いに廊下を走った。そして、老夫婦の部屋の障子を乱打《らんだ》しながら、狂気のようにその名を呼んだ。

それから、なにごとが起こったのかと、びっくりして飛び起きた二人に、ことの次第を話して、庭を調べてくれるように頼んだ。

老人たちは、又かというように、川手氏の幻覚を笑った。いくらなんでも、その三重渦巻の悪者とやらが、こんな山の中までやって来るはずがない。宗像先生があれほど用心に用心を重ねて、敵の目をくらましておしまいなすったのだから、決してその心配はない。旦那様は幻《まぼろし》でもごらんなさったのでしょうと、相手にしないのである。

それでもと、頼むようにして、やっと庭を調べてもらったが、二人の老人が提灯《ちょうちん》をつけて、例の白壁のところへ行って見た時には、もうそこには何の光もなければ、巨大なお化け指紋など影も形もないのであった。

　それではやっぱり幻を見たのかしら。こわいこわいと思っているところへ、あの笑い声を聞いたものだから、つい復讐魔を連想して、何もない白壁の上に、あんな恐ろしい物の影を、われとわが心で作り出したのかしら。

　その晩は解きがたい謎を残して、そのまま寝についたが、翌日はうらうらと暖かい日ざしを味方に、まさかまっ昼間怪しいやつが庭に隠れていることもあるまいと、川手氏は昨夜の謎を確かめるために庭へ降りて行った。

　太陽の光で、例の白壁の表面を調べて見たが、別に怪しい影もなく、それと見まがう亀裂《きれつ》があるわけでもない。もしあれが幻燈の影だったとすれば、幻燈機械はあの辺にすえつけてあったはずと、かたわらの木立の奥に目をやるとそこの小高くなった薄暗い空地にヒョッコリと新しい石碑が建っているのに気がついた。

　おや、今までたびたび庭を散歩したのに、ここにこんなものがあるのは、少しも知らなかった。変だなあ。あれはどうやら誰かの墓碑《ぼひ》らしいが、庭のまんなかに墓地があるなんて。

　川手氏はいぶかしきまま、つい木立をかき分けて、そのじめじめした薄暗い中へはいって行った。近よって見るとそれはまだみがいたばかりの真新しい墓石であることがわかった。決して半月も一と月も前からのものでなく、昨日今日ここに運び込まれたものとしか見えぬのだ。

妙なことに、その墓石の表面には、戒名《かいみょう》のあるべき中央の部分が空白になっていて、そのわきのところに、小さく「昭和××年四月十三日歿《ぼつ》」とだけ、今鑿《のみ》をいれたばかりのように、あざやかにきざんであった。

待てよ。昭和××年といえば今年ではないか。四月といえば今月ではないか。そして、十三日といえば、ああ、何ということだ。今日は十二日だから、十三日といえば明日の日づけではないか。

川手氏は気でも狂ったのではないかと、我が目を疑った。幻覚ではない。決して読み違いではない。この通り確かに昭和××年、四月、十三日とほってある。わざわざ指をあてて、一字一字をさすってみたが、決して読みあやまりではなかった。

いったいこれは何を意味するのだ。明日死ぬに違いない誰かの墓が、こうしてちゃんと用意されているのであろうか。だが、どんな重病人でも、いつ何日に死ぬとあらかじめわかっているというのは変ではないか。死刑囚ででもない限り……と考えているうちに、川手氏は見る見る幽霊のように青ざめて行った。

もしかしたら、これは俺の墓じゃないのかしら。

あの深夜の笑い声と云い、ゆうべの白壁の怪指紋と云い、幻視幻聴といえばそのようでもあるが、もしあれらが、何者かの計画的ないたずらであるとすれば……何者かといって、ほかに誰があんな妙な真似をするものか。三重渦巻の指紋の主だ！　あいつが早くもこの隠れがを探し当てて、奇怪な復讐の触手を伸ばしているのではあるまいか。そうとすれば、この墓石の謎の日づけの意味もわかって来る。「十三日」に「歿」する人は、ほかならぬ俺自身なのだ。おれは明日中に、何らかの手段によって復讐魔のために惨殺されるのではないだろうか。おれは今、こうして自分自身の墓石を見せつけられているのではあるまいか。

川手氏はクラクラと眩暈を感じて、今にも倒れそうになるのを、やっと我慢して、あえぎながら母屋に引き返し、老夫婦にこのことを告げたので、二人のものは、又かといわぬばかりに、目を見かわしながら、ともかく急いで現場へ行って見たが、案の定、そこにはいくら探しても新しい墓石なんて、影も形もないことが確かめられた。まるで狐につままれたような話だけれど、川手氏自身もあの大きな石碑が、かき消すようになくなっていることを認めないわけにはいかなかった。

川手氏は我が耳我が目が恐ろしくなった。重なる心痛のために、視覚や聴覚に異常を来たしたのではあるまいか。いや、視覚聴覚ばかりではない、脳細胞そのものが病気にかかっているのではないだろうか。こんな山の中の独居がいけないのかも知れぬ。このままにしていては、気が狂ってしまうような不安を感じた。

川手氏はそこで、老人に話して東京の宗像博士に、火急に相談したいことが出来たから、すぐお出でを乞うという電報を打つことにした。そして博士の判断を求め、その結果によっては別の場所へ居《きょ》を移そうと考えたのだ。

午後になって博士からの電報が到着した。明日行くという返事である。川手氏はその返電に力を得て、やっと気分を落ちつけることが出来た。そして、その晩寝につくまでは別段の異変も起こらなかったのだが……

しかし、川手氏はついに宗像博士に会うことは出来なかった。博士が来なかったのではない。川手氏の方が城郭から姿を消してしまったのだ。その翌朝、老人夫婦は旦那様の蒲団がからっぽになっているのを発見した。早朝から庭でも散歩しているのかと、庭内をくまなく探したが、どこにも姿はなかった。座敷という座敷を見て廻ったが、川手氏は屋内にもいなかった。まるで神隠《かみかく》しにでもあったように、空気の中へ溶け込んででもしまったように、彼は、その日限り、つまり四月十三日限りこの世界から消えうせたのであった。

では川手氏はいったいどうなったのか。その夜、彼の身辺にどのような怪異が起こったのであるか。我々はしばらく川手氏の影身《かげみ》に添って、世にも不思議なことの次第を観察しなければならぬ。

その夜ふけ川手氏は例によって床の中でふと目をさました。何か人声らしいものを聞いたからである。また幻聴が起こったのかと、慄然《りつぜん》として耳を澄ますと、つい障子の外の廊下の辺でシクシクと人の泣いている声がする。さもさも悲しげにいつまでも泣きつづけている。誰だと声をかけても、答えはなくて、ただ泣くばかりである。

川手氏はまた手燭に火をつけた。そして蒲団から起き上がると、ソッと障子を開いて、廊下の闇をのぞいて見た。

すると、今夜は声ばかりでなくて姿があった。両手を目に当てて、すすり泣いている子供の姿がハッキリとながめられた。

まだ四、五歳の上品な可愛らしい幼児だ。絹物らしい筒袖《つつそで》の着物と羽織、袖からは、明治時代に流行した、手首のところでボタンをかける白いネルのシャツがのぞいている。男のくせに頭は少女のようなおかっぱだ。どうもこんな山里にいそうな子供ではない。それに風俗が異様に古めかしくて、現代の子供とは思われぬ。

川手氏は夢でも見ているような気持であった。変だぞ。俺はこの子供を知っている。遠い遠い記憶の中に、ちょうどこんな服装をした子供の姿が焼きついている。誰だろう。ひょっとしたら幼年時代の遊び友達の面影ではないかしら。

何かものなつかしい気持に支配されて、思わず廊下に立ち出《い》でると、泣いている幼児のそばに近づいて行った。

「おいおい、泣くんじゃない。いい子だ。いい子だ。お前は今時分、いったいどこから来たんだね」

おかっぱの頭を撫でてやると、子供は涙のいっぱいたまった目で川手氏を見上げ、廊下の奥の闇の中を指さした。

「お父っちゃんとお母ちゃんが……」

「え、お父ちゃんとお母ちゃんが、どうしたの？」

「あっちで、こわいおじちゃんにたたかれているの……」

子供はまたシクシクと泣き出しながら、川手氏の手をとって、助けでも求めるように、その方へ引っぱって行こうとする。

川手氏は夢に夢見る心地であった。真夜中、この山中の一つ家に、こんな可愛らしい子供が現われるさえ変であるのに、その父と母とがこの邸の中で何者かに打擲《ちょうちゃく》されているなんて、常識をもってしてはまったく信じ難い事柄であった。

ああ、俺はまた幻を見ているのだ。いけない、いけない。しかし、いけないと思えば思うほど、心はかえっていたいけな幼児の方へ引かれて行った。取られた手を振り放すことも出来ず、いつの間にか、そのあやしい子供といっしょに、足は廊下の奥へ奥へとたどっていた。

子供は傍目《わきめ》もふらず闇の中へ進んで行く。川手氏さえとまどいしそうな複雑な邸内の間取りを、子供の癖にちゃんとそらんじているらしく、少しも躊躇しないで、廊下から座敷へ、座敷からまた別の廊下へと、グングン進んで行く。

川手氏は相手があまりおさない子供なので、身の危険を感じはしなかった。それよりも、遠い昔どこかで見たことのあるようなその子供が、なんとやらなつかしく、可哀そうにも思われて、取られた手を振りはらうどころか、子供の導くままにつき従って行くのであった。

「おじちゃん、ここ」

子供が立ち止まったので、手燭でそこを照らして見ると、意外にも、その廊下の突当りに、井戸のような深い穴がポッカリと口を開いていた。床板が揚げ蓋になっていて、その下にどうやら階段がついているらしい。地底の穴蔵への入口である。

不断の川手氏なれば、この不思議な地下道を見てたちまち警戒心を起こすはずであった。老人夫婦さえ知らぬ、こんな秘密の穴蔵へ、たといいたいけな子供の願いとはいえ、無謀にはいって行くようなことはしなかったはずである。

だが、その時の川手氏は、この出来事を現実界のものとは考えていなかった。明治時代の風俗をした幼児と、夢の中で遊んでいるような漠然とした非現実の感じ、恐怖も恐怖とは受取れぬ無警戒な心持、いわば空《くう》をただよっているような一種異様の朦朧とした心理状態で、つい子供のせがむままに、その穴蔵の階段を底へ底へと降りて行った。

階段を降りて狭い廊下のようなところを少し行くと、八畳敷ほどもある地下室に出た。床はコンクリート、四方はグルッと板壁にかこまれている、しめっぽい土のにおい、押しつめられたように動かぬ空気、ジーンと耳鳴りのする死のような静けさ。手燭の蠟燭《ろうそく》の焰《ほのお》は、固体のように直立したまま少しもゆれ動かぬ。

その手燭をかざして、あたりの様子をながめると、何一つ道具とてもないガランとした部屋の片隅に、たった一つ妙な箱が置いてあるのが目をひいた。

ちょうど寝棺《ねかん》ほどの大きさの、長方形の白木の箱だ。近づいて見ると、その蓋の表面に黒々と何か書いてある。読むまいとしても読まぬわけにはいかなかった。思いもよらぬその木箱に、川手氏自身の姓名がしるされていたからである。

「俗名川手庄太郎」「昭和××年四月十三日歿」

ああ、それは川手氏の死体をおさめるために用意された棺桶《かんおけ》であった。四月十三日殁という月日さえあの庭の石碑にきざみつけてあった日づけと、ピッタリ一致しているではないか。

ああ、そうだったのか。俺はこの棺におさめられるのか。そして、庭の石碑の下へ埋められるのか。十三日といえば、明日だな、いや、もう十二時をすぎているから、今日という方が正しい。いよいよ俺はそういうことになるのかな。

川手氏は悪夢を見ているような気持で、まだほんとうに驚けなかった。奥底も知れないほどの恐怖ではあったが、それが、何か紗《うすぎぬ》を通してながめるようで、まだ身にしみて感じられなかった。

ふと気づくと、今までそばにいた子供の姿が見えぬ。いったいどこへ消えてしまったのだ。四方を板で囲まれた部屋の中、どこにも身を隠す場所もないではないか。ああ、これも悪夢だな。子供は魔法使いの妖術で、煙のように消えてしまったのに違いない。

だが、地底の怪異はそれで終わったのではなかった。茫然と夢見るようにたたずんでいる川手氏の耳元に、どこからともなく、ボソボソと多勢の人の話し声が聞こえて来た。いつか寝室で聞いたのとは違って、板壁のすぐ向こうからのように近々と響いて来る。ああ、そうだったのか、山の魑魅魍魎はこんなところに隠れて、深夜の会合を催していたのか。

川手氏は声する方の壁に近づいて、どこかに秘密の出入口でもないかと、探し求めた。するとその板壁のちょうど目の高さの辺に、大きな節穴《ふしあな》が一つ、さあのぞいて下さいといわぬばかりに開いているのが目についた。彼は中腰になってそこをのぞいたが、ひと目のぞくと、もう身動きも出来なかった。彼はそこに、まったく想像もしなかった不思議なものを見たのである。

地底の殺人

ああ、これが正気の沙汰《さた》であろうか。この世に何か思いもかけぬ異様が生じたのではあるまいか。その地下室の穴蔵の板壁の向こう側には、夢のような一つの世界があったのである。

そこには、現代ばなれのした、ひどく古めかしい装飾の立派な日本座敷があって、その床の間の柱に、夫婦とおぼしき男女が後ろ手にしばりつけられていた。女の方は猿轡までははめられている。

男は三十四、五歳の、髪の毛をふさふさと分けた好男子、女は二十五、六歳であろうか、友禅《ゆうぜん》の長襦袢《ながじゅばん》の襟もしどけなく、古風な丸髷《まるまげ》の鬢《びん》のほつれなまめかしい美女。二人とも寝いっているところをたたき起こされ、いきなりしばりつけられたらしく、その前に乱れた夜具が二つ敷いたままになっている。

しばられてうなだれた二人の前に、黒っぽい袷《あわせ》の裾を高々とはしおり、毛むくじゃらの素足を丸出しにした四十前後と見える大男が、黒布ですっぽりと頬被《ほおかむ》りをして、右手にドキドキ光る(注8)九寸五分を持ち、夫婦のものを脅迫している体《てい》である。

　その異様の光景を、高い竹筒の台のついた(注9)丸《まる》火屋《ほや》の石油ランプが、薄暗く照らし出している有様は、どう見ても現代の光景ではない。室内の調度といい、人物の服装といい、明治時代の感じである。どこかへ姿を隠した、さいぜんの幼児が、やはり明治時代の服装をしていたことを思い合わせると、一夜のうちに時間が逆転して、五、六十年も昔の世界が、突如として眼前に現われたとしか考えられなかった。

　山の魑魅魍魎のあやかしであろうか。それとも狐狸《こり》の類のいたずらであろうか。だが、現代にそんな草双紙《くさぞうし》めいた現象があり得ようとも思われなかった。

　頬被りをした強盗らしい男は、いきなり手にした短刀の刃で、美しい妻女の頬をピタピタとたたき始めた。

「強情いわずと、金庫の鍵を渡さねえか。ぐずぐずしていると、ほら、お内儀《ないぎ》のこの美しい頬っぺたから赤い血が流れるんだぜ。ふた目と見られぬ、恐ろしい顔に早変わりしてしまうんだぜ。さあ、鍵を渡さねえか」

するとしばられている男が、くやしそうに目をいからせて、盗賊の覆面をにらみつけた。

「金庫の中には書類ばかりで、現金はないって、あれほどいっているじゃないか。さっき渡した五十円(注10)で勘弁してくれ、今うちにはあれっきりしか現金がないんだから」

それを聞いた賊は、鼻の先で、フフンとせせら笑った。

「やい、手前は俺がなんにも知らねえと思っているんだな。金庫の中には三千両という札《さつ》がはいっているのを、ちゃんと見込んでやって来たんだ。ウフフフ、どうだ図《ず》星《ぼし》だろう」

しばられている主人の顔に、サッと当惑の色が浮かんだ。

「いいえ、あれは私の金じゃない。大切なあずかりものだ。あれだけは、どうあっても渡すことは出来ない」

「そうら見ろ。とうとう白状してしまったじゃねえか。あずかりものであろうと、なかろうと、こっちの知ったことか。さあ、鍵を出しねえ。俺はあれをすっかりもらって行くのだ。エ、出さねえか。出さねえというなら、どうだ、これでもか。エ、これでもか」

と、同時に、ウーンと押し殺したようなうめき声が、川手氏の耳をうった。今までうなだれていた女が、顔を上げて、猿轡の中から身の毛もよだつ恐怖のうめき声をたてたのだ。見ればその青ざめた白蠟《はくろう》のような頰に、一筋サッとまっかな糸が伸びて、そこから濡紙《ぬれがみ》にインキがしみ渡りでもするように、見る見る血のりが頰をぬらしていく。

「アッ何をするんだ。いけない、いけない。それじゃ、わしの今持っているだけのお金をみなやる。ここにある。この違い棚の下の地袋《じぶくろ》を開けてくれ。そこに手文庫がはいっている。その手文庫の中の札入れに、確か六百円あまりの現金があったはずだ。それをみなやるから、どうか手荒なことはよしてくれ。お願いだ。お願いだ」

主人はおがまんばかりの表情で懇願《こんがん》する。

「ホウ、そんな金があったのか。それじゃ、ついでにそれももらっておこう」

賊はにくにくしくいいながら、すぐさま地袋を開いて、手文庫をかき探し、札入れの中の札束を懐中に入れた。

その間、主人は賊の一挙一動をさも無念そうににらみつけていたが、紙幣を取り出して立ち上がろうとする時、賊の顔が一尺ほどの近さに迫って、覆面の中の素顔が

はっきり見えたらしく、愕然《がくぜん》として、

「おお、貴様は川手庄兵衛《しょうべえ》じゃないか」

と叫んだ。

それを聞くと、賊もギョッとした様子であったが、賊よりも節穴からのぞいている川手氏の方がいっそうの驚きにうたれた。ああ何ということだ、川手庄兵衛といえば川手氏の亡父と同じ名前ではないか。明治時代らしいこの光景と、庄兵衛と呼ばれた男の年齢とも、ぴったり一致している。この当時には、亡父はちょうどあのくらいの年輩であったに違いない。気のせいか、賊の姿や声までが、二十歳の頃に死に別れた父親とそっくりのような気さえするのだ。

気でも違ったのか、夢を見ているのか、こんな不思議な時間の逆転が起こるなんて、五十近い息子が、自分よりも若い頃の父親の姿を、かくまでまざまざと見せつけられようとは。しかも、その父親は泥棒なのだ。ただの泥棒ではない、兇悪無残な強盗なのだ。

川手氏はもう別世界の景色をながめているようなのんきな気持ではいられなかった。鼻の頭が痛くなるほど、板壁に目をくっつけて、まるで、我が心の中の奇怪な秘密でも隙見するような、こわいものを見たさの、世にも異様な興奮に引き入れられていった。

川手庄兵衛と呼びかけられた賊は一応はギョッとしたらしい様子であったが、たちまちふてぶてしく笑い出した。

「ハハハハハ、そう気づかれちゃ仕様がない。いかにも俺はその川手さ。貴様の義理のお父っあんに使われた、山本《やまもと》商会の使用人じゃないか。だが何もそんなに威張るこたあなかろうぜ。元は貴様も俺も同じ山本《やまもと》商会の使用人じゃないか。それを、貴様はそののっぺりとした面《つら》で、御主人の一人娘、この満代《みつよ》さんをうまくたらし込み、まんまと跡取り養子にはいりこんだまでじゃないか。財産といったところで元々死んだ山本の親爺さんのもの、貴様が我が物顔に振舞っているのが、無体穑《むたいしゃく》にさわってかなわねえのだ」

「ハハア、すると何だな。川手、貴様はこの満代が俺のものになったのを、いまだに恨んでいるんだな。その意趣返《いしゅがえ》しにこんな無茶な真似をするんだな」

「そうともさ、俺《おら》あこの遺恨《いこん》はどうあっても忘れることあ出来ねえ。ちょうど今から八年前、貴様も知っている通り、俺はちっとばかり店の金を使い込んで、いたたまれず逃げ出したが、それというのも、思いに思った満代さんを、貴様に取られたやけっ八《ぱち》。あれから朝鮮へ高飛びして、ほとぼりのさめた頃を見はからって帰って見れば、山本の親爺さんはなくなって、貴様が主人におさまり返っている。商売はますます盛んで、山本さんもよい婿《むこ》をとりあてたともっぱら世間の噂《うわさ》だ。

「にくい貴様たち夫婦が、こうしてお蚕《かいこ》ぐるみでぬくぬくと暮らしているに引きかえ、この俺は朝鮮で目論んだ山仕事も散々の失敗、女房と子供をかかえて、まるで乞食同然の身の上さ。しょうことなしに、この間恥を忍んで貴様の店へ無心に行ったが、貴様はけんもほろろの挨拶、いやそればかりじゃねえ、大勢の店員の見ている前で、よくも俺の旧悪をしゃべりたて、赤恥をかかせやがったな。

「もし満代さんが、あの時俺になびいていさえすりゃ、今頃は俺が山本商会の主人となり、何十万の身代《しんだい》を自由にする身の上になっていたかと思うと、俺と貴様の運勢の、あんまりひどい違いに、俺あくやしくって、天道《てんとう》さまを恨まずにゃいられなかった。

「ええ、ままよ。どうせ天道さまに見放された俺だ。まっとうにしていたんじゃ、一生乞食同然のみじめな暮らしをせにゃならねえ。いっそ浮世を太く短くと思いついたのが、貴様たちの運のつきよ。

「それから様子を探って見ると、ちょうど今日、三千両という現金が、この自宅の金庫の中へおさまるという目ぼしがついたので、それを待ちかねてやって来たのだ。さあ金庫の鍵を渡さねえか」

賊は時代めいたせりふを、長々としゃべり終わると、又しても、血にぬれた短刀で、満代と呼ばれた美しい妻女の頰をベタベタと気味わるくたたくのであった。

「川手、そりゃ逆恨《さかうら》みというものだ。何も僕が無理やりにこの満代を、君から奪い取ったというわけではなし、親の眼鏡にかなって、ちゃんと順序を踏んで結婚をした間柄だ。それを、根に持ってとやかくいわれる覚えはない。さあ、トットと帰ってくれ。ぐずぐずしていると貴様の身のためにならぬぞ」

主人山本は、身の自由を奪われながらも、負けてはいなかった。

「ハハハハハハ、その心配はご無用。女中たちはみんな縛りつけて猿轡をかましてあるし、それに寂しい郊外の一軒家、貴様たちがいくらわめいたって、誰が助けに来るものか。お巡《まわ》りの巡回の時間まで、俺あちゃあんと調べてあるんだ。さあ渡せ、渡さねえと……」

「どうするんだ!」

「こうするのさ」

又しても、ウームという身震いの出るようなうめき声。満代の頰にスーッと二筋目の糸が引いて、まっかな血がボトボト畳の上にしたたった。

「待て、待ってくれ」

主人は身もだえして、ふり絞るような声で叫んだ。

「鍵を渡す。大切なあずかり金だけれど、満代の身にはかえられぬ。鍵は、この次の間《ま》の、金庫の隣の箪笥にある。上から三つ目の小抽斗の、宝石入れの銀の小匣《こばこ》の中だ」

「ウン、よくいった。で、組み合わせ文字は?」

「……」

「オイ、組み合わせ文字はと聞いているんだ」

「ウーン、仕方がない。ミツヨの三字だ」

主人が歯がみをしてくやしがるのを、賊は小気味よげにながめて、

「ウフフフ、金庫の暗号まで満代か。ばかにしてやがる。よし、それじゃ、俺が次の間へ行ってる間、おとなしくしているんだぞ。声でもたてたら、満代さんの命がねえぞ」

すごい口調で言い残して、賊は次の間へ消えて行ったが、ややしばらくあって、袱紗包《ふくさづつみ》の札束らしいものを手にしてニヤニヤ笑いながら戻って来た。

「確かにもらった。久しぶりにお目にかかる大金だ。悪くねえなあ……ところで、これで用事もすんだから、おさらばと云いたいんだが、そうはいかねえ。まだ、大切な御用が残っておいで遊ばすのだ」

「エッ、まだ用事があるとは?」

主人の山本は、なぜかギョッとしたように、賊の覆面をにらみつける。

「おらあ、今夜は貴様たち二人に恨みをはらしに来たんだ。そのほうの用事が、まだすんでいないというのさ」

「じゃ貴様は、金を取った上にまだ……」

「ウン、先に殺したんじゃ、金庫を開くことが出来ねえからね」

「エッ、殺す？」

「ウフフフ、こわいかね」

「おれを殺すというのか」

「おおさ、貴様をよ。それから貴様のだいじの満代さんをよ」

「なぜだ。なぜおれたちを殺さなければならないんだ。君はそうして大金を手に入れたじゃないか。それだけで満足が出来ないのか」

「ところがね、やっぱり殺さなくちゃならないんだよ。まあ考えても見るがいい、おれがこの家を立ち去ったら、貴様はすぐおれの名をいって、警察へ訴えて出るだろう。そうすれば、おれはせっかくもらったこの金を使うひまさえなかろうじゃないか。エ、色男、どうだね。まあそういった理窟じゃねえか。貴様が余計なおせっかいをして、おれの正体を看破《みやぶ》ったのが運のつきというものだ。自業自得《じごうじとく》とあきらめるがいいのさ。

「いや、それればかりじゃない。たとい貴様がおれを看破らなかったとしたところが、貴様たち夫婦がそうして仲よくしているところを見せつけられちゃ、黙っちゃ帰られねえ。八年前の意趣ばらしだ。いや、八年前から今日が日まで、片時《かたとき》として忘れたことのねえ恋の遺恨だ。貴様もにくいが、満代はもっとにくいんだ。恋いこがれていただけに、今のにくさがどれほどか、思い知らせてくれるのだ」

賊はにくにくしくいいながら、血にぬれた九寸五分を、又しても満代の頬にあてた。それと知った満代は、恐怖の絶頂に、身を石のように固め、両眼が眼窩《がんか》を飛び出すかとばかり見開いて、狂気のように賊を見つめながら、猿轡の奥から、この世のものとも思われぬ凄惨なうめき声を発した。

「待ってくれ、川手、俺は決して君の名を口外《こうがい》しない。誓いを立てる。決して決して警察に訴えたりなんかしない。その三千円は、俺の自由意志で君に贈与したことにする。だから、ねえ川手君、どうか許してくれ。命は助けてくれ。お願いだ」

云いながら山本は、ハラハラと涙をこぼした。

「川手君、君もまさか鬼ではあるまい。俺の気持を察してくれ。俺は果報者《かほうもの》だ。満代はよくしてくれるし、二人の小さい子供は可愛いさかりだ。商売の方も順調にいっている、俺は幸福の真只中《まっただなか》にいるのだ。まだこの世に未練がある。死にきれない。あの可愛い子供たちやこの事業を残しては死んでも死にきれない。川手君、察してくれ。そして昔の朋輩甲斐《ほうばいがい》に、俺を助けてくれ。ねえお願いだ。そのかわり、君のことは悪くはしない。これからも出来るだけ援助するつもりだ。もう一度、昔の朋輩の気持になってくれ」

「フフン、相変わらず貴様は口先がうまいなあ。女を横取りしておいて、一人いい子になっておいて、昔の朋輩が聞いてあきれらあ。そんな甘口《あまくち》に乗る俺じゃねえ。まあ、そんな無駄口をたたくひまがあったら、念仏でもとなえるがいい」

「それじゃ、どうあっても許しちゃくれないのか」

「くどいよ。許すか許さねえか、論より証拠だ。これを見るがいい」

そして、賊はいきなり短刀を満代の胸へ……。

川手氏はもはや見るに忍びなかった。今二人の男女が殺されようとしているのだ。目をふさいでも、断末魔《だんまつま》の悲痛なうめき声が聞こえて来る。しかもそれは、一寸だめし五分だめし、歌舞伎《かぶき》芝居の殺し場そっくりの、あのいやらしい、陰惨な、惻々《そくそく》として鬼気の身に迫るものであった。

その残虐をあえてしている人物が、我が亡き父であると思うと、川手氏は余計たまらなかった。自分よりも若い父親が、目の前に現われるなんて、理性では判断出来ない不思議だけれど、それを思いめぐらしているほど、川手氏は冷静ではなかった。夢にもせよ、幻にもせよ、この残虐を黙って見ているわけにはいかぬ。止めなければ。止めなければ……。

川手氏はもう気が狂わんばかりになって、いきなり拳《こぶし》を固めて、前の板壁を乱打し始めた。地だんだを踏みながら声を限りにわけの分からぬことをわめき始めた。

生体埋葬

それから十分ほどのち、川手氏はもうわめくことをやめて又節穴を喰い入るようにのぞき込んでいた。

その板壁の向こう側で何事が行われたかは、ここに細叙《さいじょ》することを差し控えなければならぬ。川手庄兵衛なる人物はそれほど残虐であり、夫婦のものの最期は、それほど物恐ろしかったのである。

いま、節穴の向こうには、もはや動くものとてはなかった。二人の男女は、後ろ手にしばられたまま、グッタリとうつぶせに倒れていた。青畳の上には、池のようにまっ赤なものが流れていた。苦悶の絶叫のあとに、ただ死の静寂があった。丸火屋の台ランプが、風もないのに、さまよう魂魄《こんぱく》を暗示するかのごとくジジジジと音をたてて、異様に明滅していた。

しばらくすると、一方の扉があわただしくあけられて、二十五、六歳ほどの召使いらしい女が、胸に嬰児《えいじ》を抱きしめ四、五歳の男の子の手を引いて、息せききってかけ込んで来た。賊にしばられていた縄をやっと解いて、主人夫婦の安否を確かめに来たものに違いない。赤ん坊を抱いているのを見ると、乳母《うば》でもあろうか。手を引かれている男の子は、ああ、これはなんとしたことだ。川手氏をこの地下室へ導いた、あの不思議な幼児であった。

乳母らしい女は、一《ひ》と目《め》、座敷の様子を見ると、あまりの恐ろしさに、サッと顔色を変えて立ちすくんだが、やがて気を取り直すと、倒れている二人のそばにかけ寄って、涙声を振りしぼった。

「旦那様、奥様、しっかりなすって下さいまし、旦那様、旦那様」

こわごわ肩に手をかけて、ゆり動かすと、主人の山本はまだことされていなかったとみえて、機械仕掛けの人形のような、異様な動き方で、ゆっくり顔を上げた。おお、その顔！　目は血走り頬はこけ、紙のような不気味な白さの中に、なかば開いた唇と舌とが、紫色に変わっている。しかも、その額から頬にかけてベットリと赤いものが。

「おお、ば、ばあやか……」

死人のような唇から、やっとかすれた声が漏れた。

「ええ、わたくしでございます。旦那様しっかりなすって下さいまし、お水を持って参りましょうか。お水を……」

乳母は狂気のように瀕死者《ひんししや》の耳もとに口をあてて叫ぶのだ。

「ぼ、ぼうや、ぼうやを、ここへ……」

血走った目が、座敷の隅におびえている男の子にそそがれる。

「坊ちゃまでございますか、サ、坊ちゃま、お父さまがお呼びでございますよ。早く、早くここへ」

乳母は幼児の手を取るようにして、瀕死の父の膝の前にすわらせ、自分は甲斐甲斐《かいがい》しく、主人のうしろに廻って縄を解くのであった。

やっと自由になった山本の右手が、おぼつかなく幼児の肩にかかって、我が子を膝の上に抱き寄せた。

「ぼうや、か、かたきを、討《う》ってくれ。……お父さんを、ころしたのは、かわて、しょうべえだ……か、かわて、かわてだぞ。……ぼうや、かたきを、とってくれ。……あいつの、一家をねだやしにするのだ。……わ、わかったか。わかったか。……ぼうや、たのんだぞ……」

　そして、ギリギリと歯嚙《はが》みをして、すすり泣いたかと思うと、幼児の肩をつかんだ指が、もがくように痙攣して、ガックリと、そのままうつぶして、山本はついに息が絶えてしまった。

　ワーッと泣き伏す乳母、火のつくような赤ん坊の泣き声。今まであまりの驚きに、泣く力さえなくおびえきっていた男の子も、にわかに声をたてて泣きいった。

　目もあてられぬ惨状だ。川手氏は又しても節穴から顔を放して、もらい泣きの涙をぬぐわなければならなかった。

　暫《しばら》くすると、乳母はやっと気を取り直して、男の子を我が前に引き寄せ、決然とした様子で言い聞かせた。

「坊ちゃま。今、お父さまのおっしゃったこと、よくお分かりになりまして。坊ちゃまは、まだ小さいから、お分かりにならないかも知れませんが、お父さまやお母さまを、こんなむごたらしい目にあわせた奴は、元お店に使われていた川手庄兵衛でございますよ。よございますか。坊ちゃまは、お父さまの遺言を守って、仇討ちをなさらなければなりません。あいつの一家を根絶やしにしてやるのです。

　あいつには坊ちゃまよりは少し大きい男の子があるっていうことを聞いておりま

す。坊ちゃまは、その子供も決して見逃してはなりませんよ。そいつを、お父さまと同じような目にあわせてやるのです。いいえ、もっともっとひどい目にあわせてやるのです。そうしなければ、お父さまお母さまの魂は決して浮かばれないのです。お分かりになりましたか」

乳母の恨みに燃えるまなざしが、まだ物心もつかぬ幼児の顔を、喰い入るように睨みつけた。すると、男の子は、その刹那《せつな》亡き父親の魂がのり移りでもしたように、幼い目をいからせ、拳を握って、廻らぬ舌で甲高く答えるのであった。

「坊や、そいつ、斬っちゃう。お父ちゃま、みたいに、斬《そむ》っちゃう」

それを聞くと、節穴の川手氏は慄然として三度顔を背けた。アア、何という怨恨《えんこん》、何という執念であろう。無残の最後をとげた父母の魂は、今この幼児の心の中に移り住んだのである。でなくて、幼い子供が、あの様な恐ろしい目をする筈《はず》がない。あのような気違いめいた表情をする筈がない。アア、恐ろしいことだ。

再び節穴に目をあてると、いつの間にか、台ランプが消えたらしく、そこは墨を流したような闇に変わっていた。人声もとだえ、物の動く気配とても感じられなかった。

だが、あれは何だろう。闇の中に直径一丈ほどの丸いものが、巨大な月のように、ぼんやりと白《しら》んでいた。そして、見る見るそれがはっきりと輝いて行く。

節穴から目を放していたわずかの間に、正面に白い幕のようなものがたれ下がったらしく感じられた。その幕の表面に、一丈の月輪《げつりん》が輝いているのだ。

初めは、その月の中のうさぎのように見えていた薄黒いものが、光の度を増すにつれて、もつれ合う無数の蛇に変わって行った。おお、そこにはあの無数の蛇がうごめいているのだ。蛇ではない、千倍万倍に拡大されたあの指紋が……お化けのような、あの三重渦状紋が。

「オイ、川手庄太郎、貴様の父親の旧悪を思い知ったか。そして俺の復讐の意味がわかったか」

どこからともなく、不気味な声が、まるで内証話《ないしょばなし》のようなささやき声に聞こえて来た。

「俺は今、貴様の見た山本の息子、始《はじめ》というものだ。貴様の一家を根絶やしにすることを、一生の事業として生きている山本始というものだ」

声はどこから響いて来るのか見当がつかなかった。前からのようでもあり、うしろからのようでもあり、しかし、その低いささやき声が地下室全体にとどろき渡って、まるで雷鳴のように感じられるのだ。川手氏は全身から脂汗を流しながら、金縛《かなしば》りにでもあったように、身動きさえ出来ない感じであった。

「貴様の父川手庄兵衛は、乳母の訴えによって、間もなく逮捕され、牢獄《ろうごく》につながれる身となった。むろん死刑だ。しかし、俺の両親の恨みはそんな手ぬるいことではれるものではない。目には目を、歯には歯をだ。ところが、庄兵衛はその死刑さえ待たないで、牢獄の中で安らかに病死をしてしまった。ああ、父母の恨み、俺の恨みは、いったいどこへ持って行けばよいのだ。

「俺はその当時まだ幼かったので、乳母の訴えるのを止めて、自分からこの手で復讐するという分別も力もなかった。あとで病死と聞いたときには、俺は泣いてお上《かみ》を恨んだが、もうあとの祭りだ。そこで俺は、父親のかわりに貴様を相手にすることにきめた。子は父のために罪をおわなければならないのだ。それが復讐の神のおきてだ。

「俺はその準備のために、四十年の年月をついやした。はやる心を押さえ押さえて、機の熟するのを待った。目には目を、歯には歯をだ。ただ貴様を殺すのはたやすい。しかし、それだけでは父母の魂が浮かばれぬ。貴様にも、父母と同じ苦しみ悲しみを与えなくてはならぬのだ。

「そこで、俺は我慢に我慢を重ねて貴様の出世するのを待った。子供を生み、その子が立派に育ったのを待った。そして貴様の出世が絶頂に達した今、俺の毒矢はついに弦《つる》を放れたのだ。第一矢は妹娘をたおした、第二矢は姉娘をたおした。そして、第三矢は今、この瞬間、貴様の心臓を射抜こうとしているのだ」

川手氏は父の牢死《ろうし》を知っていた。知って秘《ひ》し隠しに隠していた。しかし、何の罪によって入牢したかは、誰も教えてくれなかった。むろんこれほどの大罪とは知る由もなかったのだ。彼は貧苦と艱難《かんなん》の幼時を女親の手一つで育てられ、努力奮闘、ついに立志伝中の人となって現在の地盤を築いたのだが、母はいまわの際まで、我が子に父の恐ろしい秘密を語らなかった。何とやら腑に落ちぬことが多くて、しばしば不審を抱くこともあったが、しかし父がそれほどの極悪非道《ごくあくひどう》を行っていようと夢にも知らなかった。

「川手、何をぼんやり考えているのだ、恐ろしさに気が遠くなったのか、それとも何か腑に落ちぬことでもあるというのか」

ささやき声がもどかしげに聞こえて来た。

「腑に落ちぬ」

川手氏は猛然として、大勇猛心をふるい起こし、いきなりどなり返した。

「おれは父の罪を知らぬのだ、今聞くのが初めてだ、証拠を見せろ、おれは信じることが出来ない」

「ハハハハ、証拠か。それは、このおれが、山本始が四十年をついやして貴様に復讐をくわだてたことが何よりの証拠ではないか。ちっとやそっとの恨みで、人間がこれほどの辛苦《しんく》にたえられると思うのか」

「今のは、お芝居をして見せたのだな」

「そうだ。貴様に充分思い知らせるために、多額の費用を使って地底演劇をやって見せたのだ。あの無残きわまる貴様の親父の所業を目のあたり見せたら、いくらぼんやり者の貴様でも、おれのやり場のない無念《むねん》さを悟らせることが出来るだろうと考えたからだ。口で話したぐらいで、あの残虐がわかるものではない。

「おれは子供心にもあの父の断末魔の苦しみと、血の海にもがき廻った両親の苦悶のさまが、目の底に焼きついて、数十年後の今も、昨日のことのようにまざまざと思い出されるのだ。貴様の親父が牢死したぐらいのことで、この恨みが、この悲しみが消えてしまうものか。おれの父は川手の一家をことごとくほろぼさなくては浮かばれないと遺言した。おれはその遺言をはたしたいばかりに、今日の日まで生きながらえて来たのだ。おれの生涯は父と母との復讐のために捧げられたのだ。

「川手、おれの父と母と、おれ自身との怨恨がどれほどのものであったかを、今こそ思い知るがいい。おれは貴様一家を皆殺しにするまでは、死んでも死に切れないのだ」

「だが、もしおれが貴様の復讐に応じないといったら、どうするのだ」

「逃げるのか」

「逃げるのではない。立ち去るのだ。おれにはここを立ち去る自由がある」

「ハハハハハ、オイ、川手、それじゃ一つ君のうしろをふり返って見たまえ」

川手氏はそれまで、節穴の向こうの巨大な指紋をにらみつけてものをいっていたが、この時初めて、どうやら敵はうしろにいるらしいことに気づいた。そして、ハッとふり向くと、あわい蠟燭の光に照らされて、そこに、一間《けん》とは隔たらぬ目の前に、いつの間に忍び込んだのか、二人の男が立ちはだかっているのを発見して、ギョッと息をのんだ。

おお、あいつらだ。犯罪の行われるごとに姿を現わしたあの二人だ。一人は一方の目に大きな眼帯をあてた、無精鬚の大男。一人は黒眼鏡をかけた、やせっぽちの小男だ。その二人が小型ピストルを構えて、じっと川手氏にねらいを定めているのだ。

「ハハハハ、これでも逃げられるというのか。身動きでもして見ろ、貴様の心臓に穴があくぞ」

大男の方が、今度はハッキリした声で、さも愉快らしくどなった。

川手氏はあくまで用意周到な相手に、もはや観念の眼《まなこ》をとじるほかはなかった。

「で、君たちは俺をどうしようっていうのだ」

するとﾞ、大男は左手を上げて、静かに地下室の隅を指さした。おお、そこには、あの薄気味わるい棺桶が、主待ち顔に置かれてあるのだ。

「君はこの中へはいるのさ。ちゃんと君の名が書いてあるじゃないか。川手、君はこれまでに、生きながらの埋葬ということを想像してみたことがあるかね。ハハハハハ、ないとみえるね。それじゃ一つ味わって見るがいい、君はこの棺の中にはいって、生きながら土の底深く埋められるのだ」

いい放って、二人の男はお互いに顔見合わせ、さもおかしくてたまらぬというように、腹をかかえてゲラゲラと笑い出すのであった。

川手氏は立っている力もないほどのはげしい恐怖に襲われた。身体じゅうの血液がスーッと引潮《ひきしお》のように消えて行って、異様な寒さに、歯の根がガチガチ鳴り始めた。

「だ、誰か、誰か来てくれエー」

土気色の顔、紫の唇から、気違いのような叫びがほとばしった。

「ハハハ、駄目だ、駄目だ、君がいくら大きな声を出したって、ここは山の中の一軒家だぜ。鳥や獣物《けだもの》がびっくりして逃げ出すくらいのものだ。ああ、君は爺や夫婦が、その声を聞きつけて助けに来てくれると思っているんだね。フフフ……。

「ところがね、川手君、それはとんだ当て違いというものだぜ。もうこうなったら、何もかもいってしまうが、あの婆やというのは、ほかでもない、今君が見た山本家の乳母だった女なのさ。つまり俺の味方なのだ。爺やの方も、夫婦であってみればまさか女房を裏切って、俺の邪魔だてをするはずもなかろうじゃないか。

「ハハハハハ、君は不思議そうな顔をしているね。あの爺や夫婦が俺の手下だとすると、そんなところへ、宗像先生が君を連れて来たのは、変だとでもいうのかね。ハハハハ、何も変なことはないさ。宗像大先生は、この俺のためにマンマといっぱい食わされたというわけだよ。俺がちゃんとお膳立てして置いたところへ、先生の方で飛び込んで来たのさ。あの三角髯の先生、見かけ倒しのボンクラ探偵だぜ。そんな探偵さんのいうままになった君の不運と諦《あきら》めるがいい」

眼帯の大男山本始は、得意らしく種明《たねあ》かしをして、面白そうに笑うのだが、川手氏は、その言葉さえほとんど耳にはいらなかった。ただ、あのまっ暗な「死」が、目の前にチラチラして恐怖のあまり魂も身に添わず、無駄とはわかっていても、何かしらわけのわからぬことを絶叫しないではいられなかった。

「ハハハハハ、オイ川手、貴様も実業界では一廉《ひとかど》の人物じゃないか。みっともない、そのざまは何だ。オイ黙らんか。黙れというのだ……まだ泣いているな。往生際《おうじょうぎわ》のわるいやつだ……よし、それじゃおれが黙らしてやろう」

いいながら、大男はいつの間にか川手氏のうしろに廻って、一方の手でギュッと喉《のど》をしめつけ一方の手で口を蓋してしまった。川手氏は何の抵抗力もなく、まるで人形のように、されるがままになっている。

それを見ると、黒眼鏡の小男は、どこからか長い細引(注11)を取り出して、すばやく川手氏の足元に走り寄り、いきなり足の先からグルグル巻きつけ始めた。

足から腰、腰から両手と、見る見るうちに、川手氏は無残な荷物のように、身動きも出来ずしばり上げられてしまった。

「よし、お前、足の方を持つんだ。そして棺の中へおさめてしまおう」

大男の指図に、小男は無言で川手氏の膝の辺に両手を廻し、力まかせに抱き上げた。

そうして宙を運ばれながら、生きた心地もない焦慮の中で、川手氏は不思議にはっきりと、ある異様な事柄に気づいていた。

というのは、黒眼鏡の小男が、どうもほんとうの男性ではないということであった。膝に巻きついたネットリとしなやかな腕の感触、時々ふれ合う胸の肌触り、それに、小刻みなやわらかい息づかいなどが、女としか思われないことであった。

だが、それは、あわただしい心の間隙《かんげき》に、一瞬チラッとひらめいたばかりで、やがて例の不気味な寝棺の中にドサッと抛《ほう》り込まれてしまうと、もうそんなことを考えつづけている余裕などあるはずもなかった。

「川手、俺はとうとう目的を達したんだ。俺がどんなに嬉しがっているか、君に想像がつくかね。四十年の恨みを、俺の父と母とのあの血みどろの妄執《もうしゅう》を、今こそはらすことが出来たのだ。

お父さん、お母さん、これを見て下さい。あなた方の敵は、今生きながら棺桶の中へとじこめられようとしているのです。あなた方のあの残酷な御最期にくらべては、これでもまだ足らないかも知れません。しかし、僕は智恵と力の限りを尽くしたのです。一《ひ》と思《おも》いに殺すなんて、まるで相手を許してやるのも同然です。と云って、耳を削《そ》ぎ鼻を削ぐ一寸だめし五分だめしも、その苦しみの時間は知れたものです。それよりも、何が恐ろしいと云って、生きながらの埋葬ほど恐ろしいものはないと思います。無論、それ程の苦しみを与えても、お父さん、お母さん、あの時のあなた方のお苦しみには、やっと匹敵するかしないかです。でも、僕の智恵では、その上の思案も浮かびません。どうかこれで思いをおはらし下さい。

ところで、川手、この生きながらの埋葬というものの恐ろしさが、君には想像が出来るかね。真っ暗な土の中へ入ってしまうのだ。そこで、一日も二日も三日も、空気の不足と餓えと渇きとに責められて生きていなければならないのだ。

いくら藻掻《もが》いたところで棺桶の蓋は開《あ》きやしない。君の指の生爪がはがれて、血まみれになるばかりだ。フフフ……君はその血をさえ、餓鬼のように貪《むさぼ》り啜《すす》ることだろうて。

藻掻きに藻掻いて、やっと息が絶えると、待ち構えていた蛆虫《うじむし》が、君の身体中を這い廻って、肉や臓腑を、ムチムチと啖《くら》い始めるのだ……」

川手氏は棺桶の中に身動きも出来ず横わったまま、この無残な宣告を聞いていた。イヤ一語一語を聞き取る程の余裕はなかったけれど、聞かなくても、生き埋めの恐ろしさは、彼自身の想像力によって、魂も消えるばかり、ひしひしと思いあたっていた。

口が自由になっても、もう叫び声さえ出なかった。ただ、自分では何か大声に叫んでいる積《つも》りで、血の気が失せた唇を、鯉《こい》のようにパクパク動かしているばかりであった。

「では、もう蓋を閉めるぜ、観念するがいい。だが、その前に一と言いって聞かせておくことがある……それはね、こんな目に会うのは、君が最後ではないということだよ。フフフフフ、わからんかね。君は知るまいが、君には一人の妹があるんだ。君の父親があの泥棒した金で、数カ月の間贅沢《ぜいたく》な暮らしをしていた頃、ある女の腹に出来た子供があるんだ。

「俺は川手の血筋は一人残らず、この世から絶やしてしまうという誓いをたてた。だから、どっかに庄兵衛の血筋が残ってやしないかとどれほど苦心をして探し廻ったか知れない。そして、君さえ知らぬその妹を見つけ出したのだ。

「そいつも、今に君のあとを追って、地獄へ行くことだろう。地獄でめでたく兄妹《きょうだい》の対面をするがいい。いや、地獄といやあ、君の二人の娘も、そこで君を待っているはずだったね。ハハハハハ、久しぶりで、親子の対面も出来るというものだぜ。

「それからね。ついでにもう一つ云い聞かせておくが、ここにいる黒眼鏡の男は、実は男じゃない。女だよ。エ、誰だと思うね。君がさいぜんのぞき穴から見た女だぜ。といっても、あの頃はまだ乳母に抱かれた赤ん坊だったが、こんなに大きくなったのさ。そして兄の手助けをして、一生を復讐のために捧げて来たのさ。

「君の二人の娘も、決して俺一人の手では料理しなかった。この妹にも存分恨みをはらさせたのだ。オイ、お前も今わの際《きわ》に、こいつに顔を見せてやれ。あのときの赤ん坊が、両親の断末魔の血をすすって、どんな女に生長したか、よく顔をおがませてやれ」

山本始の指図にしたがって、男装の女は、川手氏の上に顔を近よせ、大きな黒眼鏡を取って見せた。

川手氏は、蠟燭の光の蔭に、眼界いっぱいにひろがった中年の女の顔を見た。気違いのように上ずった、二つの恐ろしい目をみた。

女はじっと川手氏の顔をにらみつけて、キリキリと歯がみをした。そして、いきなり川手氏の顔に唾《つば》を吐きかけた。

「ホホホホ、泣いているわ。顔の色ったらありゃしない。兄さん、あたしこれで胸がせいせいしたわ。サ、早く蓋をして、釘を打ちつけましょうよ」

妹は兄に輪をかけた狂人であった。この無残な言葉を、まるで日常茶飯事のように、子供の無邪気さで云い放った。亡き山本夫妻の怨霊のさせる業か、この復讐鬼兄妹は、そろいもそろって、精神的不具者としか考えられなかった。不具者なるがゆえに、狂人なるがゆえに、その所業の残忍、その計画の奇矯《ききょう》、到底常人の想像し得るところではなかった。

やがて、鬼気ただよう地底の闇に、一と打ちごとに人の心を凍らせるような金槌《かなづち》の音が響き渡った。その金槌の音につれて、赤茶けた蠟燭の火が明滅し、ニヤニヤと不気味に笑う男女二匹の鬼の顔が闇の中に消えたり浮き上がったりした。

釘を打ち終わると、二人は棺桶を吊って、室の外に出た。

まっ暗な廊下をいく曲がりして、雨戸を開き、そのまま庭の木立の中へはいって行く。

大樹の茂みにかこまれた闇の空地、昨日川手氏が自分の墓石を見たあの同じ場所に、何時《いつ》の間に誰が掘ったのか、深い墓穴が地獄への口を開いていた。

二人は小さな蠟燭の光をたよりに、棺桶をその穴の底に落とし入れると、その辺に投げ捨ててあった鍬《くわ》とシャベルを取って、棺の上に土をかけた。そして、穴を埋め終わると、そのやわらかい土の上で、足をそろえて地ならしを始めた。

足拍子も面白く、やがて、男女二いろの物狂わしい笑い声さえ加わって、地上に立てたほの暗い蠟燭の光の中に、二つの影法師は、まるで楽しい舞踏《ぶとう》でもあるように、いつまでもいつまでも、地ならしの踊りを踊りつづけるのであった。

錫《すず》の小函《こばこ》

お話は一転して東京に移る。

あの無残な川手氏の生体埋葬が行われた翌日の夜、隅田川《すみだがわ》にボート遊びをしていた若い男女が世にも不思議な拾いものをした。

男は丸の内の或る会社に勤めている平凡な下級社員、女は浅草の或るカフェの女給であったが、ちょうど土曜日のこと、まだ季節には早いけれど、川風が寒いというほどではなく、たった二人で話をするのには、これに限るという思いつきから、もう店開きをした貸ボートを借りて、人目離れた川のまん中を漕《こ》ぎ廻っていた。

やがて十時であった。

季節でもないこの夜ふけに、ボート遊びをしているような物好きもなく、暗い川面には、彼らのほかに貸ボートの赤い行燈《あんどん》は、一つも見当たらなかった。

彼らはその淋しさを、かえってよいことにして、楽しい語らいの種も尽きず、ゆっくりと櫂《かい》をあやつりながら、今吾妻橋《あづまばし》下から抜けようとした時であった。夢中に話し込んでいる二人の間へ、ヒューッと空から何かしら落ちて来て、女の膝をかすめ、ボートの底にころがった。

「あらッ！」

女は思わず声をたてて、橋を見上げた。空から物が降るはずはない、橋の上を通りかかった人が投げ落としたものに違いないのだ。

男は櫂を一《ひ》と掻《か》きしてボートを橋の下から出し、それと覚《おぼ》しいあたりを見上げたが、その辺に川をのぞいているような人影もなかった。どなりつけようにも、相手はもう立ち去ってしまっていたのだ。

「痛い？　ひどく痛むかい」

女が渋面《じゅうめん》を作りながら膝をさすっているので、男は心配そうに尋ねた。

「それほどでもないわ。でも、ひどいことをするわね。あたし、まだ胸がドキドキしている。誰かがいたずらしたんじゃないかしら」

「まさか。それに、あの時、ボートは橋の下から半分も出ていなかったから、きっと、こんなところに舟なんかないと思って投げたんだよ。川の中へ捨てたつもりで行ってしまったんだよ」

「そうかしら、でも危ないわね。軽いものなら構わないけど、これずいぶん重そうなのよ。あら、ごらんなさい。何だかいやに御丁寧にしばってあるようよ」

男は櫂を離してボートの底にころがっている一物を拾い上げ、行燈の火にかざして見た。

それは石鹸箱《せっけんばこ》ほどの大きさのもので、新聞紙で丁寧に包み、上から十文字に細い紐でくくってあった。

「あけて見ようか」

男は女の顔をながめて、冗談らしくいった。

「きたないわ、捨てておしまいなさい」

女が顔をしかめるのを、意地わるくニヤニヤして、

「だが、もしこの中に貴重なものがはいっていたらもったいないからね。何だかいやに重いぜ。金属の箱らしいぜ。宝石入れじゃないかな。誰かが盗んだけれど、持っているのが恐ろしくなって、川の中へ捨てたというようなことかも知れないぜ。よくあるやつだ」

男は多分に猟奇《りょうき》の趣味を持っていた。

「慾ばってる！　そんなお話みたいなことがあるもんですか」

「だが、つまらないものを、こんなに丁寧に包んだりするやつはないぜ。ともかく開けて見よう。まさか爆弾じゃあるまい。君、この行燈を持っていてくれよ」

男の酔狂を笑いながら、しかし、女もまんざら好奇心がないわけでなく、蠟燭のついた行燈を取って、男の手の上にさしつけてやるのであった。

男はその新聞包みをボートのまんなかの腰かけ板にのせ、その上にかがみ込んで、注意ぶかく紐を解き始めた。

「いやにたくさん結び玉をこしらえやがったな」

こごとをいいながら、でもしんぼう強く、丹念《たんねん》に結び玉を解いて、やっと紐をはずすと、いく重にも重ねた新聞包みを、ビクビクしながら開いていった。

「ほおらごらん。やっぱり捨てたもんじゃないぜ。錫の小函だ。重いはずだよ。ウン、わかった。この函はおもしに使ったんだ。中のものが浮いたり流れたりしないように、こんな重い函の中へ入れて捨てたんだ。して見ると、この中には、ひょっとしたらラヴ・レターかなんかはいっているのかも知れないぜ。こりゃ面白くなって来た」

「およしなさいよ。何だか気味がわるいわ。いやな物がはいっているんじゃない？　こんなにまでして捨てるくらいだから、よっぽど人に見られては困るものに違いないわ」

「だから面白いというんだよ。まあ見ててごらん」

男はまるで爆弾でもいじるようなふうにおどけながら、勿体《もったい》らしく小函の蓋に手をかけ、ソロソロと開いていった。

「ハンカチらしいね」

小函の中にはハンカチを丸めたようなものがはいっていた。男は拇指と人差指で、ソッとそれの端をつまみ上げ、函の外へ取り出した。

「ア、いけない。捨てておしまいなさい。血だわ。血がついてるわ」

いかにもそのハンカチには、ドス黒い血のようなものがベットリとしみ込んでいた。

それを見ると、女は顔色を変えたのにひきかえ、男の好奇心はひとしお激しくなりまさった。

彼はもう無言であった。何かしら重大な事件の中にまき込まれたという興奮のために、目の色が変わっていた。彼はとっさの間に、かつて愛読した探偵小説の中の、それに似た場面をあれこれと思い浮かべていた。

ほの暗い行燈の下で、血染めのハンカチが注意深く開かれていった。

「何だか包んである」

男の声は、ささやくように低かった。顔をくっつけ合った二人には、お互いの鼻息が、異様に耳についた。

「こわいわ。よしましょう。捨てておしまいなさいな。でなければお巡りさんに渡した方がいいわ」

だが、男はもうハンカチをひろげてしまっていた。まっかに染まったハンカチの上に、何かしら細長いものが、鉤なりに曲がって横たわっていた。

「指だよ」

男が鼻息の間から喉のつまった声でささやいた。

「まあ！」

女はもうおしゃべりをする元気もなく、行燈をそこに置いたまま、顔をそむけてしまった。

「女の指だよ……根元から切り取ってある」

男が憑《つ》かれた人のように、不気味なささやきをつづけた。

「指を切り取って川の中へ捨てなければならないなんて、これはいったいどうしたわけだろう……犯罪だ！　君、これは犯罪だよ……わるくすると殺人事件だよ」

怪人物R・K

隅田川の夜ふけ、ボート遊びの男女が、吾妻橋の上から投げ捨てられた奇怪な錫の小函の中から、今切り取ったばかりのようななまなましい人間の指を発見して、色を失った、その翌朝のことである。

警視庁の中村捜査係長は、出勤の途中、ふと宗像博士をたずねてみる気になり、丸の内の宗像探偵事務所に立ち寄った。

中村係長は、民間探偵とはいえ、宗像博士の学識と手腕に、日頃から深く傾倒しているので、何かというと、博士を相談相手のようにしていたのだが、ことにこんどの三重渦巻の怪指紋の犯人の事件では、博士は被害者川手氏の依頼を受けていることでもあり、何か新しい手掛かりの発見でもないかと、時々宗像探偵事務所を訪問してみるのであった。

宗像博士は中村警部の顔を見ると、

「や、いいところへおいで下すった。実は今僕の方からあなたのところへ出向こうかと思っていたところです」

といいながら、先に立って、警部を奥まった化学実験室へ案内した。

「ホウ、そうでしたか。じゃ何か新しい手掛かりでも……」

「そうですよ。まあお掛け下さい。いろいろ重大なご報告があるのです。むろん例の三重渦状紋の怪物についてですよ」

中村警部はそれを聞くと、早朝の訪問が無駄ではなかったことを喜びながら、目を輝かして博士の顔を見つめた。

「そいつは耳よりですね、いったいどんなことです」

「さあ、どちらからお話ししていいか。実はご報告しなければならない重大な事柄が二つ重なって来たので、僕も面喰らっているのですが、まあ順序を追ってお話ししましょう。その一つは、川手庄太郎氏が行方不明になってしまったことです」

「エッ、行方不明に？」

「そうです。これは僕に全責任があるわけで、まったく申し訳ないと思っているのです。川手氏を甲府の近くの山中の一軒家へかくまったことは、先日お話しした通りですが、あれほど用心に用心を重ねて連れて行ったのに、どうしてこんなことになったのか、ほとんど想像もつきません。

「一昨日でした。川手氏から至急来てくれという電報を受け取ったのです。用件は書いてありませんでしたが、あの不便な山の中から電報を打つくらいですから。よくよくのことに違いないのです。ところがその日僕は別の事件で、どうしても手を放せない事があったものですから、一日のばして、昨日の午後やっと川手氏のところへ行ったのです。

「行ってみると、留守番の爺さん夫婦のものが、オロオロしながら、けさから川手氏の姿が見えないというのです。昨夜おやすみになったまま、蒲団がもぬけの殻《から》になっていて、いつまで待っても食事にもいらっしゃらないので、家の中はもちろん、庭から附近の山までも探し廻ったのだけれど、どこにも姿が見えぬというのです。

「調べて見ると、川手氏の衣類はちゃんと揃っている。寝間着のままで行方不明になってしまったのです。まさか寝間着のまま汽車に乗るはずもなく、自分の意志で家出をしたとは考えられない。てっきりなにものかに襲われたのです。いや、なにものかではない、あの三重渦巻の怪物に連れ去られたに違いありません。

「僕はよほどあなたにお電話しようかと思ったのですが、東京からおいでになるのじゃ夜中になってしまいます。で、やむを得ず、僕自身で出来るだけのことをしました。

「あちらの警察と青年団を借りて、ちょっと山狩りのようなこともやってみました。その捜索はまだ今でも続けられているはずですが、ゆうべ僕の帰るまでには何の発見もありませんでした。

「一方僕は自身で、附近の三つの駅に電話をかけて、怪しい人物が下車しなかったか、何か大きな荷物を持った人が乗車しなかったかと尋ねてみたのですが、どの駅にもそういう怪しい人物の乗降はなかったのです。いや、あったとしても、駅員には少しも気づかれなかったのです。

「で、僕はひとまず東京に帰ることにしました。例の怪指紋の犯人の仕業《しわざ》とすれば、その本拠は東京にあるのですし、いずれは川手氏の死体を東京のまんなかで衆人に見せびらかす計画に違いないと考えたからです。それと、このことをあなたにも報告して、今後の処置について、よくお打ち合わせしたかったのです。その上、都合によってはまたNへ引き返すつもりでした。

「ところが、けさ夜明けに新宿について、一応自宅に帰り、今しがた事務所へ来てみますと、ここにもまた、実に驚くべき事件が待ちかまえていたのです」

「エッ、ここにもですって？」

中村警部は、川手氏の行方不明について、もっとくわしく聞きただそうとしていたが、今はそれも忘れて、膝を乗り出さないではいられなかった。

「そうです。僕が来る少し前、この事務所へ妙な品物が届けられたのですが、それを見て、僕は川手氏の行方を急いで探す必要はないと思いました。あの人はもう生きてはいないのです。その品物が川手氏の死をはっきりと語っているのです」

「それはいったい何です。どうして、そんなことがおわかりになるのです」

「これですよ」

宗像博士は、化学実験台の上に置いてある、小さな錫の小函を指し示して、

「けさ、三十歳ぐらいの会社員風の男が僕をたずねて来て、助手が不在だというと、手帳の紙をちぎってこんなことを書きつけて、これといっしょに僕に渡してくれといって、逃げるように立ち去ったというのです。その男はひどく青ざめて、震えていたと云います」

こう云いながら、博士はポケットからその手帳の紙を取り出して、中村警部に渡し

たが、それには鉛筆の走り書きで、左のようにしるしてあった。

> 昨夜十時頃、ボートをこいでいて、吾妻橋の下でこの品を拾いました。包んであった新聞紙も紐もそのままお届けします。なぜこの品を先生のところへ持って来たかは、小函の中のものをよくごらん下されば分かります。今出勤を急ぎますので、後刻あらためてお邪魔します。
>
> 佐《さ》藤《とう》恒《つね》太《た》郎《ろう》
>
> 宗像先生

「フーム、吾妻橋の下で拾ったというのですね。すると、誰かがこの品を隅田川へ投げ捨てたというわけですか。きれいな小函ですね。中にいったい何がはいっているのです」

「実に驚くべきものがはいっているのです。まああけてごらんなさい」

博士は錫の小函を中村警部の方へ押しやった。

「錫の函を、こんなに沢山《たくさん》新聞で包んで、その上をこの紐でくくってあったのですね。ひどく用心深いじゃありませんか」

警部はそんなことを云いながら、拇指と人差指で、小函の蓋をソッとつまみ、静かにそれを持ち上げた。

「おや、血のようですね」

小函の中には、読者はすでに御存知の血染めのハンカチが丸めて押し込んである。中村氏はそのハンカチを、実験台の上に取り出し、おそるおそる開いていった。開くにしたがって、何か不気味な細長いものが現われて来た。指だ。人間の指だ。鋭利な刃物で根元からプッツリ切断した、まだなまなましい血染めの指だ。

「女の指のようじゃありませんか」

警部は職掌《しょくしょう》がら、はしたなく驚くようなことはなかったが、その顔にはさすが緊張の色を隠すことが出来なかった。

「僕もそう思うのですが、しかし女ときめてしまうわけにもいきますまい。華奢《きゃしゃ》な男の指かも知れません」

「しかし、この指が川手氏の死を語っているというのは？　これが川手氏の指だとでもおっしゃるのですか」

警部は血に染まった女のように細い指と、宗像博士の顔を見くらべるようにして、不審らしく尋ねた。

「いやいや、そうではありません。ここに拡大鏡がありますから、その指をもっとよく調べて下さい」

博士が差し出す拡大鏡を受け取ると、警部はポケットから鼻紙を取り出して、それを指でつまみ上げ拡大鏡の下に持って来て、熱心にのぞき込んだ。

「おやッ、この指紋は……」

さすがの警部も、今度こそは顔色を変えないでいられなかった。

「渦巻が三つ重なっているじゃありませんか。三重渦状紋だ。例のやつとそっくりです。これはいったい……」

「すると……」

「僕は今、その隆線の数もかぞえてみましたが、例の殺人鬼の指紋と寸分違いません」

「すると、この指は犯人の手から切り取られたのです。おそらく犯人自身が切り取って、隅田川の底へ沈めようとしたのでしょう。重い錫の小函を使ったのも、その目的に違いありません。

「なぜです。あいつは、なぜ自分の指を斬り取ったりしたのです」

「それは容易に想像がつくじゃありませんか。考えてごらんなさい。犯人はその指さえなくしてしまえばまったく安全なのです。僕らが犯人について知っているのは、ただこの三重渦状紋だけです。これさえ抹殺《まっさつ》してしまえば、犯人をとらえる手掛りが皆無になるわけですね。

「犯人は川手氏をおどかし苦しめるために、この怪指紋を実にたくみに利用しましたが、その大切な武器を惜しげもなく切り捨てたところを見ると、もう指紋そのものが不要になった、つまり復讐の目的を完全にはたしたとしか考えられないじゃありませんか。僕が川手氏はもう生きていないだろうというのは、そういう論理からですよ」

「なるほど、目的をはたしてしまったら、にわかに逮捕されることが恐ろしくなったというわけですね。よくあるやつです。僕もあなたの想像が当たっているような気がします。それにしても、その小函がどういう経路で佐藤という男の手にはいったか、又この手帳の切れっぱしに書いてあることが、事実かどうかを、まず取り調べて見なければなりません。変なやつですね、警察へ届けもしないで、いきなり先生のところへ持って来るなんて、この男を疑えないこともないじゃありませんか」

中村警部は警察が無視された点を何より不服に思っているらしく見えた。

「ハハハハハ、いや別に深い考えがあったわけじゃないでしょう。世間では三重渦巻の事件といえばすぐ僕の名を思い出すようなぐあいになっているのです。新聞があんなに書きたてるのですからね。佐藤という男も、それを知っていて、わざと僕のところへ持って来たのでしょう。これを拾って指紋に気づいたところなどは、なかなか隅に置けない。例の街の探偵といった型の男ですね」

「それにしても、その男がもう一度ここへやって来るのを待って、くわしく聞きただして見るほかはありませんね。この指や小函だけでは、犯人が何者だか、どこに隠れているか、まったく見当もつかないのですから」

「いや、僕の想像では、佐藤という男も多くを知ってはいまいと思うのです。ただ橋の上から投げ込まれたのが、偶然ボートの中へ落ちたというようなことでしょうからね。それよりも僕らは手に入れたこれらの品を、綿密に研究して見なければなりません。一本の紐も、一枚の古新聞も、まして、ハンカチなどというものは、証拠品として非常に重大な意味を持っていることもあるものです」

「しかし、見たところ、別にこれという手掛かりもなさそうじゃありませんか。手掛かりといえば、この指紋そのものが何より重大な手掛かりですが、こうして犯人の身体から切り放されてしまっては、まったく意味がないわけだし、この錫の小函にしても、どこにでも売っているような、ありふれた品ですからね」

「いかにも、指と小函に関しては、おっしゃる通りです。しかし、ここにはまだ紐と新聞紙とハンカチがあるじゃありませんか」

宗像博士は何か意味ありげにいって、相手の顔を見つめた。中村警部はそれを聞くと、腑に落ちぬ体《てい》で、改めて血染めのハンカチを拡げて見たり、包装の古新聞を裏返して見たりした。

「僕にはわかりませんが、これらの品に、何か手掛かりになるような点があるとおっしゃるのですか」

「もっと念を入れて調べてごらんなさい。僕はその品々によって、犯人の所在を突きとめることが出来るとさえ考えているのですよ」

「エッ、犯人の所在を?」

警部はびっくりしたように、博士の顔を見た。博士はさも自信ありげにほおえんでいる。学者めいた三角の顎髯に、何かしら奥底の知れぬ威厳のようなものが感じられた。

「まずこの血染めのハンカチです。血にまみれていて、ちょっと気がつかぬけれど、この隅をよくごらんなさい、赤い絹糸でイニシアルが縫いつけてある。光にかざして見ないとわからないが」

警部はハンカチを手に取って、窓の光線にかざして見た。

「なるほどRとKのようですね」

「そうです。犯人はR・Kという人物ですよ。偽名かも知れないが、いずれにしても、これは犯人のハンカチでしょう。川の底へ沈めてしまうのに、まさか作為をこらすはずもありませんからね」

「しかし、広い東京には、R・Kという頭字《かしらじ》の人間が、無数にいるでしょうから、この持ち主を探し出すのは容易のことではありませんね」

「ところが、よくしたもので、その無数の中からたった一人を探し出す別の手掛かりがちゃんとそろっているのですよ。この頭字をクロスワードの縦の鍵とすれば、もう一つ横の鍵にあたるものを我々は手に入れているのです」

中村警部はそれを聞くと、面羞《おもは》ゆげにまたたきをした。博士の考えていることが、少しもわからなかったからである。

「その鍵というのは小函の包んであった新聞紙の中に隠されているのですよ。御丁寧に五枚も新聞を使っていますが、その内四枚は『東京朝日』です。ところが、ごらんなさい。一枚だけ地方新聞がまじっている。『静岡日々新聞』です。これはいったい何を意味するのでしょうか」

だが、情けないことに、中村氏にはまだ博士の真意が理解出来なかった。ただ先生の前の生徒のように、じっと相手の顔を見つめているほかはないのだ。

「犯人が往来や外出先で指を切るなどということは考えられない。むろん自宅でやっの場にあり合わせた、犯人自身のものに違いありません。そうすれば、この新聞も、その場にあり合わせた、犯人自身の購読している新聞を使用したと考えても、まず間違いはないでしょう。『東京朝日』はみな昨日の朝刊です。『静岡日々』だけが一昨日《おととい》の日づけになっている。これによっても、犯人がその日読み捨てた新聞を、何気なく使ったことが、よくわかるではありませんか。

「ところで、この『静岡日々』ですが、これは犯人が街頭の地方新聞売子から買ったものか、それとも、直接本社から毎日郵便で犯人のところへ送っているものか、二つの場合のどちらかです。

「そこで、僕はもしや新聞に郵送の帯封《おびふう》のあとが残っていないかと拡大鏡で調べて見たのですが、ごらんなさい。ここにちゃんとその痕跡がある。ごくわずかだけれど、ハトロン紙をはがしたあとが残っている。

「さあ、これがあいつの致命傷ですよ。むろん犯人は川に沈めるつもりだったのだから、ハンカチのイニシアルもそのままにしておいたし、ハトロン紙の痕跡など、まるで注意もしなかったのでしょうが、それが偶然ボートの中へ落ちて、僕の手にはいるなんて、恐ろしいことです。どんなかしこい犯罪者でも、いつかしっぽをつかまれるものですね」

「ああ、なるほど、やっとわかりました。その静岡日々新聞社の直接購読者名簿を調べればいいわけですね」

中村警部は疑問がとけて、ホッとした面持ちである。

「そうですよ。東京でこんな田舎新聞をとっている人は、そんなにたくさんあるはずはない。せいぜい百人か二百人でしょう。その中からR・Kの頭字の人物を探せばいいのですから、何の面倒もありません。あなた方警察の手でやれば、数時間の間にこのR・Kの住所をつきとめることが出来るでしょう」

「有難う。何だか目の前がパッと明るくなったような気がします。では、僕はすぐ捜査課に帰って手配をします。なあに、電話で静岡警察署に依頼すれば、R・Kの住所姓名はすぐわかりますよ」

中村警部は面《おもて》を輝かして、もう椅子から立ち上がっていた。

「じゃ、この証拠品はあなた方へ保管しておいて下さい。そして犯人の住所がわかったら、僕の方へもちょっとお知らせ願えれば有難いのだが」

「むろんお知らせします。では、急ぎますからこれで……」

中村捜査係長は、博士がハトロン包みにしてくれた証拠品を受け取ると、いそいそと事務所を立ち去るのであった。

妖魔

　その日の午後三時頃、待ちかねている宗像博士のところへ中村警部から電話がかかって来た。

「大変おくれまして、例の人物の住所が判明したのです。もしおさしつかえなければ、これからすぐ青山高樹町《あおやまたかぎちょう》十七番地の北園竜子《きたぞのりゅうこ》という家をたずねて、おいで下さいませんか。高樹町の電車停留場から一丁もない場所ですから、じきわかります。僕も今そこへ来ているのです」

　警部の声は犯人を突きとめたにしては、何となく元気がなかった。

「北園竜子、キタゾノ、リュウコ、ああ、やっぱり女でしたね。それがあのR・Kの本人ですね」

「そうです。今まで調べたところでは、そうとしか考えられません。しかし、残念なことにその家は昨日引っ越しをしてしまって、空家になっているのです……いや、くわしいことはお会いしてからお話ししましょう。ではなるべく早くおいでをお待ちします」

　というわけで、博士はただちに自動車を青山高樹町に飛ばした。運転手に尋ねさせると、北園竜子の住んでいた空家はじきわかったが、それは大邸宅と大邸宅にはさまれたごく手狭《てぜま》な建物であった。

「やア、お待ちしていました。きたないですが、こちらへおはいり下さい。ちょうど昨日まで北園に使われていた婆さんを見つけて、調べを始めようとしていたところです」

空家の中から中村捜査係長が飛び出して来て、博士を屋内に導いた。階下が三間《みま》、二階が二間《ふたま》ほどの、ひどく古めかしい建物である。

その階下の八畳の座敷に、中村氏の部下の刑事があぐらをかいていて、その前に六十歳ほどの小柄な老婆がかしこまっていた。博士がはいって行くと、刑事は丁寧に目礼して、有名な民間探偵に敬意を表した。

「この人が北園竜子に使われていたお里《さと》さんというのです」

中村警部が紹介すると、老婆は博士をえらいお役人とでも思ったのか、オドオドしながら行儀のよいお辞儀をした。

さて、それから宗像博士の面前で老婆の取り調べが始められたが、その結果判明した点を略記すると、老婆は一年ほどこの家に使われていたこと、北園竜子は三十九歳だといっていたが見たところ三十前後といってもいいほど若々しい美人であったこと、彼女は数年前夫に死別し、子供もなく、両親も兄弟もなく、ひどく淋しい身の上であったこと、少しは貯金もあったらしい様子だが、職業としてはお花の師匠をしていたこと、弟子の娘さんたちのほかに、友達といってはお花の仲間の婦人数名が出入りするだけで、全く孤独な生活をしていたこと、こんどの引っ越しは郷里の三島在《みしまざい》へ帰るのだといっていたが、そこにどんな親戚があるのか、老婆は少しも知らぬこと、引っ越しを思い立ったのは一週間ほど前で、それから不要の品物を売り払ったり、女手ばかりでボツボツ荷造りをしたりして、荷物を送り出したのは、きのうのお昼頃であったこと、運送屋が荷物を運び出してしまうと、老婆は暇を出され、主人を見送るからといっても聞き入れられず、そのまま同じ区内の身寄りの者のところへ立ち去ったこと（もし北園竜子が犯人とすれば、指を切ったのは、むろんその後に違いない）だから主人の竜子が何時の汽車に乗って、どこへ行ったかは少しも知らぬことなどであった。

「で、あんたの主人には、特別に親しくしている男の友達というようなものはなかったのかね。くだいていえば、まあ情夫といったようなものだね」

中村警部が尋ねると、老婆はしばらくもじもじと躊躇していたが、やがて思いきったように語り出した。

「それがあったのでございますよ。こんなことをおしゃべりしてしまっては、御主人様に申し訳ございませんが、お上のお尋ねですから何もかも申し上げてしまいます。

「どこのお方か、何というお名前か、わたしは少しも存じませんが、何でも四十五、六のデップリとふとった背の高い男の方でございますよ。その方がいらっしゃる時分には、奥様がかならず、わたしを遠方へお使いにお出しになるものですから、妙な話ですが、まるでお顔を見たこともなければ、お声を……ああそうそうたった一度、ある晩のことでした。奥様にいいつけられてお使いを、思いのほか早くすませて帰ってみますと、ちょうどそのお方も格子をあけてお帰りになるところで、出会いがしらに電燈の光でたった一度お顔を見たことがございます。それは立派な好男子の方でございましたよ」

「フーム、それであんたは、今でもその男に出あえば、これがそうだと顔を見分けることが出来るかね」

「ハイ、きっと見分けられるでございましょう。たった一度でしたが、奥様があんなに隠していらっしゃる方かと思うと、いくら年寄りでも、やっぱり気をつけて、胸にきざみ込んでおくものでございますよ」

老婆は歯の抜けた口をすぼめてホホホと笑うのであった。

「で、その男は泊まって行くこともあったのかね」

「いいえ、一度もそんなことはございません。わたしがお使いからもどるまでには、きっとお帰りになりました。ですが、そのかわり、奥様のほうが……」

「え、奥様の方がどうしたというの？」

「いいえね、奥様のほうがよく外でお泊まりになったのでございますよ」

「ホウ、そいつは変わっているね。で、どんな口実で留守にしたの？」

「遠方のお友達のところへ遊びにいらっしゃるのだと申してね、お留守になることが、ちょいちょいございました。どんなお友達だか知れたものじゃございませんよ」

それを聞くと捜査係長と私立探偵とは思わず目を見合わせた。もしその竜子の外泊の日がこれまでの殺人事件の日と一致すれば、いよいよこの女を疑わなければならないのだ。

そこで中村警部は川手氏の二人の令嬢が殺害されたと覚しき日づけ、その死体が陳列館やお化け大会へ運ばれた日づけ、それから川手氏自身が行方不明になった日づけなどを思い出して、それらの事件の当夜、竜子が外泊したかどうかを確かめてみることにした。

老婆の記憶を呼び起こすのに、ひどく手数と時間がかかったけれど、月々の行事などに結びつけて、結局それらの事件の日と竜子の外泊の日とが、ピッタリ一致していたことを確かめ得たのである。

中村警部はこれに勢いを得て、さらに質問をつづけた。

「で、奥さんの様子に、近頃、何か変わったところはなかったかね。どうして突然引っ越しをする気になったか、どうもそこのところが少しはっきりしていないようだが」

「さあ、わたしもそれを不思議に思っているのでございますよ。変わった様子といえば、引っ越しの十日あまり前から、奥様は何か深い心配ごとでもおありの様子で、いつもとはまるで人が変わったように、ソワソワしていらっしゃいました。

「わたしなんかには何もお話しにならないので、事情はちっとも存じませんが、なんでもよっぽど御心配ごとのようで、それから間もなく引っ越しの話が持ち上がったのでございます」

老婆との問答の、後々《のちのち》に関係のある重要な点は、以上に尽きていた。

老婆の取り調べが終わった頃、引越しの荷物を運んだ運送屋の若い者が、一人の刑事に連れられてはいって来た。そこで、又問答が行われたのだが、その結果、北園竜子の大小十三個の引越し荷物は運賃前払、東海道三島駅前運送店留置《とめおき》という指図で、昨日の夕方貨車に積み込んだことが判明した。

運送屋が帰るのと入れ違いに、待ちかねていた鑑識課の指紋係が、指紋検出の道具をたずさえてはいって来た。窓のガラスだとか、襖《ふすま》の框《かまち》や引手だとか、家の中のあらゆるなめらかな箇所が、次々と検査されて行った。その結果を簡単にしるすと、不思議なことに屋内のなめらかな物の表面は、ことごとく布ようのものでふき取った形跡があり、指紋らしいものはどこにも発見されなかったが、ただ一つ、さすがにここだけは拭き忘れたのか、便所の中の白い陶器の表面に、いくつかの指紋が検出された。そして、その一つに、問題の三重渦状紋がはっきりと残っていたのである。

刑事たちは歓声をあげんばかりであった。いよいよ三重渦巻の怪犯人は北園竜子ときまったのだ。老婆がいった四十前後の情夫というのが相棒かも知れない。噂によれば竜子は非常に若々しく見える、風にもたえぬ風情《ふぜい》のなよなよした美人だという。ただ、いくら尋ね廻っても写真が手にいらぬのが残念だが、附近の人々は口をそろえて、その美貌を説き聞かせてくれる。妖魔だ。今の世の(注12)妲己《だっき》のお百《ひゃく》は、たくましい情夫と力を合わせて、残虐の数々を演じ、忽然《こつぜん》として大都会の唯中に消えうせたのだ。

やがて中村係長の命を受けて、四方に散っていた刑事たちが次々と帰って来た。附近の住宅や、その近くに住む竜子のお花の弟子をたずねて、聞き込みの報告を持ち寄るもの、夜番の爺さんをたたき起こし、出入り商人の御用聞きを引きつれて来るもの、一々しるしていては際限がないが、それらの聞き込みや問答からは、読者に伝えておかなければならぬほどの重大な事柄は、ほとんど発見されなかった。

だが、その中にただ一つ、ここに書き漏らすことの出来ないのは、一人の刑事に連れられて来た食料品店の御用聞きの陳述である。

「そういえば、妙なことがあるんですよ。一昨日の夕方、こちらへ御用を聞きに来ますと、奥さん自身で勝手口へ出ていらっしゃって、今夜中に届けてくれって、妙な注文をなすったのです」

「フム、妙な注文とは」

「それがね、実に妙なんです。店で売っている牛肉の罐詰《かんづめ》と、福神漬の罐詰の大きいやつを五つずつと、それから、パン屋さんで食パンを十斤買って、いっしょに届けてくれとおっしゃるのです。

「そんなにたくさんどうなさるんですって聞いたら、奥さんはこわい目でにらみつけて、何でもいいから持っておいで、そのかわりにこれを上げるといって、二百円下すったのです。それはもう使ってしまいましたがね。そして、お前の店の人にはないしょに出来ないだろうけれど、パン屋さんにも、そのほかの人にも、あたしが、こんな注文をしたことは、決していうんじゃないよって、口止めされたんです。しかし、警察の旦那には白状しないわけにいきませんや」

「で、君はそれを届けたのか」

「ええ、夜になってからお届けしました。すると、婆やさんはいないとみえて、やっぱり奥さん自身で受け取りに出ていらっしゃいました」

中村警部はそれを聞くと、何だかえたいの知れぬ不気味な謎にぶっつかったような気がした。いったいこれは何を意味するのだ。その翌日引っ越しをする矢先になって、十斤のパンと十個の罐詰を注文するなんて、狂気の沙汰ではないか。まさか罐詰やパンを国へのみやげにするやつもなかろう。それとも、彼女は逮捕を恐れるあまり、人里《ひとざと》離れた山の中へ、たてこもるつもりででもあったのだろうか。

美しい殺人鬼とパンと罐詰。この妙な取り合わせは何となく滑稽な感じであった。だが、そのおかしさの裏には、ゾッとするような不気味なものが隠れていた。中村警部はふとそれと気づくと、心の底からこみ上げて来る、一種異様の戦慄を感じないではいられなかった。

その日の取り調べは、この御用聞きの不思議な陳述をもって一段落を告げた。宗像博士は、終始これという意見をはさむこともなく、中村警部の活動を傍観していた。

やがて、捜査係長と民間探偵とは、刑事たちと別れて、同じ自動車で帰途についた。

「僕が今考えているのは、むろん偽名だと思いますが、ともかくあいつの戸籍簿を調べて見ること、一枚でもあいつの写真を探し出すこと、それから荷物の送り先の三島駅の運送店に張り込みをすることなどですが、そういう正攻法では、うまく行きそうもないような気がします。何だか今日の取り調べには、不気味な気ちがいめいた匂いがつきまとっているじゃありませんか」

中村警部がなかば独りごとのようにつぶやいた。

「気違いめいているのは最初からですよ。殺人犯人が死体を衆人に見せびらかすなんて、正気の沙汰じゃありません。恐るべき狂人の犯罪です。狂気の分子は到るところにちらついています。しかし、犯罪にかけては天才のように正確無比なやつです」

博士は殺人魔を讃嘆《さんたん》するように溜息をついた。

「今日のパンと罐詰の一件なんか、僕は何だかゾーッとしましたよ。ナンセンスのようでいて、実はその中にえたいの知れない怪物の着想が隠されているような気がするのです」

「怪物の着想、そうです。僕もそんなふうのものを感じます。たとえばですね。君は三重渦巻の指紋の持主が女性、しかも美しい女性であったことを、どう考えますか。

「この事件には最初から女性がいたのでしょうか、しかし、我々は眼帯の大男と、黒眼鏡の小男しか見ていないではありませんか。

「僕はこんなことを考えているのです。あの少年のように小柄で、すばしっこい黒眼鏡の男こそ、ほかならぬ北園竜子その人ではなかったかとね」

中村警部はそれを聞くと、ハッとしたように顔を上げて博士を見た。そして、そのまま二人はお互いの目の中をのぞき合うようにして、いつまでも黙り込んでいた。

暗闇にうごめくもの

翌日の各新聞には、この意外な犯人発覚の径路が、夜ふけの隅田川のボート遊びの男から説き起こして、ことこまかに報道され、全読者に思いもかけぬ激情を味わわせた。血染めのハンカチ、切断された生指、美貌の生華《いけばな》師匠、その不思議な失踪、わけても十箇の罐詰と十斤の食パンの謎は、二人以上の人の集まるところ、かならず好奇の話題となって、さも気味わるげにささやきかわされるのであった。

北園竜子の写真を手に入れること、彼女の戸籍を調べること、三島駅前の運送店に張り込みをすることという、中村捜査係長の三つの捜査方針は、戸籍簿をのぞいてはまったく失敗に終わった。

刑事を八方に走らせ、竜子の知人という知人をたずねて、写真を探し求めたけれど、さすがに殺人鬼は用心深く、どの知人の手元にも一葉の古写真さえ保存されていなかった。

また三島駅前の張り込みは、少しの抜かりもなく行われたが、運賃前払いの十数箇の荷物は運送店の倉庫に積み上げられたまま、受取人の姿はいつまでたっても現われず、三島駅にそれらしい人物の下車した様子もなかった。

ただ一つ、戸籍簿だけは満足な結果が得られた。犯人は意外にも偽名もせず、寄留《きりゅう》届もちゃんとしていたので、戸籍は何の苦もなく判明したが、それによると、北園竜子は原籍静岡県三島町の北園弓子《ゆみこ》というものの私生児で、母は竜子の十三歳の時病死しており、竜子には兄弟もなく、近い身寄りはことごとく死亡しているという孤独な身の上であることがわかったが、それ以上戸籍簿からは何の得るところもなかった。原籍の番地を調べても、北園の家は遠い昔に跡方《あとかた》もなくなって、母の弓子を記憶している人さえない有様であった。

そして、竜子失踪《しっそう》の翌々日の夜となった。宗像博士の事務所へは、中村警部から、その都度電話の報告があったので、博士は捜査の行き悩んでいることを知り、博士自身、警察とは別に、どんな捜査方針をとるべきかを苦慮していた。

いつもなれば、午後五時には事務所を閉めて帰宅する博士がその夜は八時になっても、例の実験室にとじこもってしきりと考えごとをしている。その様子を次の間から新しく雇い入れられた助手の林《はやし》という青年が、心配そうにうかがっていた。

林は去年或る私立大学の法科を出たばかりの、まだ二十五歳の青年であったが、探偵小説を愛読したあまり、未来のシャーロック・ホームズを夢見ている男で、小池、木島の二人の先任助手が殺人鬼の毒手にたおれたことも承知の上、志願して博士の助手となったのである。

いわばこの事件を目あてに雇われたようなものであったから、三重渦巻の指紋の主が、意外にも美しい女性とわかり、その女性が不思議な失踪をしたことを知ると、林はもう夢中であった。とんでもない見当はずれの想像説を組み立てては、博士に笑われて、頭をかきながら引きさがることもたびたびであった。

彼は、宗像博士を現代随一の名探偵として畏敬《いけい》していた。実験室にとじこもっている博士の頭の中に、どんなすばらしい論理が組み立てられているのかと、咳払いの聞こえるたびに、影法師の動くたびに、ただそのことばかり考えていた。

「林君、ちょっとここへ来てくれたまえ」

突然ガラス戸の向こうから博士の声がもれて来た。林は待ちかねていたように「はア」と答えて勢いよく実験室へ飛び込んで行ったが、見れば、博士の顔に明るい微笑がただよっている。さては、何か妙案が浮かんだのに違いないと、林も思わずニコニコと笑った。

「林君、君は幽霊とかお化けとかいうものをこわがる質《たち》かね」

博士の藪から棒の質問に面くらった。

「それはどういう意味でしょうか。まさか、先生が幽霊なんかを信じていらっしゃるわけではないでしょうが……」

「ハハハハハ、幽霊そのものは存在しないにしても、幽霊をこわがる恐怖心だけは、不思議と誰にもあるものだよ。君はそういう恐怖心が強いかどうかと尋ねるのさ」

「ああ、そうですか。それなら、僕はこわがらない方です。真夜中に墓地を歩き廻ったりするのは大好きな方です」

「ホウ、そいつは頼もしいね。それじゃ、これから一つ僕といっしょに、夜の冒険に出かけるのだ。うまく行けば、すばらしい手柄がたてられるぜ」

「夜の冒険といって、いったいどこへ行くのでしょうか」

「北園竜子の住んでいた空家へ、これから二人で忍び込むのだ。そして、空家の中で夜明かしをするのだ」

「では、あの空家に何か怪しいことでもあると、おっしゃるのですか」

「怪しいことがあるかも知れない。ないかも知れない。それを二人でためしてみるのだ」

林助手には博士が何を考えているのか、まだよくわからなかった。しかし、むろん北園竜子捜査に関する、何かの手掛かりを得るためには違いない。

「まさか、あの空家に幽霊が出るというわけではありますまいね」

林が冗談らしく笑うと、博士は案外まじめな顔で、

「ウン、幽霊が出てくれるといいんだがね、わしは、それを念じているくらいなんだよ」

と、わけのわからぬことをいった。

林助手は就職間もなかったけれど、博士の奇矯《ききょう》な言動には、もう慣れっこになっていた。一日中実験室にとじこもって一《ひ》と言《こと》も口をきかないで、哲学者みたいに瞑想《めいそう》にふけっているかと思うと、突然車にも乗らないで、異様なモーニングの裾をひるがえしながら、鉄砲玉のようにどこかへ飛び出して行く。そして、そのまま二日も三日も帰らないことさえ珍しくはなかった。名人肌ともいうべき奇行家なのだ。

その調子を呑み込んでいるので、突如として「化物退治」のお供を命じられても、い

まさら驚くことではない。いや、そういうとっぴなくわだての裏に博士のどんな深い智恵が隠されているのかと思うと、未来のシャーロック・ホームズは、うれしさに身内がゾクゾクするのであった。

それから、二人が葡萄酒《ぶどうしゅ》とサンドイッチを詰めた小鞄をさげて自動車に乗り込み、青山高樹町の問題の空家の一丁ほど手前で下車したのは、もう九時半頃であった。前にもしるした通り、その辺はものさびしい屋敷町なので、さほど夜もふけていないのに、ほとんど人通りもなく、まばらな街燈の光も薄暗く、商店街にくらべてはまるで別世界のように、ひっそりと静まり返っていた。

「僕らは無断であの空家へ忍び込むのだからね。そのつもりで、通行人などに怪しまれないように」

博士は小声で注意を与えながら、足音も盗むようにして、空家の裏側の露地《ろじ》へ忍び込んで行く。細い露地には電燈もなく、まったくの暗闇である。その闇の中を、手探りで、二人の洋服男が影のように忍んで行く有様は、もし第三者が見たならば、探偵どころか、恐るべき夜盗《やとう》のたぐいと早合点《はやがってん》したことであろう。

空家の勝手口にたどりつくと、先に立った博士は、ポケットから鍵束のようなものを取り出して、それを、あれこれと戸の錠前《じょうまえ》にあてがっていたが、たちまちやすやすと錠をはずし、ソッと板戸を押し開いて、まっ暗な土間へはいっていった。

いよいよ夜盗である。博士は錠前破り専門の盗賊もおよばぬたくみさで、空家の戸じまりを開いたのだ。

「林君、ここで靴を脱ぐんだ。声をたててはいけないよ。わしがいいというまでは、無《む》言《ごん》の行《ぎょう》だ。いいかね。忘れても音をたてたり、声を出したりするんじゃないよ」

博士は暗闇の土間に立って、林助手の耳に口を寄せ、やっと聞こえるほどのささやき声で命じた。

靴を脱いで、板の間に上がり、手探りで、博士のあとについて行くと、博士は中の間とおぼしき部屋で立ち止まり、林助手の肩を押さえてすわれという合図をして、自分もその暗闇の中にあぐらをかいた。

声を出すなといわれているので、これからどうするのかと質問するわけにもいかず、林は博士の隣にすわったまま息を殺すようにして、まっ暗なあたりを見廻すばかりであった。

電車通りからは遠く、自動車もめったに通らぬ横町なので滅《め》入《い》るように静かだ。その上にこの暗闇、山中の一軒家にでもいるような心細さである。

やがて、暗闇に目が慣れるにつれて、あたりの様子が、ほのかに見分けられるようになって来た。階下は三間《みま》ほどの狭い借家、それが荷物を運び出したまま、どの部屋もあけっぱなしになっているので、階下全体が一つの大きな暗室のような感じである。はじめは白い襖《ふすま》がポーッと浮かび出し、それから障子、黄色い壁、床の間とだんだん物の形が見え始め、やがて、障子の桟《さん》がかぞえられるほどにはっきりして来た。

そうして十分、二十分と無言の行をつづけているうちに、林助手はしゃべるなといわれていても何だか口がムズムズして、もう我慢が出来なくなった。彼は博士の耳のそばへ口を持って行って、まるで蚊《か》の鳴くような低い声で、ソッとささやいた。

「先生、僕らはいったい何を待っているのですか。こんな空家の中で、こうしていたって、別になにごとも起こりそうもないじゃありませんか」

すると、博士はかすかに舌打ちをして、林の耳に口を寄せ、押し殺した声でささやき返した。

「幽霊が出るのを待っているんだよ。しゃべっちゃいけない。少しでも物音をたてたら、出なくなってしまうんだからね」

そういって叱りつけるように、肩のところをグッと押さえられたので、林はもうささやき声で質問することも出来なくなった。

変だな、先生気でも違ったのじゃないかしら。この家で人殺しがあったわけじゃなし、お化けや幽霊の出る因縁《いんねん》がないじゃないか。

だが、先生ほどの人がこんなに真剣になっているんだから、ひょっとしたらほんとうに幽霊が出るのかな。いったいその幽霊というのは、何者であろう。待てよ、幽霊といったって、むろん昔の怪談にあるようなやつが現われるはずはない。先生がそんなものを信じているとは考えられない。すると……ああ、そうだ。もしかしたら……。

林助手は何だか博士の待っているものの正体が、おぼろげにわかって来たような気がした。そして想像が、彼をゾーッとさせた。もしそんなことがあり得るとしたら、そいつは幽霊なんかより、幾層倍も気味わるく、恐ろしい代物《しろもの》に違いなかった。博士がお化けとか幽霊とか形容したのももっともである。

彼は何だか背筋がゾクゾク寒くなって来た。じっと目をこらしていると、ポーッと白い襖の蔭から、黒い朦朧としたものが、ヒョイとこちらをのぞいては引っ込んで行くような気がした。

何かソッと腕にさわるものがあるので、びっくりして振り向くと、博士がサンドイッチをつまんで彼に渡そうとしているのだ。どうやら博士自身もそれを頬ばってムシャムシャやっている様子だ。

無言でそのサンドイッチを受け取って、口に入れたことは入れたが、博士のいわゆる幽霊が気になって、今にもそいつが、向こうのまっ暗闇からバアッと飛び出して来るのではないかと思うと、食慾どころではなかった。

あとになって考えて見ると、そうしてすわっていたのは一時間あまりに過ぎなかったのだが、その一時間の長かったこと。林助手にはそれがたっぷり十時間にも感じられたのであった。

じっと我慢をしてすわりつづけている彼の網膜には、あらゆる奇怪なるものの姿が、走馬燈《そうまとう》のように去来し、耳には、彼自身の動悸の音が、種々様々の意味を持って、悪魔の言葉を囁《ささや》きつづけた。

目をとじれば瞼の裏の眼花《がんか》となり、目を開けば暗闇の部屋にうごめく怪しい影となって、幻想の魑魅魍魎が目まぐるしく跳梁《ちょうりょう》するのだ。

無言の行が永引くにつれて、彼の全身には、ジットリと脂汗が浮かび、息づかいさえ異様にはずんで来るのを、どうすることもできなかった。

ふと気がつくと頭の上に、人でも歩いているような気配が感じられた。二階の闇の中を、誰か歩いているのかしら。ハッと耳をすましたが、その物音は二、三度ミシミシとかすかに鳴ったばかりでやんでしまった。

気のせいかしら、今のは耳鳴りの音だったかしらと怪しんでいると、今度は、すぐ次の間の梯子段がミシミシと鳴りはじめた。

足音を忍ばせて、何者かが階下へ降りて来る様子だ。

すると闇の中から、誰かの手がニューッと伸びて、林助手の肩先をグッと押さえつけた。宗像博士の手だ。博士が身動きしてはいけないと、無言の指図をしたのだ。そんな指図を受けなくても林助手はもう金しばりにでもあったように身がすくんで、足音の主に立ち向かって行くような勇気は少しもなかった。

まさかお化けや幽霊ではあるまい。幽霊が足音をたてるはずはない、ではいったい何者であろう。林助手にはそれがおぼろげにわかっていた。わかっているからこそ、ひとしお恐ろしいのだ。

やっと階段のきしみがやむと、次の間の闇の中に、朦朧として黒い人影が浮かび出した。やっぱり人間だ。

息を殺して見ていると、そのものは二人がそこにすわっているとも知らず、スーッと中の間を通り抜けて、奥座敷の縁側の方へ消えて行った。そしてギイーと開き戸のきしむ音。

あんな音のする開き戸がほかにあるはずはない。縁側のすみの手洗い場だ。おや、すると、あの怪しい人影は、手洗い場へはいるために、二階から降りて来たのであろうか。

「先生、あれは何者です」

博士の耳にささやくと、博士もささやき返す。

「わからないかね」

「何だか、わかっているような気がします。でも、今のやつは黒い洋服を着ているように見えましたぜ。男のようでしたぜ」

「それでいいのだよ。あれがあいつのもう一つの姿なのだ」

「とらえるのですか」

「いや、もう少し様子を見よう。相手をびっくりさせてはいけない。もう袋の鼠も同じことだからね」

そして、二人はまたおし黙ってしまったが、すると、再び開き戸のきしむ音がして、黒い影がもどって来た。

暗闇とはいえ、相手も闇に慣れているはずだ。見つけられてはいけないと、二人は中の間の隅に身を縮めて、息を殺した。

黒い影は、足音もたてず、スーッと中の間へはいって来たが、ふと何かの気配を感じたように、そこに立ち止まってしまった。どうやら、闇をすかして、こちらを見つめているらしい様子だ。においを気づいたのかしら。それともかすかな呼吸の音が相手の耳にはいったのかしら。

闇の中の息もつまるような、脂汗のにじみ出すような、恐ろしいにらみ合いであった。そして黒い影の口から「アッ」というかすかな叫び声がもれたかと思うと、怪物は風のように次の間へ逃げ込み、大きな音をたてて、階段をかけ上がって行った。

「見つけられたね。だが、大丈夫だ。逃げ路《みち》はないのだ。さあ来たまえ」

博士はそういって、鞄の中から二箇の懐中電燈を取り出すと、一つを林助手に手渡し、パッとそれを点じて、先に立った。

階段を上がってみると、二階は、わずか二間《ふたま》しかない上に、家具もないガランとした部屋なので、ひと目で見渡すことが出来る。

「おや、変ですね。誰もいないじゃありませんか」

博士の振り照らす懐中電燈の光が、二つの部屋をグルッと一巡したのに、その光の中へは、何者の姿も現われなかった

調べてみると、両側の窓の雨戸は閉まったまま、中からちゃんと枢がかかっている。二つの押入れも開いて見たが、中は何もないがらんどうだ。

「ほかに隠れる場所もないし、どこへ消えてしまったのでしょう」

林助手はけげんらしくつぶやいたが、つぶやいているうちにゾーッと背筋が寒くなって来た。やっぱり幽霊だったのかしら。それともあいつは、幽霊よりも不気味な魔法使いなのかしら。

「シッ、静かにしたまえ。あいつが聞いてるじゃないか」

博士のささやき声を聞くと「ソレ、そこに！」といわれでもしたように、又ドキンとした。

「どこに隠れているのでしょう」

こわごわ尋ねると、博士は闇の中でニヤニヤ笑っているらしく、懐中電燈の光で、ソッと天井を指し示した。

「エッ、では、この上に？」

ささやき声で聞き返す。

「そうだよ。ほかに逃げ場所はないじゃないか」

博士はささやいて、一方の押入れをのぞき込み、懐中電燈でその天井板を調べていたが、オズオズと近よる林助手の腕をつかんで、耳に口をつけ、

「ここだよ。この天井がはずれるようになっているのだ。君、勇気があるかね」

と、からかい気味に尋ねた。

林助手は、勇気がないとは答えかねた。相手はお化けでも幽霊でもない、生きた人間、しかも一人ぽっちで逃げ隠れているやつだ。それをこわがって尻ごみするようでは、探偵助手の恥辱《ちじょく》である。

「僕この上へあがって、確かめて見ましょう。先生はここにいて下さい。もし相手が手強いようでしたら、声をかけますから、加勢に来て下さい」

「じゃ、とらえなくてもいいから、ただあいつがいるかいないかだけ確かめてくれたまえ、あとは警察の方にまかせてしまえばいいのだから」

ヒソヒソささやきかわして、林助手は上衣《うわぎ》を脱ぎ、なるべく物音をたてないように注意しながら、押入れの中段によじのぼり、天井板をソッと、横にずらせて、埃っぽい屋根裏へはい上がって行った。

彼はかつて、猟奇の心から、電燈工夫のあとについて、自宅の天井へ上がって見たことがあるので、屋根裏というものがどんな構造になっているかを、だいたい知っていた。天井のどの辺を足場にして這えばいいかというようなことも心得ていた。

わざと懐中電燈は消したまま、蜘蛛《くも》の巣とほこりの中を、四つんばいになって、ジリジリと進んで行った。

博士に軽蔑されまいと、やせ我慢を出しては見たものの、そうして何のへだてるものもなく、真の闇の中で、えたいの知れぬ怪物に相対しているかと思うと、不気味さはひとしおであった。

広くもない屋根裏のこととて、おびえながらジリジリと進んで行くうちに、もうその中央の辺に達していた。

息を殺し、耳をすまして、じっとしていると、どこからか「ハッハッ」と小きざみの呼吸の音が聞こえて来る。

「おや、それじゃ、相手もこわがっているのだな。あのはげしい息づかいはどうだ」

それを悟ると、林助手はにわかに勇気が出て来て、

「よしッ、思いきって、懐中電燈で照らしてやれ」

彼はいきなりそれを点じて、人の気配《けはい》のする方角を、パッと照らして見た。

すると、その丸い光の中に、案の定、一人の異常な人物がうずくまっていた。

古ぼけた黒の背広服の襟を立て、黒のソフト帽の鍔《つば》をグッとさげてかぶっている。そのソフト帽の下から、大きな眼鏡がギラギラと光って見える。ひどく小柄な弱そうなやつだ。その姿を見て、林はまた一段と勇気をました。

パッとさし向けられたまぶしい光に、その怪物は思わず顔を上げてこちらを見たが、それはまるで追いつめられた小兎《こうさぎ》のようにオドオドした、見るも哀れな表情で

あった。

細面《ほそおもて》の女のようなやさしい顔が、恐怖に青ざめゆがんで、目には涙さえ光っている。「どうか見のがして下さい。お願いです。お願いです」と手を合わせておがまんばかりの様子である。

「なあんだ、こんな弱々しいやつだったのか。よしッ、それじゃ一つとらえて手柄をたててやろう」

林はますます大胆になって、無言のまま、ノソノソとその方へ這い寄って行った。だが、相手は猫の前の鼠のように、もう身動きさえ出来ないらしく、ただ泣き出しそうな顔で、じっとこちらを見つめているばかりだ。

やがて、二人の顔と顔とが、一尺ほどの間近に接近した。相手の心臓の鼓動が聞こえるかと思われるほどであった。それでも相手はまだじっとしていた。

林はなぜか妙な躊躇を感じた。相手が可哀そうになって来た。そのやつれはてた、哀願しているような表情は、一生忘れられないだろうと思った。

しかし、躊躇している場合ではない。屋根裏に逃げ隠れているようなやつをあわれむことはないのだ。彼は思いきって、サッと腕を伸ばすと、相手の手首をつかんだ。想像していた通り、非常にしなやかな細い手首であった。

するど、相手の目がキラッと光った。「これほど頼んでも許してくれないのか」と叫んでいるように感じられた。そして、その態度が突然一変した。こんな弱々しいやつに、どうしてこれほどの力があるのかと、びっくりするようなはげしい勢いで、つかまれている手首を振り放した。

アッと思う間に、相手はほんとうに小兎のようなすばやさで、向こうの闇の中に飛びさがっていた。

うぬ、逃がすものか。林はもう懐中電燈で照らしている余裕もなく、その方へ飛びかかって行った。天井板が今にも破れそうに、メリメリと鳴った。

だが、飛びかかって行った場所には、どうしたのか相手の身体がなかった。けれど頭の上の屋根の方から、二本の足がブラブラと下がっているような気がした。

おやッ変だなと思ったけれど、ゆっくり考えているひまはない。無我夢中《むがむちゅう》で、その二本の足のようなものにしがみついて行った。

すると、その足が、スーッと、屋根の方へ引っ込んで行くような感じがしたが、次の瞬間には、それが恐ろしい勢いで、グーンと下へ伸びて来た。

アッと思う間に、林助手は天井板をメリメリいわせて、そこにころがっていた。

何が何だかわからなかった。懐中電燈は点火したままころがっていたけれど、その異変の起こった場所には直接の光がささぬので、はっきり見定めることが出来ないのだ。

だが、たちまちことの次第がわかって来た。ほのかな反射光の中に、屋根の裏側の薄い板張りが見えている。その板張りの一部分に、ポッカリと二尺四方ほどの穴があいているのだ。穴の上には何の目をさえぎるものもなく、はるかの彼方に、キラキラと星が光っている。

ああ何ということだ。こんなところに屋上への抜け穴が用意してあったのだ。ガタガタと瓦《かわら》を踏む音が聞こえる。怪物は林をけとばしておいて、屋根の上へ逃げ出したのだ。

女怪

「先生、外へ廻って下さい。大屋根の上へ逃げました。屋根を伝って、下へ降りるつもりかも知れません」

押入れの外に待っていた宗像博士の耳に、屋根裏の闇の中から、林助手の声が聞こえて来た。

それでなくても、天井の恐ろしい物音に、もう身構えをしていた博士は、この声を聞くと、やにわに身をおどらして、疾風《しっぷう》のように階段をかけ降り、裏口から闇の道路へと飛び出し、空家の表側に廻って、相手に悟られぬよう、物蔭から、じっと屋根の上を注視した。

怪物は二階の大屋根から、雨樋《あまどい》を伝わって、非常な危険をおかしながら、やっと一階の屋根まで降りたところであった。遠くの街燈のほのかな光線が、守宮《やもり》のように二階の窓の雨戸にへばりついた黒い背広に黒いソフト帽の人物を、朦朧とうつし出している。

その者は、雨戸にへばりついた姿勢のまま、ソッと首を伸ばして下の道路をながめ、耳をすまして様子をうかがっている。

博士はいっそう注意して、物蔭に身を隠し、わずかに一方の目だけで、屋根の上を見つめていた。

もう十一時に近い時刻、淋しい屋敷町には、まったく人通りもとだえている。遠くを走る電車の響きのほかは、何の物音も聞こえない。その死にたえたような静寂の中で、黒い怪物は、屋根の上を、四つんばいになって、ソロソロと庇《ひさし》の端の方へ乗り出して来る。不気味な無声映画でも見ているような感じであった。

するとその時、怪物の頭の上の大屋根に、瓦のきしむ音がして黒い人の姿が現われた。林助手が抜け穴から這い出して、その辺を探し廻っている姿である。

怪物はハッとしたように、大屋根を見上げた。そして瓦の音に追手の迫るのを察したのであろう。何か非常な決心をした様子で、いきなり庇の端に乗り出すと、パッと闇の地上へ身をおどらせた。大きな黒い塊が、博士の目の前の道路へ、スーッと墜落《ついらく》して、コロコロころがったが、たちまち起き上がって、非常な早さで走り出した。

宗像博士がそのあとを追ったのは云うまでもない。追いすがってとらえようと思えばとらえられぬはずはないのだが、博士はなぜかそれをせず、あくまで相手の跡を追って、どこへ逃げるのかその行先をつきとめようとするらしく、適当の距離をたもちながら、執拗《しつよう》な追跡をつづけた。

怪物はこの辺の地理をよく知っているとみえ、淋しい方へ、淋しい方へと町角を曲がりながら、十丁近くも走ったが、息ぎれがするらしく、だんだん速度がにぶくなった頃には、行く手に何かの神社のこんもりとした森が見えて来た。そして、その森の中が逃走者の目ざす場所であった。

破れた生垣の間から、森の下闇《したやみ》へ踏み込み、ジメジメとした落葉の上を、奥の社殿へとたどって、その裏側の高い床下へ隠れる姿がかろうじて認められた。

博士は相手に悟られぬよう、足音を忍ばせながら、社殿の裏に近づき、床下の闇の中に、かすかにうごめく人影をつきとめると、突然、パッと懐中電燈を点火して、相手の顔にさしつけた。

背をかがめて歩けるほどの高い床下、柱と柱の間に身をちぢめている怪物、その胸から上の半身像が、電燈の丸い光の中にクッキリと浮き上がった。

黒ソフトをまぶかくかぶり、大きな眼鏡で顔を隠しているけれど、その眼鏡の中から、恐怖のためにいっぱいに見開かれた両眼が、追いつめられたけだもののように、こちらを見つめ、青ざめた頬、激動のために白っぽく色を失った唇が、なかば開いたままになって、ゾッとするようなはげしい息づかいをしている。確かに女だ。しかも美しい女だ。

「ハハハハハ、とうとう追いつめられてしまったね、北園竜子。そうだろう、君は北園竜子だね」

博士はものやわらかにいって、じっと相手の表情を注視した。

「誰です。あなたは誰です」

竜子の顔がキューッとゆがんで、今にも泣き出しそうな渋面になった。あの兇悪な殺人鬼が、どうしてこんな弱々しい表情をするのか、不思議といえば不思議であった。

だが油断は出来ない。女というものは、ましてこれほどの悪人となれば、悲しくもないのに涙を流し、こわくもないのに恐怖の表情を作るなどは朝飯前の芸当に違いない。

「わしかね、わしは三重渦巻の指紋を持つ殺人犯をとらえるために、永い間苦労している宗像というものだ。むろん君はわしをよく知っているはずだね」

相手は答えなかった。答えるかわりにいっそう恐怖の表情を強めて、身をすくめた。

「わしは実をいうと、君の腕前にはまったく感心しているのだよ。君は悪魔の智恵を持っている。そんなしおらしい顔をしていて、実は人殺しの天才なのだ。川手氏の妹娘の死骸を博物館の陳列箱の中へ飾ったり、姉娘の死骸をお化け大会の破れ蚊帳の中へ寝かした腕前には、さすがのわしも兜《かぶと》を脱いだ。永年の間にはずいぶん毛色の変わった犯罪事件も取り扱ったが、君のような魔法使いを相手にしたのははじめてだよ」

博士がそこまでいうと、男装の竜子が突然両手を前にさし出して、博士の口をふさぎたいとでもいうような恰好をした。そしてまるで気でも狂ったように叫び出した。

「違います。違います。わたしはそんな恐ろしい罪を犯した覚えはありません。わたしは何も知らないのです。川手という方にも、その二人のお嬢さんにも、会ったことさえありません。これには何か深いわけがあるのです。何者かが、私を罪に落とそうと、恐ろしいたくらみをしているのです」

「ハハハハハ、つまらんお芝居はよしたまえ。このわしをそんな手でだまそうとするのは、浅はかだよ。わしは何もかも知っているのだ。もし罪がないものなら、なぜ逃げ隠れをするのだ。それも普通の逃げ方ではない。引っ越しをして、空家と見せかけて、そこの天井裏に隠れるなんて、悪魔でなくては考えつけないことだよ。この一事からでも、君があの恐ろしい殺人者であることは、立派に証拠立てられている。現に警察の人たちは、君の行方を探しあぐねて、途方に暮れているじゃないか。もしわしが君のトリックに気づかなかったら、君はまんまと世間をあざむきおおせたかも知れぬ。そして、あれだけの大罪を犯しながら、永久に法網をのがれてしまったかも知れぬ。

「君はどうして、わしが天井裏の隠れ場所を察したか知るまいね。まぐれ当たりではないのだよ。食料品店の小僧から聞き出したのだ。そして、あの不思議な十箇の罐詰と十斤の食パンの謎を解いたのだ。引っ越しにそんなものの必要はない。これは君が、数日の間、世間とまったく交通を断ってどこかに隠れるか。(注13)鬼熊のように人里離れた山の中に隠れるか。いや、君がそんな間抜けな真似をするはずがない。これまでのやり方でもわかっているように、君という人はたくみに人の意表を突く手品使いなのだからね。

「わしはそういう手品使いの気持になって、君の計画を想像してみた。すると、どうも君の突然の引っ越しそのものが臭いのだ。ことさらあの家を空家にして見せたところに、何かカラクリがありそうな気がするのだ。わしはつい数時間前に、やっとそこへ気がついた。そこで、助手をつれて、空家の探検に出かけて来たのだが、そのわしの想像がまんまと的中した。これでわしも、君と同じくらいの智恵を持っているという自信を得たわけだよ。ハハハハハ」

「いいえ、違います。それはあの空家を引っ越したと見せかけて、屋根裏へ隠れたのはほんとうですけれど、それにはどうにも出来ない恐ろしいわけがあったのです。逃げ隠れをしたからといって、決してわたしは罪を犯したわけではありません。人殺しなんて、まったく身に覚えのないことです」

男装の女性は、さもさもくやしげに、ハラハラと涙を流してかきくどくのだ。

「ハハハハハ、そんな筋の通らない理窟では駄目だよ。罪も犯さぬのに逃げ隠れするやつがあるものか。だが、そのどうにも出来ない恐ろしいわけというのは、いったいどんなことだね」

博士はなかば揶揄するように、嘲笑を浮かべて尋ねる。

「ああ、もう駄目です。どんなに弁解してみても、あなた方が納得して下さるはずはありません。わたしはのろわれているのです。あんないまわしい指を持って生まれて来たのが、わたしの業《ごう》だったのです」

「フフン、実にうまいもんだ。さすがに君は名優だよ、そういうと何だか、君は例の三重渦巻の指紋の持主ではあるけれど、殺人罪は犯さない。真犯人はほかにあるのだとでもいうように聞こえるね」

博士は懐中電燈の丸い光を、近々と相手の顔にさしつけ、どんなこまかい表情の変化も見落とすまいとするかのように、つくづくとその顔を見つめるのであった。

丸い光の中の女性は、一人悲しげな、絶望の表情になって、なおもかきくどく。

「そうなのです、犯人は決してわたしではありません。でも、その無実を云い解くすべが、まったくないのです。ごらん下さい。ここにあの恐ろしい指紋の指が着いていたのです」

彼女は云いながら、丸い光の中へソッと左手をさし出した。手首全体に繃帯《ほうたい》が巻いてあるので切り口は見えぬけれど、人差指のあるべき場所が異様にくぼんで、歯の抜けたような感じを与えている。

「わたしは、三重渦巻の指紋を持った殺人鬼の話は聞いておりましたけれど、つい十日余り前まで迂闊《うかつ》にも、わたしの人差指の妙な指紋が、その恐ろしい三重渦状紋とやらだとは、まるで、気もつかないでいました。

「ところが、ふと新聞に出ている、犯人の指紋の拡大写真を見たのです。そして、ハッとして、自分の左手の人差指とくらべて見ますと、ああ、何という恐ろしいことでしょう。形はもちろん、筋の数まで、一分一厘違わぬことがわかりました。その時のわたしの気持をお察し下さいませ。いきなり地獄の底へ突き落とされたとでも申しましょうか。スーッと目の前がまっ暗になって、気を失わぬのがやっとでございました。私は広い世界にまったく同じ指紋が、二つとあるものではないということを、ハッキリ知っていたのでございます」

長々しい繰り言《ごと》に、博士はもどかしげに足踏みをした。

「それで疑いを逃れるために、思いきって人差指を切り落とし、隅田川へ投げ込んだというのだね。だが、おかしいじゃないか、身に覚えのないことなら何も指など切らなくても、殺人事件のあった日には、どこそこにいましたと、アリバイというやつを申し立てればいいのだからね」

それを聞くと丸い光の中の女性の顔がまたしても、キューと引きゆがんで青白い頬にハラハラと涙がこぼれた。

「ああそれが出来ましたら、それが出来さえしましたなら。わたしは呪われているのです。ほんとうに引くことも、進むことも出来ない地獄ののろいにかかっているのです。アリバイという言葉は本で読んでよく知っております。わたしもそれに気がついて、ひとまず安心したのです。そして念のために古い新聞を探してあの殺人事件の最初からの日づけを確かめてみました。するとどうでしょう、わたしは又息もつけないほどの驚きにうたれました。アリバイがまったくないことがわかったのです。どの殺人事件の日にもわたしは家をあけて外出していました。それも一時間や、二時間ではなく半日以上、ある時は一《ひ》と晩《ばん》じゅう、帰らない日さえありました。そして、何という恐ろしい運命でしょう。そのわたしの外出していた日に限って、かならずあの殺人事件が起こっているではありませんか。いいえ、外出と申しましても、よその家をたずねたわけではありません。ただ何となく、歩き廻ったのです。郊外だとか、時には鎌《かま》倉《くら》、江《え》の島《しま》など……」

「ハハハハ、ますます辻褄《つじつま》が合わなくなって来た。そんなながい時間一人で歩き廻るやつもないものだ」

「いいえ、一人ではありません。あるお友達と」

「エ、お友達、それじゃちゃんとアリバイがあるじゃないか。その友達を証人にすればいいはずじゃないか」

「でも、それが、それが普通のお友達ではなかったのです」

「ウン、わかった。君の家の婆やがいっていたが、君には男の友達があったそうだね。だがそんなことを恥かしがって殺人の嫌疑を甘んじて受けるやつもないものだ。その男の友達に証言させればいいじゃないか」

「でも……」

竜子はもう口がきけなくなった様子で、ワナワナと唇を震わせながら、はげしく泣きじゃくり始めた。泣き声をかみ殺そうとするのだが、そうすればするほど、胸の奥から嗚咽《おえつ》がこみ上げ、涙はとめどなく流れ落ちる。これをお芝居とすれば、実に驚くべき名優である。

宗像博士もさすがにあわれみを催したらしく、無言のまま、相手の激情の静まるのを待っていた。すると、ややあって、彼女はようやく泣きじゃくりをやめ、さも悲しげな細い声で、かすかにつぶやくのであった。

「その人には、もう二度と会うことが出来ないのです」

「どうしてだね」

「こんなことを申し上げても、あなたは信じて下さらないでしょうが、わたしはそれほど親しくしていたその人の、職業も住所さえも知らないのです。

「名前は須藤《すどう》と申していましたが、それさえほんとうの名かどうかわかりません。その人は、所も名も明かさないで、こうして夢のようにつき合っている方が、童話の国のまじわりみたいで、面白いではないかと申すのです。

「三月《みつき》ほど前、ふと汽車の中でごいっしょになったのが、最初でしたが、その人は、大へん身分のある人のように感じられました。きっと奥さんも、お子さんもおありなのでしょう。でも、その人の何とも知れぬ不思議な、夢のようなお話に、いつとはなく引きつけられて、お恥かしいことですけれどわたしは小娘のように夢中になってしまったのです。

「ちょうど四日ほど以前、この指を切る前の晩のことでした。わたしは、その人と約束した時間に、このお社《やしろ》の森の中へ来たのです。ええ、ここなのです。その人と外で出会う時はいつもこの森の中だったのです。そして、この間からの、わたしの恐ろしい境遇を、よく相談しようと思ったのです。

「ところが、その晩は、どうしたことか、その人の姿が見えません。ちょうどここです。このお社の床下に、わたしはあの人を待って待って、明け方まで待ち暮らしました。まさかとお思いでしょうね。でも、わたしは何かに魅入《みい》られていたのです。ほんとうに夢のように、一夜をここで過ごしたのです。

「そして、夜の白々《しらじら》あけに、ふと見ますと、そうです。この柱でした。この柱に小さな紙切れがはりつけてあるのに気がつきました。その紙切れに、何と書いてあったとお思いです。

「縁切り状でしたの。もうこれっきり、あなたと会うことはないでしょう、楽しかった夢を忘れません、とそう書いてあったのです」

語り終わって、男装の竜子は、又込み上げる悲しさに、今は恥も外聞《がいぶん》も忘れたように、声をたてて泣き伏すのであった。

思わぬ長話に、さいぜんから三十分あまりも時がたっていた。人なき深夜の社殿の床下で、男装の女と、モーニング姿の私立探偵とが、光といえば懐中電燈ただ一つをたよりに、ヒソヒソと語り合う。その二人が恋人でもあることか、一人は稀代の殺人魔、一人はそれを追いつめる名探偵。何という不思議な取り合わせ、常規《じょうき》を逸した光景であったろう。

宗像博士は泣き伏す女怪を、あきれはてた面持《おももち》でながめていたが、やがて感にたえたように、しきりとうなずきながら、

「うまい。実にうまいもんだ。君は名優なばかりでなくて、すばらしい小説家だ。よく

もそこまで考えたもんだね。すっかり辻褄が合っている。

「だがね、それは君が作り出したお話に過ぎないといわれても、何の反証《はんしょう》も挙げられないじゃないか。男の友達があったということは、証人もあることだから、ほんとうに違いない。しかし、それは君を捨てた夢のような恋人ではなくて、君の人殺しの相棒だったと考えることも出来るのだからね。

「この殺人事件には、君とそっくりの男装の女が、たびたび顔を出しているのだが、その女にはいつでも左の目に眼帯をあてた大男がついている。気の今いった男の友達にそのままあてはまるじゃないか。

「エ、どうだね、そう考えた方が、少なくとも実際的ではないかね。君の今の話は、なかなかロマンチックで面白いことは面白いが、まさか、そんな夢のような話を信じる裁判官はあるまいぜ。

「君はすでに指を切っている。その指をご丁寧に錫の函に入れて、わざわざ隅田川に投げ捨てている。そして、引っ越しをしたと見せかけて、空家の屋根裏に身をひそめ、発見されたと知ると、いつの間にか屋根を打ち抜いて、女の身には想像もできない芸当を演じて逃走している。犯人でもないものが、こんなばかな真似ができると思うかね。誰に聞かせたって、君が犯人だということを疑うものは一人だってあるはずがないよ」

女は顔をあげなかった。泣き伏したままの姿勢で、絶望的につぶやくばかりであった。

「ああ、もう駄目です……わたしはのろわれているのです……あなたはきっと、そうおっしゃるだろうと思いました」

「気の毒だが、君のお芝居は無駄骨折りだったよ。さあ、それではわしといっしょに出かけようか」

宗像博士がそういって懐中電燈を持ちかえた時だった。泣き伏していた女が、突然ものに驚いたように、ヒョイと顔を上げた。

「あら、あなたは誰です？」

博士はこのとっぴな言葉を聞くと、相手が気でも狂ったのかと怪しんだのであろう、ギョッとしたようすで、身動きをやめて、するどく答えた。

「何をいっているのだ。わしは宗像だよ。私立探偵の宗像だよ」

「ほんとうですの？　でも、何だか……ねえ、すみませんが、その懐中電燈で、あなたの顔を照らしてみて下さいませんか」

真実気が違ったのかも知れない。男装の女は、何か異常な熱心さで、床下から這い出して、博士の前に立ちはだかった。

「ハハハハ、妙な注文だね。よろしい。さあ、よく見るがいい、君をとらえた男がどんな顔をしているか、よく見覚えておくがいい」

博士は電燈の丸い光を、我と我が顔にさし向けて、ほがらかに笑って見せた。

女は闇の中から、大きな眼鏡を光らせて、異様に執念深く博士を見つめた。いつまでも、いつまでも、獲物をねらう牝豹《めひょう》のような感じで、名探偵を凝視しつづけた。まっ暗な中から、ひどくはずんだ息づかいが、ハッハッと薄気味わるく聞こえた。

二人とも身動きもしないで、ながい間立ちつくしていた。それは実に不思議な、息づまるような光景であった。両人の身辺から、何とも名状の出来ない殺気のようなものが立ち昇るのが感じられた。

明智小五郎

神社の森の中で、宗像博士と北園竜子との不思議な問答が行われている頃、警視庁の中村捜査係長は、麻布区竜土町《りゅうどちょう》にある、私立探偵明智小五郎の事務所をたずねていた。

明智小五郎は、年こそ若かったけれど、私立探偵としては、宗像博士の先輩であり、したがってその手腕も、博士をしのぐものがあった。現に川手庄太郎氏も、この物語のはじめにもしるした通り、この事件をまず明智探偵に依頼しようとしたが、ちょうど旅行中で、いつ帰京するともわからなかったので、それではと新進の宗像博士をえらんだのであった。

明智は三重渦巻指紋の事件が起こる少し前、政府から或る国事犯捜査の依頼を受けて、朝鮮に出張し、京城《けいじょう》を中心として半島の各地を飛び廻っていた。そして、首尾よくその目的をはたし、今日帰京したばかりのところであった。

中村捜査係長は、明智から帰京の通知を受けると、何はおいても、今度の奇怪な殺人事件について、彼の意見を聞いてみたいと思った。係長は明智とは宗像博士よりもずっと早くからの知り合いで、ごくうちとけたまじわりを結んでいた。

あらかじめ電話があったので、明智は事務所の応接室に、久しぶりの友達を待ち受けていた。

「あちらの仕事は大変うまくいったそうだね。おめでとう」

中村警部は明智の顔を見ると、まずその喜びを述べるのであった。

「有難う。つい今しがたまで関係方面の晩餐会《ばんさんかい》に呼ばれていたんだが、おそろしく歓待してくれてね、なんだか英雄にでもなったような気持がしているんだよ。しかしああいう種類の仕事は、ずいぶん敏捷《びんしょう》に立ち廻らなければならないし、冒険味もたっぷりなんだが、実をいうと、僕なんかには、たとえば今君がやっている、三重渦巻指紋の事件などの方が、ずっと魅力があるね」

明智は大仕事を済ませたばかりの、のびやかな気持から、いつもより多弁であった。

「君はあの事件を注意していたのかい」

「ウン、京城の新聞の簡単な記事ではじめて見たんだが、それでも僕はすっかりひきつけられてしまったよ。何ともいえない一種のにおいがあるんだ。僕の鼻は猟犬のように鋭敏だからね。ハハハハハ、だから帰る途中大阪で、事件の最初からの新聞をすっかりそろえてもらって、汽車の中で読みふけって来たのさ」

「ハハハハ、君らしいね。だが、そいつは都合がいい、実は今夜こんなにおそくやって来たのも、あれについて君の意見が聞きたかったからだよ。明日まで待っていられなかったほど、僕は弱っているんだ。何だか壁のようなものにぶっつかってしまってね。白状するとまったく途方に暮れているんだ。あんなに新聞が騒ぐものだから、世間がうるさくってね。僕がまあこの事件の担当者みたいになっているのでやりきれないのだよ。

「で、君はあの事件のだいたいの輪郭《りんかく》はわかっているわけだね」

「ウン、新聞に出ただけはわかっている。だが、君の口からくわしい話が聞きたいもんだね」

「むろん話すがね。それよりも、ここにいいものがあるんだ。僕個人の捜査日記だよ。君に読んでもらおうと思って持って来たのだ。口でいうよりも、これを一読してくれれば、いっさいがよくわかると思う」

警部はポケットから大型の手帳を取り出して、その或るページを開き、明智に手渡した。

明智はそれを受け取ると、早速読み始めた。ソファーに深くもたれ込んで、長い脚を組んで、その膝の上に手帳をのせ、丁寧にページを繰って行った。

疑問の箇所にぶつかると、読むのをやめて、警部に質問する。警部は一々詳細に答える。そんなことをくり返してたっぷり三十分ほどもついやすうちに、明智は事件の経過をすっかり呑み込んでしまったように見えた。

「遠慮なく感想を聞かせてくれたまえ。僕は渦中にあるので、冷静な判断がむずかしいのだ。まったく白紙でこの事件を見渡して、君はどう考えるね」

警部がうながすと、明智はソファーにもたれ込んで、腕組みして静かに目をつむったまま、しばらく黙り込んでいたが、やがて落ちついた口調で話しはじめた。

「僕は宗像君とは二、三度会ったばかりだが、彼の一種の才能には、深く敬意を表している。恐ろしい男だ。だが、今度の事件はさすがの彼も少なからずてこずっているようだね。いつも狂人に先手《せんて》をうたれて後へ後へと廻っている。被害者はあらかじめわかっているのに、一人だって助けることは出来なかった。宗像君にしては珍しい不成績だね。エ、そうは思わないかね」

明智はそこで言葉を切って、じっと中村警部の顔を見た。なぜかその唇の辺にかすかに微笑が浮かんでいる。警部にはその微笑の意味がわからなかった。商売敵に対して非難めいた口をきいたことをはにかんでいるのだと考えるほかはなかった。

「恐ろしい事件だ。この犯人は、あの俊敏《しゅんびん》な宗像博士よりも、さらに一枚上手《うわて》の役者らしいね。新聞は魔術師だなんて書き立てているが、まったく魔術師だ。その上に、この犯人は露出狂《ろしゅつきょう》だね。殺人のことよりも、その結果をできるだけ飾りたてて、世間に見せびらかしたいのだ。一種の狂人だね。狂人の癖《くせ》に、恐ろしくかしこいやつだ。名探偵といわれる宗像君を、思うままに翻弄《ほんろう》するほどかしこくて抜け目のないやつだ。

「しかし、宗像君も、なかなか味をやっているね。ことに隅田川に投げ込まれた小函の包装から、犯人の住所をつきとめたあたりは、さすがに水際《みずぎわ》立っている」

「だが、それも後手《ごて》だったよ」

　警部は投げ出すようにいって、唇をかんだ。

「この北園竜子という女のやり口が、又実に面白い。引っ越しの前の晩に、沢山の罐詰とパンを買い入れた点など、興味津々としてつきないものがあるよ。君の手帳には、その記事の横に赤い線がひいてあるが、これはどういう意味だね」

「僕にはまったく見当がつかない。たぶん犯人は人里離れた山里へでも身を隠す用意をしたのだと思うが、何だかそれも信じられないような気がする。ただ僕はその事実を聞いた時に、ゾーッとしたのだよ。なぜかわからないが、胸の中を冷たい風が吹き過ぎたような気持がしたんだ。それで赤線など引いたのだろう」

「ハハハハハ。なるほど渦中にあると盲目になるもんだね。だが。君の潜在意識はちゃんと真相を感づいていたのだよ。君がゾーッとしたというのは、その口のきけない潜在意識が、非常信号を発したのさ。ハハハハ、僕には犯人の隠れ場所は大方想像がついているよ」

「エッ、隠れ場所が？　冗談じゃあるまいね。ど、どこだい？　それは」

　警部は思わず椅子から立ち上がって、頓狂な声をたてた。

「なにもあわてることはない。お望みとあれば、君をその場所へ御案内してもいいよ。だが、宗像君ほどのものが、そこへ気のつかぬはずはない。ひょっとしたら、今晩あたり、宗像君単独で、その場所へ犯人をとらえに行っているかも知れないよ」

「そんな近いところなのか」

「ウン、北園というのはなかなか利口《りこう》な女だよ。君たちを錯覚に陥《おと》しいれようとしたのだ。引っ越しをして家を空家にしてしまえば、その家はもう捜査網から除外されるわけだからね。その日から、いちばん安全な隠れ場所に一変する」

「エッ、するとあいつは、あの空家に隠れているというのか」

「もしその女が、僕の想像しているようなかしこいやつだったらね」

「ウーン、そうか、なるほど、あの手品使いの考えつきそうなことだ。よしッ、ともかくも確かめて見なくちゃ。明智君、僕はこれで失敬するよ」

「まあ、待ちたまえ。君が構わなければ、僕もいっしょに行ってもいい……ア、電話だ。ちょっと待ってくれたまえ」

明智は忙しく卓上電話の受話器を取って、一《ひ》とこと二たこと話したかと思うと、その受話器を中村警部の方へ差し出しながら、

「君だよ。捜査課の徳永《とくなが》君からだ。何だかひどくあわてているぜ。重大な用件らしい」

警部はすぐさま受話器を耳にあてた。

「エッ、宗像博士が？　発見したって？　……ウン、青山の……明神《みょうじん》の境内《けいだい》だね。

……エ、社殿の床下？　……ウン、わかった、わかった。よし、僕はこれからすぐ行くから、君たちも手配をして、かけつけてくれたまえ」

中村係長は興奮のため、顔をまっかにして、ガチャンと受話器を置くと、明智にこの次第を告げた。

「やっぱり君の推察の通りだった。あの女は空家の屋根裏に隠れていたんだって。そこから屋根を破って逃げ出したのを、宗像博士が追いつめて、近くの神社の境内でとらえたらしい。博士から今電話で知らせて来たというのだ。僕はすぐ出かけるが、君は……」

「むろんお供するよ。北園という女の顔も見たいし、久しぶりで宗像君にも会いたいからね」

明智は云いながら、呼鈴を押して、助手の小林少年を呼び、電話で車を命じさせておいて、手早く外出の用意をするのであった。

眼帯の男

それから十分あまりの後、例の神社の鳥居の前で車を捨てた二人は、暗闇の森の中へはいって行った。

向こうにチラチラするかすかな光を目当てに社殿の裏へ近づくと、そこに三人の黒い人影が、手に手に懐中電燈をかざしてたたずんでいた。モーニング姿の宗像博士と制服の二人の警官である。あとで聞けば、それは博士の知らせによって、附近の交番からかけつけた警官たちであった。

「宗像さんですか。中村です。ちょうど明智君をたずねていましてね、捜査課から電話の知らせを受けたものですから、明智君といっしょにかけつけたのですよ。警視庁からも間もなくやって来るでしょう」

闇の中で、中村警部が挨拶すると、宗像博士は、明智と聞いて一歩前に進み出でた。

「おお、明智さん、お帰りになったことは新聞で承知していました。あなたのお留守中に、僕は途方もない難事件を引き受けさせられてしまいましてね、やっと犯人を追いつめたかと思うと、ごらん下さいこの始末です」

博士は弁解でもするような調子で云いながら、社殿の床下へ懐中電燈の光を向けた。

「アッ、これは……」

中村警部は驚きのあまり、思わず声をたてた。

それも無理はない。社殿の床下、懐中電燈の丸い光の中に、まざまざと浮き出していたのは無残な生人形のような血みどろの死骸であった。

黒い背広の胸が開いて、その白いシャツがまっかに染まり、血の塊が電光を受けて、ギラギラと毒々しく光っていた。ソフト帽がぬげて、長い黒髪が乱れ、土気色《つちけいろ》になった女の唇から顎にかけて、一筋二筋、赤い毛糸のような血が流れていた。女の右手には五寸ほどの白鞘《しらさや》の短刀が握られ、その刃先にベットリ血のりがついている。

「自殺ですね。しかし、どうしてこんなことに……」

警部の言葉を受けて、宗像博士が申し訳なさそうに説明した。

「僕の手抜かりでした。あなたに報告して、警察の手で、あの空家の捜査をして頂けばよかったのです。しかし、決して抜けがけの功名をしようとしたわけではありません。確信がなかったのです。もしやという想像ぐらいで、警察をわずらわす気になれなかったのです。ともかく、その想像が当たっているかどうか、僕自身で確かめて見ようとしたのです。

「すると、僕のその想像は当たりすぎるほど当たっていました。そして、この女をここまで追跡して、なんなくとらえてしまったのです。ところが、何をいうにも僕一人だったものですからね。自動車を探すのに、この女を引きつれて歩くわけにもいかず、それよりは、電話でお知らせして、あなた方に来てもらった方がと考えたのです。

「で、僕はこの女を、ここの床下の柱にしばりつけておいて、近所の商家まで電話を借りに走ったのです。その商家の人に頼んで、交番にも知らせてもらったのです。ホンの五分間ほどここを留守にしたばかりです。

「ところが、帰って見ると、この始末じゃありませんか。どうして解いたのか縄目を解いて、見事に心臓を突いて自殺していました。まさか短刀など隠していようとは思いも及ばなかったのです」

宗像博士はたいせつな犯人を殺してしまった失望に、説明もしどろもどろであった。

なるほど、死人の身体には解けた細紐がいく重にもまといつき、その端がそばの柱にくくりつけてあった。宗像博士が常に身辺を離さぬ、絹糸製の丈夫な細紐である。

「どうしてこれを解くことが出来たんだろう。まさかしばり方がわるかったのではないでしょうね」

明智は柱のそばにしゃがんで、その細紐を調べながら、なかば独言《ひとりごと》のようにつぶやいた。

「僕もそれを不思議に思っているのです。捕縄《ほじょう》のかけ方ぐらいは心得ているつもりですが」

博士も不審にたえぬ面持だ。

「宗像さん、この女は自殺したのではないかも知れませんね」

明智がふと何かに気づいたらしく、妙なことを云い出した。

「エッ、自殺でないというと？」

宗像博士も中村警部も、意外な言葉に、明智の顔をのぞくようにして、聞き返す。

「他殺ではないかと思うのです。誰かがこの女の心臓をえぐって、その短刀を死人の手に握らせた上、自殺と見せかけるために、あとから縄を解いておいたとも考えられますからね」

「しかし、誰が何のためにそんな真似をしたのでしょう。犯人に恨みをふくむものが、この森の中に忍んでいたとでもいうのですか」

宗像博士は腑に落ちぬ様子で、明智の軽率な判断をなじるようにいった。

「いや、必ずしも恨みをふくむ者とは限りません。宗像さん、僕はさいぜん、中村君から、事件の経過をくわしく聞いたのですが、この事件には、男装の女らしい小柄な犯人のほかに、もう一人、一方の目に眼帯をあてた大男がいるということではありませんか。

「犯罪者が一身の安全をはかるために、仲間を殺すというのは、例のないことではありません。僕は何だか、その辺の闇の中に、まだ眼帯の大男が身をひそめて、僕らの話を聞いているような気がするのですよ。つい身近にそいつの気配を感じるのですよ」

明智は闇の中の宗像博士のそばに近よって、そのモーニングの腕を、指先で注意をうながすように軽くたたきながら、声を低めていうのであった。

「なぜです。たとい共犯者がここへ来たとしても、何もこの女を殺すことはないじゃありませんか」

博士は彼のすぐれた商売敵を、あざ笑うかのような口吻《こうふん》であった。

「しかし、彼としては、我々の常識では判断の出来ない深い事情があったのかも知れませんよ。宗像さん、僕はこの事件の全体の経過を、静かに考えてみて、どうもそんな気がするのです。なぜ眼帯の男は、共犯者を救わないで、その命を断たなければならなかったか。そこにこの事件の恐ろしい謎があるのじゃないかというふうに感じているのです」

「感じですか？」

宗像博士はいっそう皮肉な調子になった。だが明智は少しもひるまない。

「そうです。僕はまだ明確にいうことは出来ないのです。しかし、この事件は最初から理論を超越して、狂気と魔術にみちていたではありませんか。犯人は、あらゆる不合理と不可能をやすやすとなしとげているのです。救うべき共犯者を殺すなども、彼の狂気と魔術の一つの現われでないと誰が断言出来ましょう。眼帯の男は、なぜ北園竜子を殺さなければならなかったか。実に面白い謎々ですね。この難題が解けさえすれば、事件の全貌《ぜんぼう》は自《おのずか》ら明らかになって来るのじゃないでしょうか」

明智は言葉以上に、事件の奥にあるものを見通してでもいるように、静かにいうのであった。

「あなたは共犯者がこの女を殺したものと決めていられるようですが、僕にはどうも信じられませんね。しかし、それはともかくとして、眼帯の男をとらえなければならぬのは云うまでもありません。僕は最初からこの事件に関係している責任上、あいつは必ずとらえてお目にかけます。そうすればすべてが明らかになるでしょう。魔術師の正体があばかれるでしょう」

博士は明智の言葉に反撥《はんぱつ》を感じたのか、やや切り口上になっていった。

「おお、あなたは眼帯の男をとらえるとおっしゃるのですか。何か確信がおありなのですか」

明智はなぜかびっくりしたような、はげしい口調で聞き返した。皮肉ではなく、真実驚いているらしい様子だ。宗像博士ともあろうものが、もう一人の共犯者をとらえて見せるといったからとて、何をそれほど驚くことがあるのだろう。まるで「そんなことは不可能ですよ」といわぬばかりの口吻であった。

今夜の、明智の態度口吻には何となく解し難いところがあった。日頃の明智なれば、他人の手がけている犯罪事件に口出しをするさえ好まぬはずだ。それに、今夜はノコノコ犯人逮捕の現場へ出かけて来たばかりか、同業者の宗像博士を揶揄するかのような態度を示しているのだ。明智らしくないやり方である。それには何か深いわけがあるのではないだろうか。

「あの男をとらえる確信があるかとおっしゃるのですか。ハハハハハ、まあ、見ていて下さい」

博士は何を失敬なといわぬばかりに、挑戦的な口調で、闇の中の明智の顔のあたりを、グッとにらみつけた。

明智はたじろがなかった。彼もまた、博士の顔を異様に見つめている。長い間妙なにらみ合いがつづいた。中村警部は、後日その折の有様を形容して、二人の目から青白い火花が散るかと怪しまれたと語ったほどである。

そうしているところへ、鳥居の前に自動車の停車する物音が聞こえ、捜査課長をはじめ警視庁の人々が来着し、順序を踏んで、物慣れた現場調査が行われた。しばらくすると、検事の一行もかけつけて来た。そして一応の取り調べが終わると、身柄引取人とてもない北園竜子の死体は、ひとまず警視庁の死体置場へと運ばれたのであった。

明智小五郎は、調査の終わるのを待たないで、先に帰宅したのだが、その帰りがけに、中村警部を人目のない場所に招いて、こんなことを聞いた。

「僕はこの事件にすっかりひきつけられてしまった。一つ僕は僕で、宗像君の邪魔をしないように調査をしてみようかと思うのだよ」

「調べるといって、もう主犯が死んでしまって、あとは共犯の眼帯の男を探すばかりだが、君は何か心当たりでもあるのかい」

中村警部は、いぶかしげに聞き返す。

「いや、共犯者を探すことは、宗像君にまかせておけばいい、宗像君が、どんなふうにしてあの眼帯の男をとらえるか、僕は非常に興味を感じている」

明智は意味ありげに答えた。闇の中でニヤニヤ笑っているらしい様子だ。

「それじゃ、後には何も調べることがないじゃないか。犯人は川手氏一家の復讐の目的を完全にはたしてしまったのだから、これ以上事件の起こりようはないし、その犯人の一人は自殺か他殺かともかく死んでしまった。残っているのは眼帯の男ただ一人だ。あの男を探さないで、君は何を調べようというんだい」

「君は忘れているよ。川手氏一家がみなごろしになったといっても、川手庄太郎氏だけは、山梨県の例の山の家で行方不明になったことがわかっているばかりで、まだその遺骸《いがい》も現われないじゃないか」

「ウン、それはそうだ。しかし、今まで行方がわからないところを見ると、川手氏もむろん殺されているに違いない。でなくて、犯人があの怪指紋の指を切ったりするはずがない。あの指を切って、隅田川へ捨てたのは、やつらの復讐事業がまったく終わったことを意味すると考えるほかはないじゃないか」

「そうも考えられるがね。しかし、川手氏に限って、犯人が例の死体を見せびらかす手を用いなかったのはなぜだろう。いちばん恨みの深いはずの川手氏を、安らかに眠らせておくというのは、この犯罪の動機から考えても変じゃないか。これには何か、死体陳列の出来ないような特別の事情があったとしか考えられない。僕はそこに一縷《いちる》の望みをつないでいるんだよ。

「いずれにしても確かめてみなければならない。僕は明日N駅へ行って、あの一軒家を調べて見るつもりだ。そして、川手氏がどんな最期をとげたか、探り出してみるつもりだ。

「だが、それは宗像君にはいわないでくれたまえ。警視庁の人たちにも内密にしておいてもらいたい。僕はまったく蔭の人として、僕自身の好奇心を満足させれば、それでいいのだからね。わかったかい。じゃ、いずれ調査の結果は、君だけに報告するからね」

そう云い捨てて、明智は境内の闇を、鳥居の方へ立ち去って行くのであった。

それから数日はなにごともなく過ぎ去ったが、ちょうど北園竜子変死から七日目の夕方、日本橋《にほんばし》のM大百貨店に、飛び降り自殺の騒ぎが起こった。

百貨店閉館の間際に、その側面の道路を歩いていた人々は、空から大きな黄色いものが、爆弾のように落下して来て、目の前の舗道に恐ろしい地響きをたててたきつけられるのを見た。

飛び降り自殺者であった。

一瞬間ギョッと立ちすくんだ人々が、やがて、それと知ってかけよって見ると、その敷石道の上に、カーキ色の労働服を着た男が、血にまみれて、押しつぶされたようになって息たえていた。

附近の交番から警官がかけつけて、調べて見ると、覚悟の自殺らしく、死体の胸のポケットから一通の書置きようの紙切れが発見された。

警官は何気なく、その紙切れを読み始めたが、見る見る顔色が変わった。その飛び降り自殺者こそ、ほかならぬ川手氏一家みな殺しの共犯人、例の眼帯の男であることがわかったからだ。

遺書には、

「自分は生涯をかけての大復讐の目的をはたして、ここに自決する。この自殺はかならずしも予定の行動ではないのだが、私立探偵宗像博士のために、素性を見破られ、数日にわたる執拗な追跡に、もはや逃亡の気力もうせたので、博士に手柄をたてさせるよりは、みずから一命を絶つ決心をしたのだ、自分は復讐のために、川手の娘たちを群衆の前にさらしものにした。今こうしてにぎやかな人通りにむくろをさらすのも、その罪ぼろしのつもりである。

「川手一家は自分の父母の仇敵《きゅうてき》である。父母は川手庄太郎の父のために、自分が川手一家に加えたよりも、もっと残虐なやり方で殺害されたのだ。自分は父の今わのきわの遺言に基いて、川手の子孫の根だやしを思いたち、生涯をその復讐事業のために捧げたのである。

「北園竜子は本名を山本京子《きょうこ》と云い、自分の肉親の妹だが、三重渦巻の異様な指紋を持っていたので、それを利用して川手一家のものをおびやかす手段とした。この目論見は意外の効果をおさめ、自分たちは三重渦巻の賊とまで呼ばれるに至った。その妹京子も宗像博士のためにとらえられ、ついにすきを見て自殺してしまった。自分はもうこの世に何の思い残すところもない。一刻も早く冥途《めいど》に行って、可愛い京子に会い、二人の生涯をかけての大事業の完成を喜び合いたいばかりだ」

という意味のことが、まずい鉛筆文字で細々としたためられ、その終わりに「山本始」と署名がしてあった。これで明智小五郎の竜子他殺説はまったく誤解であったことが判明した。さすがの明智も、この事件では、いらざる差出口《さしでぐち》をして、かえって新進宗像博士の引きたて役を勤めたかの観があった。彼の推察が見当違いであったのに反して、博士の口約は見事にはたされた。眼帯の男山本始を殺してしまったのは残念だけれど、博士の手が犯人の直後に迫っていたことは、彼の遺書によって明らかであった。

かくして、あれほど世間を騒がせた三重渦巻の怪殺人事件も、ここにまったく終焉《しゅうえん》をつげたのである。被害者一家はみなごろしになってしまった。加害者は二人とも自殺をしてしまった。恨むもの、恨まれるもの、共にほろび去ったのだから、事件がこれ以上続きようはずはなかった。さしもの大事件も山本始の自殺を境として、もう過去の語り草となってしまったのだ。世人はもちろん、警視庁自身さえ、そう考えていた。ただ一人、モジャモジャ頭の私立探偵明智小五郎を除いては、誰一人事件の終焉を信じないものはなかった。

生きていた川手氏

殺人鬼山本始が自殺してから数日後のある夜、警視庁の刑事部長は、捜査課長や中村係長の進言をいれて、この大犯罪事件の終焉を祝し、並々ならぬ労苦をなめた民間探偵宗像博士をねぎろう意味の小宴を催した。別段手柄をたてたわけではないが、捜査課長や中村係長の友人である明智小五郎も席をにぎわすためか、博士とともに招待を受け、主客五人、京橋《きょうばし》区F——レストラントの別室に、食卓をかこんで雑談の花を咲かせていた。

「宗像さんは、二人まで助手の命をとられているんだから、こんどは一生懸命だったでしょうね。しかし、あなたのお蔭で、案外早く犯人達の自決を見て、何よりでした」

刑事部長が宗像博士を慰めるようにいうと、博士は鼈甲縁の眼鏡をなおしながら、恐縮の面持で答えた。

「いや、こんどは最初から失策つづきで、実に申し訳ないと思っております。いつも一歩の差で犯人にしてやられたのです。私の助手はともかくとして、折角依頼を受けた川手家の人達を、ついに救うことの出来なかったのは、実に残念でした。

「私としては、全力をつくしたのですが、今度のやつだけは、明智さんもいわれたように、どこか人間放れのした、気違いめいた智恵を持っているやつで、常識では想像もつかない手を打つので、非常な苦労をして、しかも苦労甲斐がなかったのです」

「明智さん、中村君に聞けば、あなたもこの事件には非常に興味を持っていられたということですが、何か御感想は？……あなたは、北園竜子を自殺でないという御意見だったそうですね」

刑事部長は、なぜか明智の痛いところへ触れるような云い方をした。すると明智はそれを待ちかねてでもいたように、

「そうですよ、僕はそう考えているのです」

とキッパリ云いきるのであった。

「エ、あなたは今でもあれを他殺だとお考えなのですか」

捜査課長がびっくりしたような表情で、横合いから口を出した。

「他殺としか考えられませんね」

明智はきまりきったことのように、動ずる色もなく答えた。

それを聞くと、宗像博士の目が異様に光った。博士は明智の挑戦を感じたのだ。もう黙っているわけにはいかぬ。

「ハハハハハ明智君、大人げないじゃありませんか。いくら名探偵の君でも、時に失策がないとはいえぬ。それを、いちど口にしたことはあくまで押し通そうというのは、つまらない意地というものですよ。飛び降り自殺をした山本始は、竜子の実兄だったじゃありませんか。いくらわが身を守るためといって、真実の妹を殺すなんて考えられないことです。現に山本の遺書にも、妹は自殺したのだと、はっきりしるしてあったではありませんか……それとも、あなたはあの遺書を認めないとでもいうのですか」

博士はまるで後輩にでもいい聞かせるような態度で、明智をたしなめた。

「認めませんね。あんな都合のいい遺書なんてあるもんじゃない。あれはまるで出鱈目ですよ」

ああ何を云い出すのだ。明智は気でも違ったのではないか。彼は宗像博士との手柄争いにやぶれて、まるで駄々ッ子のようにやけくそになっているのかとさえ怪しまれた。

「明智君、君は本気でそんな無茶をいっているのですか。酔っているのじゃありませんか。たとい悪人にもせよ、死の間際に書き残したあの告白が、出鱈目だなんてあり得ないことです。君こそ出鱈目をいっているとしか考えられませんね。それとも何か、あの遺書を認めない、はっきりした理由があるのですか」

一座の人々も、この口論では、宗像博士に味方しないわけにはいかなかった。明智は今日はどうかしているのだ。博士がいったように、酔っぱらっているのかも知れない。刑事部長と捜査課長とは、非難をこめた眼差で、無言のまま明智の顔を見つめるばかりであった。

ところが、博士の詰問に答えた明智の言葉は、ますます意外な、ほとんど健康人の論理を無視したようなものであった。ああ、明智はほんとうに気が違ってしまったではあるまいか。人々はただあっけにとられて、急には言葉も出ない有様であった。

「むろん、遺書を認めない理由ははっきりしていますよ。あの自殺した男が、はたして犯人の一人であったかどうかを疑うからです」

「エッ、なんですって?、君は、犯人でもない男が、あんな遺書を書いて飛び降り自殺をしたというのですか」

宗像博士はあいた口がふさがらぬという体《てい》で、ほとんど笑い出さんばかりの表情であった。

「眼帯の男の顔をはっきり見届けたものは、誰もないのです、ただ無精髭を生やした労働者風の大男ということが分かっているばかりです。それがあの飛び降り自殺をした男と同一人であったとどうして保証出来ましょう。むろん、眼帯の男の筆蹟もわかっていないのですから、あんな遺書など誰にでも偽造出来るじゃありませんか」

明智のとめどもない放言《ほうげん》に、宗像は激怒のためにまっ赤になってしまった。

「それじゃ君は、あの自殺した男が、偽物だったというのですか。ばかばかしい、犯人でもないものが、わざわざ遺言まで用意するなんて、君はいったい何を考えているのです。酒の上の冗談でないとすれば、君は気でも違ったのではありませんか」

「ハハハ、そうかも知れませんね、相手が気違い犯人ですから、僕もおつき合いして気が狂ってしまったのかも知れません。

「僕自身でさえ、今僕の考えていることが、あまりなみはずれな奇怪な事柄なので、ほんとうに頭がどうかしたのではないかと、不安になるくらいです。

「たとえば、僕はまだこんなことも考えているんですよ。「飛び降り自殺をした男が犯人でなかったばかりでなく、あの北園竜子さえ、犯人かどうかよくわからないということです。僕は確証がほしいのです。あの二人があなたの信じているように、真犯人であってくれればいいと、僕はずいぶんその確証をつかむために悩んだのですが、遺憾《いかん》ながら確証はまったくないことが分かったのです」

ここまで来ると、一座の人々はもう黙っているわけにはいかなかった。明智は実に驚くべき妄想《もうそう》を描いているらしいことがわかって来たからだ。彼は眼帯の男を否定し、北園竜子すらを否定せんとしている。すると、この殺人事件の犯人は、まだ一人もつかまっていないことになるではないか。事件が落着《らくちゃく》した心祝いのつどいに招かれて、彼は事件の落着そのものを、頭から否定しているのだ。ああ、これはいったいどうしたことであろう。

刑事部長も捜査課長も、何か口々に驚きの叫び声を発したが、当の宗像博士の憤慨はもう極点に達していた。博士は例の三角型の顎鬚を、ピリピリ震わせて、思わず椅子から腰を浮かし、明智の前に握り拳を振り廻しながら、わめくのであった。

「明智君、黙りなさい。君は僕に何か私怨《しえん》でもあるのですか。僕が解決した事件を、なぜぶちこわそうとするのです。しかし、お気の毒だが、君の言い草は支離滅裂《しりめつれつ》、まるで気違いのたわごとじゃないか。そんな出鱈目な論理で、僕の仕事にケチをつけようなんて、君もあまりに子供らしいというものだ。

「北園竜子が犯人でないなんて、いったいどこからそんな結論が出て来るのです。君は三重渦巻の指紋を忘れたのですか。犯人でもないものがわざわざ指を切断して、屋根裏に身を隠すなんて、そんなばかばかしいことが出来ると思うのですか」

「ところが、僕は北園竜子があの怪指紋の持主だったからこそ、真犯人ではないと考えるのですよ。エ、宗像君、この意味がおわかりですか」

明智は落ちつき払って、ニコニコ笑ってさえいるのだ。

「わかりませんね、そんな気違いのたわごとは、僕には少しもわからない。皆さん、あなた方には大変失礼だが、私はもう一刻もこんな気違いと同席するのは御免です。中座させていただきます」

宗像博士は椅子から立ち上がって、今にも食堂を立ち去ろうとする気組みを見せた。

「まあ、待って下さい。主賓《しゅひん》のあなたに帰られては、今夜の集まりの意味が、なくなってしまいます……明智さん、あなたは今夜はどうかしていらっしゃるようですね。折角、我々が宗像さんの慰労の宴を催したのですから、この席で論争をなさることは差し控えていただきたいと思います。

とにかく事件は落着して、世間でもホッとしているのですから、この際、根拠のない否定論はつつしんで下さらないと困りますね」

捜査課長が仲裁するようにいって、取ってつけたように笑って見せた。

「いや、皆さんが、僕が無茶をいっているようにお思いなさるのは無理もありません。しかし、僕の考えには、決して根拠がないわけではありませんよ。僕のわるい癖でしてね、筋路《すじみち》を話さないで突然、結論から始めるものですから、僕の頭の中の論理を御存じない皆さんは、まったく感情的な暴言のように感じられるのです。

「では、順序をたてて、なぜ僕が二人の犯人を偽物だなどと云い出したか、そのわけをお話ししましょう。宗像君も、そんなに立腹しないで、まあ一応、僕の話を聞いて下さい」

明智は、両手を上げて制するようにしながら、いつに変わらぬニコニコ顔で一同をなだめるのであった。

酔っぱらったのでもなければ、頭が変になったものでもない。明智は何かしら、一座の人々には想像も出来ないような、奇怪な推理を組み立てているらしい。ひょっとしたら、彼の犯人自殺否定論には、深い根拠があるのかも知れない。人々はそう考えると、半信半疑ながら、ともかく、明智の説明を聞いて見るほかはなかった。宗像博士も不承不精《ふしょうぶしょう》に着席した。

そこで、明智が話しはじめる。

「僕は中村君からこの事件の経過を聞いた時に、殺人鬼の行動に、一つの心理的な矛盾があることを気づいたのです。そして、その角度から、宗像君とはまったく別の見方で、この事件をながめて見ようと思い立ったのです。

「その矛盾というのはほかでもありません。犯人はなぜ川手氏の死体を衆人の前に陳列して見せなかったかということです。

「川手氏の二人の娘さんは、実に残酷なやり方で、見世物のように衆人の眼の前にさらされている。娘さんたちでさえそんなひどい目にあわせた復讐者が、当の川手氏に限って、その挙《きょ》に出なかったのには、何か特別の理由がなくてはならない。もしかしたら、犯人は川手氏を死体の陳列は出来ないけれど、しかし、死体の陳列などよりももっと残酷な方法で殺害したのではないか。たとえば長い時間かかって、徐々に死んで行くような、極度に残虐な方法を案出したのではないかと考えたのです。

「そこで僕は竜子が自殺をした翌日、川手氏が行方不明になったというN駅の近くの、山中の一軒家へ出かけて行きました。ある理由のために、このことは、ここにいる中村君以外には、誰にも知らせず、こっそり出発したのです。

「あの一軒家は、今では留守番もないまったくの空家になっているので、門を開くことも出来ず、僕は非常な苦心をして、堀を渡り、高い窓をよじ登って、邸内へ忍び込んだのです。そして、たっぷり一日かかって、屋内、屋外を残るところなく捜索しました。

「しかし、その捜索の模様などを、ここでくわしくお話しする必要はありません。すぐ結果を申し上げますと、結局、僕の推察が当たっていたのです。つまり、僕は川手庄太郎氏を発見したのです」

そこまで聞くと、刑事部長はもう黙っていられなくなった。

「川手氏の死骸をですか。いったいどこに隠してあったのです。当時あの地方の警察が、山狩りまでして捜索しても、とうとう発見出来なかったのですが」

「いや、死骸ではありません。僕は生きている川手さんを発見したのです」

明智の意外千万な言葉に、人々は色めきたった。

「エッ、生きていた？　それはほんとうですか。じゃ犯人は肝腎《かんじん》の川手氏に復讐をとげなかったわけですか」

「いや、そうではありません。犯人は犯罪史上に前例もないような、残酷きわまる方法で、川手氏に復讐したのです。もし僕の発見が、もう一日おくれたならば、おそらくこの世の人ではなかったでしょう」

「いったい、それはどんな方法です」

捜査課長が、ひどく興奮して、思わず口をはさんだ。

「生き埋めです。川手氏は棺桶のような木箱の中へ入れられて、あの家の庭の林の中に埋められていたのです」

「で、あなたはそれを救い出したのですか、いったいどうして今日まで生きながらえていたのです」

「今日ではありません。僕がそれを発見したのは、今から十日も前なのです。川手氏が行方不明になってからちょうど五日目でした。五日間、土の中にいたばかりです。

「たぶん川手氏をいやが上に苦しめるためでしょう、その棺桶のような箱には、ところどころに隙間があけてあったのです。つまり、あっけなく窒息《ちっそく》してしまわないように、出来るだけ長く闇の地下で苦しみもがくように、息のかよう場所を作っておいたのです。それに埋められた位置も割合に浅く、土と葉のまじったようなものでおおわれていたのですから、川手氏は、棺の中でも、かろうじて呼吸をつづけることが出来たのです。

「しかし、ただ息が出来るというだけで、食いものはむろん無く、厳重に釘づけにされた厚い板の中で、ほとんど身動きも出来ず、飢餓《きが》と迫って来る死の恐怖とのために、可哀そうに川手氏は髪の毛がすっかり白くなっていたほどです。

「僕がどうして川手さんの埋められている場所を発見したかというと、もしやそんなことではないかと、あらかじめ想像していたので、庭の林の中なども念入りに歩き廻って見たからです。警察の人たちがあれを発見出来なかったのは、まさか邸内の土の中に埋められていようなどと、考えても見なかったためでしょう。

「そこで、僕は川手さんを助け出して、僕が乗って行った自動車にかつぎ込み、そのまま甲府市のある病院へ入院させたのです。そして、数日後、川手氏の元気が回復するのを待って、コッソリ東京に連れ帰り、実は、今僕の家にかくまってあるのです。

「勝手な真似をしたとお叱りを受けるかも知れません。しかしこれには止むを得ないわけがあったのです。甲府市の病院でも、わざと川手さんの名を隠しておきましたし、むろん警察へも届けませんでした。

「なぜかと云いますと、僕は川手さんの口から、この事件の裏にひそむ、あらゆる秘密を探り出そうとしたからです。それには瀕死の病人も同然のあの人の記憶が、完全によみがえるのを待たなければならなかったのです」

「で、川手氏はすっかり元気を回復しましたか。もともと通りの健康体になりましたか」

宗像博士がはじめて口を開いた。博士の顔には、何はともあれ、事件依頼者の無事を喜ぶ色が浮かんでいた。

「いや、まだ健康体とはいえません。僕の家の一《ひ》と間《ま》にとじこもったきり、寝たり起きたりという状態です」

「そうですか。何としてもお手柄でした。それを聞いて僕も心が軽くなりましたよ」

博士は他意もなく明智の手柄をたたえたが、ふとなにごとか思い出した様子で、

「ああ、話に夢中になっていて、うっかり忘れるところだった。皆さんちょっと失礼します。ある事件依頼人に、電話をかける約束があったのです。じきもどりますから明智君、話の続きはしばらく待っていて下さい」

とあわただしく電話室へと立って行った。

「明智さん、そんなに私立探偵の権能《けんのう》をふるわれては困りますね。川手氏を発見しながら、無断で自宅にかくまっておくなんて、事を荒立てれば、何かの犯罪を構成しますぜ」

刑事部長はなかば冗談のように、明智の勝手な振舞を責めた。

「いや、その説明は、今にくわしく申し上げますが、決してお叱りは受けないだろうと信じています。犯人が魔法使いみたいな恐ろしいやつですから、こちらも少し変則な手段をとらなければならなかったのです」

明智は弁解しながら、なおも川手氏発見の模様を何かと話しつづけるうちに、やがて、電話室から宗像博士も席にもどって来た。

「御用はすみましたか」

明智は非常に愛想よく、ニコニコ笑いながら声をかけた。

「すみましたよ。どうもお待たせしました。では、今のお話をつづけていただきましょうか」

博士も妙に丁寧な口調で答え、何かひどくうれしいことでもあるようにロイド眼鏡の中の目を細め三角髯をゆるがせながら、ニタニタと笑って見せるのであった。

明智小五郎の推理

博士が電話室から帰って来ると、そのあいだ中絶していた話題が刑事部長の質問でまた元にもどった。

「で、あなたは、その川手氏の口から何か聞き出されたのですか、北園竜子が真犯人ではないというようなことを」

「いや、川手氏は別に何も知ってはいないのです。ただ今度の犯人の親たちが川手氏のお父さんのために無残な最期をとげた、その復讐のために川手氏一家のみな殺しをくわだてたということ、犯人の一人の眼帯の男は本名を山本始と云い、男装の女はその実の妹であることなどがわかったばかりで、二人とも変装をしていたので、犯人たちの顔さえはっきりは覚えていないという末始です」

明智が答えると、刑事部長は畳みかけるようにして、質問の二の矢を放った。

「それじゃ、百貨店の屋上から飛び降り自殺をした男の遺言とまったく一致しているじゃありませんか。あなたが、北園竜子や、あの自殺をした男が真犯人でないとおっしゃる論拠は？」

「それは論理の問題です。中村君からくわしいことを聞いて見ますと、この事件ははじめから終わりまであらゆる不可能の連続といってもいいくらいです。彼らが魔術師といわれたゆえんもそこにありました。僕はそれらの不可能について静かに考えてみたのです。真実の不可能が行われ得るはずはありません。それが行われたように見えたのは、何かその裏に、誰も気づかぬ手品の種が隠されていたと考えるほかはないのです。その秘密さえ解き得たならば、この事件はこれ迄《まで》とはまったく違った相貌《そうぼう》を呈して来るかも知れませんからね」

「で、君はその秘密を解いたというのですか」

横合いから宗像博士がたまりかねたように口を出した。

「解き得たつもりですよ」

明智は博士の方に向き直ってニッコリ笑って見せた。博士もあざけるように笑い返したが、二人とも目だけは異様に光っていた。そして、その四つの目の間に、何かしらはげしい稲妻《いなづま》のようなものがひらめき合うのが感じられた。

「では、参考のためにその論理とやらを聞きたいものですね。事件の最初から、二人の部下まで犠牲にして、目と耳と足と頭を働かせて来た僕の解釈が正しいか、事件がほとんど終わってしまってから机上に組み立てた君の空想が正しいか、一つくらべて見ようじゃありませんか。ハハハハハ」

博士は無遠慮な笑い声を立てて、腕組みをしながら椅子の背にそり返って見せた。

「いや、そういう感情の問題はともかくとして、我々としても一応明智さんの論理をうけたまわらなければなりません。もし北園が真犯人でないとすると、この事件は最初からやり直しですからね」

捜査課長も真剣な表情で、明智をうながすのであった。

「僕はこの事件の最初からの常識では判断の出来ないような不思議な出来事を、すっかりここに書き出して見たのですがね」

明智はポケットから手帳を取り出して、そのページをくりながら、落ちつき払って語りはじめた。

「この事件にもっとも異様な色彩を与えたのは、申すまでもなく、例の怪指紋です。犯人はあの指紋を実にたくみに使用して、川手一家の人々に、どれほどの恐怖を与えたか知れません。あの指紋をじっと見ていると、何かこう悪魔ののろいとでもいったようなものが、ひしひしと感じられますからね。

「しかし、あの指紋は、非常に奇怪ではありますが、別に不可能が行われたわけではありません。北園竜子が偶然あんな恐ろしい指紋を持って生まれたのだとすれば、指紋そのものには何の不思議もありません。ただ異様なのは、その指紋の現われ方です。たとえば、川手雪子さんの葬儀の日に、告別式に列した妙子さんの頬に、どうしてあの指紋が捺されたか。また、お化け大会の中で骸骨や人形の生首が持っていた通行証明の紙片に、どうしてあの指紋がついていたか。それから川手氏の話によりますと、あの人が、宗像君に連れられて自邸を逃げ出す直前に、女中の持って来た煎茶茶碗の蓋にまで、例の指紋がついていたそうですが、事件の最中で見張りの厳重な川手氏の台所へ、どうして犯人が忍びこむことができたか。これらはほとんど不可能に近い奇怪事といわねばなりません。

「その他、川手雪子さんの殺害の通告状が、どこからともなく川手家の応接室に現われた不思議、雪子さんの葬儀の日に、川手氏のモーニングのポケットに復讐者の脅迫状が忍び込ませてあったことなど、そういう小さな出来事まで拾い上げれば、ほとんど際限もないほどですが、僕はこれらの不思議を、あらゆる角度からながめて、そのすべてを満足させるような一つの仮説を組み立ててみました。

「僕は正面から解決することのできない、非常に難解な事件にぶつかった場合は、いつもこの論理学上の方法をもちいることにしているのです。その仮説が、事件のあらゆる細目にぴったり当てはまって、少しも無理がないことが認められたならば、それはもはや仮設ではなくて真実なのです。今度の事件がちょうどそれでした。そして、僕の組み立てた仮説は、あらゆる細目を満足させたのです。

「ここで、その僕の推理の過程を一々説明するのは煩雑《はんざつ》すぎると思いますから、こんどの事件の様々の不思議の中から、もっとも重大なまた異様な三つの出来事を拾い出して、僕の仮説がどんなものであるかをお察し願うことにしますが、その第一の例はお化け大会のテントの中から、黒覆面の犯人がどうして逃げ去ることができたかという点です。

「あのテントの外には沢山の見物人が群《むらが》っていました。テントの中には警官や興行者側の人たちが四方から犯人を取り巻いていました。そのまんなかの鏡の部屋の中で犯人はただ一挺のピストルを残したまま、消えうせてしまったのです。ただちに鏡の部屋は打ちこわされ、地中に抜け穴でもあるのではないかと、十二分に調べたと云いますが、そういう手品の種は何一つ発見されなかったのです。

「この魔法めいた不思議を、どう解釈すればよいのでしょう。鏡の部屋に何の仕掛けもなく、十数人の追手の目に間違いがなかったとすれば、犯人は絶対に逃げ出す術《すべ》はなかったのではありますまいか。つまり犯人はそこにいたのではないでしょうか。僕はこういう仮説をたててみたのです。犯人は決して逃げなかった。最後まで追手のまんなかに踏みとどまっていたのだ。しかも、追手たちはそれが犯人だとはどうしても考え得ないような、一種不可思議の手段によって、ちゃんとその場にいたのだという仮説です」

明智はそこで言葉を切って、謎のような微笑を浮かべながら一座を見廻したが、誰もものをいうものはなかった。人々は酔えるがごとくおし黙って、ただ話し手の顔を凝視するばかりであった。

「第二は山梨県の山中の川手氏の隠れ家を、犯人はどうしてあんなにやすやすと発見することが出来たかという点です。川手氏の話によりますと、宗像君は犯人の尾行を防ぐために、実に驚くべき努力をしておられます。宗像君と川手氏とは、念入りな変装をした上に、市内のビルディングで籠抜けをしたり、わざわざ別の方角へ汽車に乗ったり、目的地へ達しても駅へは降りないで、危険をおかして進行中の汽車から飛び降りたり、実にここには云い尽くせないほどの苦心をしているのです。

「ところがそれほどまでにして、川手氏をかくまった場所が、たちまち犯人によって発見されたというのは、犯人が千里眼の怪物でもない限りほとんど不可能なことではありませんか。これをどう解釈すればよいのでしょう。僕の仮説によれば、この場合もまた、犯人はそこにいたのです。絶対にそれとわからぬ一種不可思議の手段によって、たえず川手氏を尾行していたのです。

「お分かりになりますか」

明智はまた言葉を切って、一同を見廻したが、一座の沈黙は深まるばかり、誰一人口をきくものもなかった。

「第三は北園竜子がなぜ自殺をしたかという点です。(注14)縲紲《るいせつ》の恥かしめをのがれるために自決したといえば、一応筋が通っているようですが、実はそこに非常な矛盾があります。一種の心理的不可能といってもよいのです。

「彼女は決して縲紲の恥かしめを受けることはなかった。なぜといって、短剣で自殺するためにはまず床下の柱に縛りつけられていた縄を解かなければならなかったからです。ところが、縄を解いた以上は、もはや自殺する必要はどこにもない、闇にまぎれて逃げ去ってしまえばよかったのです。屋根裏に隠れてまで逃亡をはかった女が、縄を解いて自由の身になりながら、突然自殺する気持になるなんて、まったく考えられないことではありませんか。

「一方また、彼女は自殺したのではなくて、神社の森の中に隠れていた同類に殺されたのだという考え方もありますが、それはいっそう不合理です。同類がわが身の安全をはかるために相棒を殺したのだとすれば、何もわざわざ縄を解くことはないのです。しばられているのを幸い、闇にまぎれてこっそり刺し殺してしまえばよいわけですからね。

「自殺の場合は縄が解ければ死ぬ必要はなくなるのだし、他殺の場合は殺すために縄を解く必要はないのですから、残る可能な解釈はただ一つ、何者かが彼女を殺害して、後から自殺と見せかけておいたという考え方です。これは同類の仕業ではありません。同類なればすでに幾人もの殺人罪を犯しているのですから、今さら苦心をして自殺を装わせる必要は少しもないのです。

「僕が今度の事件の裏には、何か非常な秘密が伏在しているのではないかと、ふと気づいたのは実はこの事実からでした。縄を解きながら、しかも自殺していたということの事実からでした。僕はひどく難解な謎にぶっつかったのです。

「先ほど申し上げた仮説は、むろんこれにも当てはまります。前後の事情はことごとくその仮説の犯人を指しているのです。しかし、何かしら一つ足りないものがありました。僕の推理の環《わ》にちょっとした切れ目が残っていたのです。

「それを川手氏が埋めてくれました。川手氏を生き埋めにする直前、犯人はまだもう一人復讐しなければならぬ人物が残っていると告白したと云います。それは、川手氏自身は少しも知らなかったのですが、妾腹《しょうふく》に出来た妹さんがどこかにいて、犯人は妾腹の子まで根だやしにするのだと豪語《ごうご》していたというのです。

「皆さん、これを聞いて、僕がどんなにハッとしたかおわかりですか。まるで闇の中に突然太陽の光がさした感じでした。僕の推理の環は完全につながったのです。何もかも白昼のように明らかになったのです。

「川手のお父さんが獄中で病死したのは、川手氏の七歳の時だと云いますから、そのまだ見ぬ妹さんというのは、いくら若くても、川手氏と七つ以上は違わないわけです。川手氏は今四十七歳だそうですから、妹さんは四十歳近くの年配《ねんぱい》です。これは北園竜子の年齢とピッタリ一致するではありませんか」

宗像博士はさいぜんから何かいらだたしそうに、しきりに身動きしていたが、明智の言葉がちょっと途切れると、もうたまらなくなったように、いきなり取ってつけたような笑い声を立てた。

「ワハハハハハ、明智君、夢物語はいい加減にしてもらいたいね。黙って聞いていれば、君の空想はどこまで突っ走るか、わかりゃしない。だがいくらなんでも、君はまさか、北園竜子がその川手氏の妹だなんて云い出すのではあるまいね」

「ところが僕はそれを云おうとしていたのですよ。北園は犯人ではなくて被害者だったということをね」

明智の調子はいよいよ皮肉になって行くのだ。

「ハハハハハ、これはおかしい。君は、犯人でもないものが変装して屋根裏に隠れたり、女の身で屋根から飛び降りて逃げ出したりするというのかね。それに、何よりの証拠は、北園竜子のあの指紋だ。君は、あの怪指紋のことをすっかり忘れてしまっているじゃないか」

「いや、決して忘れてやしない。北園竜子は怪指紋の持主だったからこそ、ほんとうの犯人でないと考えるのです。僕たちは常識的な出来事を論じているのではない。常識を超越した恐るべき犯罪者を相手にしているのですよ。僕の想像力なんか、今度の犯人のずば抜けた空想にくらべたら、取るにもたらぬものですよ。ああ、何というすばらしい手品だ、僕は犯人のこの空想力を考えると、あまりの見事さにうっとりしてしまうほどですよ。

「犯人は事件の初めから終わりまで、これでもかこれでもかと、実に執拗にあの怪指紋を見せつけましたね。俺はこういう特徴のある指紋を持っているのだぞ、この指紋の持主こそ真犯人だぞと、あらゆる機会をとらえて広告している。そして、それが同時に川手氏をこの上もなくおびえさせる手段ともなったのですから、犯人の狡智《こうち》にはまったく驚くほかありません。

「しかし、これはむろん逆を考えなくてはならないのです。犯人が広告している事実には、いつもその裏があるのです。あの怪指紋は決して犯人のものではない。いや、それどころか、あの指紋は逆に被害者の指についていたのです。

「皆さん、犯人の智恵の恐ろしさは、この一事によっても、はっきりわかるではありませんか。三重渦巻の怪指紋はその紋様が象徴している通り、実に三重の大きな役割をつとめたのです。第一はそのお化けめいた隆線模様によって、被害者を極度におびえさせ、復讐をいやが上にも効果的ならしめたこと。第二は世にこの怪指紋の持主こそ犯人だという錯覚を与えて、犯人自身の安全に資したこと。そして第三は、その怪指紋を当の復讐の相手である川手氏の妹さんの指から盗んで来たこと、つまりそうして、最後には殺人罪の嫌疑をことごとく被害者自身に転嫁《てんか》しようと、深くもたくらんだわけです。

「犯人はどうかして当の仇敵である川手氏の妹さんの指に、偶然あの奇妙な指紋のあることを発見したのです。そして、そこからこの復讐事業の筋書が仕組まれたのです。犯人は或る手段によって(この手段がまた非常に面白いのですが)川手氏の妹さんに接近しました。おそらくそうして妹さんの指紋を盗み、精巧な写真製版技術によって、怪指紋のゼラチン版を造ったのだと思います。この偽造指紋はたえず犯人のポケットに忍ばされていました。

「皆さん、あれはたくみに出来たゼラチン版に過ぎなかったのです。それが魔術師の手品の種だったのです。それなればこそ、あらゆる不可能を超越して、どんな場合にでも、たとえば被害者の妙子さんの美しい頰にさえ、混雑にまぎれて、ソッと押しつけることも出来たのです。

「しかし、犯人のこの奇妙な手品が、その指紋の持主である川手氏の妹さんには、まったく想像も出来ないほどのひどい打撃となって帰って行きました。彼女は最初の間は気もつかないでいたかも知れませんが、新聞に殺人鬼の怪指紋として、その拡大写真が掲載されたときには、ハッとばかり自分自身の指先を見つめないではいられなかったことでしょう。ああ、その時彼女の驚きと恐れがどれほどであったか、想像するさえ身の毛もよだつほどではありませんか。

「彼女はもう絶対に犯人の嫌疑をまぬがれることは出来ないと信じ込んでしまったのに違いありません。そこで、のろわしい指を切断して隅田川に捨てるようなことにもなり、転宅と見せかけて屋根裏にひそみ、捜査の手がゆるんでから、どこかへ逃亡しようとたくらむに至ったのです。まるで犯罪者のような奇矯な行動ではありましたが、相談相手とてもない、ひとり身の女としては、恐ろしさに気も顚倒《てんとう》して、そんな気違いめいた考えになったのも、少しも無理とは思われません。

「しかし、彼女はそうして、結局真犯人の思うつぼにはまったのです。それほど彼女を苦しめたというだけでも、犯人の目的はなかば達せられたのですが、彼はさらにこの哀れな女をあくまで追いつめて、無残にも刺し殺してしまいました。そして、自殺のように見せかけて、何くわぬ顔をしていたのです。

「いや、それだけではありません。犯人の悪だくみにはほとんど奥底がないのです。皆さんは北園竜子の召使の老婆の証言によって、竜子がどこの誰とも知れぬ四十歳あまりの男と、ひそかにあいびきを続けていたことを御存知でしょう。僕の仮説は、その相手の男というのが、ほかならぬ真犯人自身であったことを教えてくれます。彼はそうして、仇敵の娘をもてあそび、復讐事業の材料として指紋を盗み、その上に、竜子のアリバイをことごとく抹殺することに成功したのです。つまり、こんどの事件で数々の殺人罪が犯された当日は、竜子はかならずこの男のために呼び出され、家を留守にしていたという事実があるのです。

もしアリバイさえ成立すれば、いくら気の弱い竜子でも、まさか指を切るようなことはしなかったでしょうが、それがまったく見込みがないとわかったものですから、ああいう気違いめいた行動に出たのでしょう。真犯人はあらゆる点にいささかの抜かりもなかったのです」

人々は、今は石のように身動きもせず、ジットリ汗ばむ手を握りしめて、微《び》にいり細《さい》をうがってあざやかな、名探偵の推理に聴き入っていた。だが、一人宗像博士だけは、彼の打ち立てた推理が、見る見る片っ端からくずされて行くのを見て、焦燥《しょうそう》の色おおうべくもなく、顔色さえ青ざめて、追いつめられた獣《けだもの》のように、隙もあらば反撃せんと、血走る目をみはっていた。

「中村君が調べた戸籍簿によりますと、竜子は北園弓子というものの私生児ですが、するとと、川手氏のお父さんの妾であった女はこの弓子でなければなりません。僕は川手氏に、北園弓子という名前に記憶はないかと尋ねてみました。すると、川手氏は、その名をちゃんと記憶していたのです。幼い時分二、三度家へ来たことのある知り合いの美しい女に、確かそういう名前のものがあったという答えでした。もはや何の疑うところもありません。竜子こそ川手氏のお父さんの妾腹の娘だったのです。犯人ではなくて被害者の一人だったのです」

この時テーブルの一方にガタガタという音がしたので、一同その方をながめると、まっさおになった宗像博士が、はたし合いでもするような顔で突っ立っていた。立ち上がる時、興奮のあまり、つい椅子を倒したのである。

「明智君、実に名論です。しかし、それはあくまで名論であって、事実ではない。論理と空想のほかには、現実の証拠というものが一つもないじゃないか。証拠を得ようにも、残念ながら竜子が死んでしまっているので、いまさらどうすることも出来やしない。

「これで君の竜子が犯人でなかったという空想はよくわかったが、それじゃもう一人の犯人、あの眼帯の男の方はいったい何者だね。これも犯人ではなくて被害者だったとでもいうのですか」

明智は少しも騒がず、にこやかに答えた。

「一種の被害者です。しかし、川手氏の一族だという意味ではありません。彼はこの事件とは何の関係もない、おそらくは一人のルンペン(注15)なのでしょう。

「犯人は眼帯の男によく似た大男を探して、甘言《かんげん》をもって眼帯の男の服装を与え、多分に御馳走《ごちそう》もしたことでしょう。あるいは金銭を与えもしたでしょう。そして、閉店間際の百貨店の、人影もない屋上にさそい出し、例のにせの遺書をポケットに突っ込んで、隙を見て地上へ突き落としたのです。これは僕の想像ですが、おそらく間違ってはいないと思います」

明智は強い語調でいって、じっと博士の目の中を見つめたが、博士はややまぶしそうに、その視線をさけながら、しぼり出すように、うつろな笑い声をたてた。

「ハハハハハ、またしても想像ですか。僕は君の空想を尋ねているのじゃない。確証のある事実が聞きたいのだ」

「その答えは簡単ですよ。僕は真犯人の眼帯の男が、まだ生きてピンピンしていることを、よく知っているからです」

「なに、生きている？　それじゃ君は、その犯人がどこにいるかも知っているのだね」

「むろん知っていますよ」

「では、なぜとらえないのだ。犯人のありかを知りながら、こんな無駄なおしゃべりをしていることはないじゃないか」

「なぜとらえないというのですか」

「そうだよ」

「それはもうとらえてしまったからです」

悪魔の最期

明智の意外な言葉に、一座はにわかに色めきたった。刑事部長も、捜査課長も、中村警部も、思わず椅子から腰を浮かして、口々に何か云いながら、明智につめよる気色《けしき》を見せた。

宗像博士の血走った両眼は、異様にギラギラと輝きはじめた。

「犯人をとらえたって？　オイオイ冗談はよしたまえ。いったい、いつどこでとらえたというのだ」

「犯人はいつもそこにいたのです」

明智は平然として答えた。

「お化け大会の中でも、川手氏が山梨県の山中に身を隠す途中でも、北園竜子が一命を失った刹那《せつな》にも、犯人は常にそこにいたと同じように、今も犯人はここにいるのです。犯人はまったく気づかれぬ保護色に包まれて、我々の目の前に隠れているのです」

それを聞くと、刑事部長はもう打ち捨ててはおけぬという面持で、鋭く質問した。

「明智君、君は何をいっているのです。ここには我々五人のほかに誰もいないじゃありませんか。それとも、我々の中に犯人がいるとでもいうのですか」

「そうです。我々の中に犯人がいるのです」

「エ、エ、いったい誰です」

「この事件での数々の不可能事が起こった時、いつもその現場に居合わせた人物です。被害者川手氏を除くと、そういう条件にあてはまる人物は、たった一人しかありません……それは宗像隆一郎氏です」

明智は別に語調を強めるでもなく、ゆっくり云いながら、静かに宗像博士の顔を指さすのであった。

「ワハハハハこれはおかしい。こいつは傑作だ。明智君、君は探偵小説を読み過ぎたんだよ。小説家の幻想に慣れすぎたんだよ。いかにも探偵小説にありそうな結論だね。ワハハハハ、実に傑作だ。こいつは愉快だ。ワハハハハハ」

宗像博士は腹をかかえんばかりに笑いつづけたが、悲しいかな、その笑い声の終わりは、泣いているのかと疑われるほど、弱々しい音調に変わって行った。

「宗像さん、明智君は冗談をいっているのではないようです。今までの明智君の推理を聞いていますと、我々としても、何となくあなたがその手品つかいの本人ではなかったかと考えないではいられません。あなたはこの際、是非弁解をなさる必要があります」

刑事部長が宗像博士をキッと見つめながら、厳然たる警察官の口調でいった。

「弁解せよとおっしゃるのですか。ハハハハハ、夢物語をまじめに反駁《はんばく》せよとおっしゃるのですか。僕はそういう大人げない真似は不得手ですが、しいておっしゃるならば申しましょう……確証がほしいのです。明智君、確かな証拠を見せてもらおう。君もこれほど僕を侮辱《ぶじょく》したからには、まさか証拠がないはずはなかろう。それを見せたまえ、さあ、それを見せたまえ」

「証拠ですか。よろしい、今お目にかけましょう」

明智はチョッキのポケットから時計を出して、ながめながら、

「話に夢中になっている間に、もう一時間半もたっています。宗像君、君が電話をかけるためにこの部屋を出てから、もう一時間半もたってしまったのですよ。ハハハハ、一時間半の間には、ずいぶん色々なことが起こっているかも知れませんね……おお、ボーイがやって来た。手に紙切れを持っている。たぶん僕のところへ来たのでしょう。証拠が車に乗ってかけつけて来たのかも知れませんよ」

明智は冗談のように笑いながら、その白服のボーイの手から小さな紙片を受け取って、そこに書いてある鉛筆の文字を読み下した。

「やっぱりそうでした。ちょうどうまいところへ証拠がやって来たのです。ではすぐここへ通してくれたまえ」

ボーイが立ち去ると間もなく、明智の言葉の意味を解しかねて、不審げに入口を見つめる人々の視線の中へ、まず現われたのは明智の助手の小林少年であった。詰襟《つめえり》金ボタンの服を着て、りんごのような可愛い顔に、利口そうな目を輝かせながら、人々に一礼すると、ツカツカと明智のそばに進みより、何か二《ふ》たこと三こととささやいたが、明智のうなずくのを見ると、入口に向かって「おはいり」と声をかけた。

すると、ドヤドヤと足音がして、二人の屈強《くっきょう》な青年に、両方からかかえられるようにして、後ろ手にしばられた小柄なまっ黒な人の姿が、部屋の中によろめき込んで来た。

それを一と目見るや、宗像博士はギョッとしたように立ち上がり、キョロキョロとあたりを見廻していたが、何を思ったのか、いきなり表の道路に面する窓の方へ走り寄った。

「宗像君、その窓をあけて下をのぞいてごらん。中村君の部下の私服刑事が十人ばかり、今にも君がそこから飛び降りるかと、手ぐすね引いて待ちかまえているんだよ」

捜査課長も刑事部長も知らなかったけれども、中村警部は明智の依頼によって、あらかじめ部下のものを、このレストランの周囲に張りこませておいたのである。

博士はそれを聞くと、すばやく窓の下を一瞥《いちべつ》して、明智の言葉が嘘でないことを確かめたが、何かきまりわるげに、しかし、なおも虚勢をはりながらノコノコと元の席にもどるのであった。

「皆さん、御紹介します。この黒い覆面の人物は、世間体は宗像君の奥さん、その実は宗像君の血を分けた妹さんです。宗像君の本名は、もう御想像になったでしょうが、山本始と云い、この妹さんは山本京子というのです。偽物の山本始と京子は殺されてしまいましたが、本物はこうしてちゃんと生きていたのです。

「僕はさっき申し上げた仮説を組み立ててから、それを確かめるために宗像君の自宅に、捜査の手を入れました。そして、宗像君の夫人が、極度の人ぎらいで、事務所の助手たちにも一度も顔を見せたことがないというのを知って、いよいよ僕の仮説が間違っていないという自信を得たのです。そして、この夫人にはそれ以来たえず見張りの者をつけておきました。

「宗像君は、さいぜん僕が川手氏をかくまっているということを話した直後、口実をもうけて電話室へ行き、どこかへ電話をかけましたが、それはこの妹京子を呼び出して、邪魔のはいらぬうちに一刻もはやく仕損じた敵討ちを完成するように云いつけたのです。つまり、僕の留守の間に即刻僕の家へ忍び込んで川手氏を殺害することを命じたのです。宗像君、僕の推察が間違っていますか。ハハハハハ、僕は君の心の奥底までも見通しているのですよ。

「ところが、そうしてこの女が僕の家へ忍び込んでくれるのを、僕は待っていたのです、そのためにわざと川手氏が僕の家に寝ていることを、ハッキリ口外したのです。それを聞いて宗像君が顔色を変え、電話室へ行った時には、実をいうと僕は心の中で、しめたと叫んだくらいですよ。

「では山本京子の素顔をお見せしましょう」

明智は云いながらツカツカと黒衣の人物の前に進んで、いきなり覆面の黒布をかかなぐり捨てた。するとその下から、極度の激情に紙のように青ざめ、細い目のつり上がった、四十女のやせた顔が現われた。

「さあ、小林君、この女が僕の家で何をしようとしたのか、君から簡単に皆さんに御報告するがいい」

いわれて小林少年は一歩前に進み、ハッキリした口調で、ごく手短に事の次第を語った。

「先生の命令によって、僕たち三人は川手さんの泊まっていらっしゃる寝室の中に、待ち伏せしていたのです。

「天井の電燈は消して、スタンドだけの薄暗い光にしておいたのですが、その光の中で、川手さんは何も知らず眠っていました。僕たちはてんでに物蔭に身を隠して、じっと待っていたのです。

「すると、今から三十分ほど前、庭に面したガラス窓が(それはわざと掛金をはずしておいたのですが)ソーッと音もなく開いて、そこからこの黒覆面の人が忍び込んで来ました。

「息を殺して見ていますと、この人は寝台に寝ている川手さんの顔を、確かめるようにながめていましたが、どこからか西洋の短剣を取り出して、それを右手に握り、川手さんの上にのしかかるようにして、その胸を目がけて、いきなり刺し通そうと身構えました。

「僕たち三人は、それを見て、隠れ場所から鉄砲玉のように飛び出して行きました。そして、三方からこの人に組みついて、何の苦もなく取りおさえてしまったのです。「川手さんは物音に驚いて目を覚ましたが、かすり傷一つ受けていませんでした」

小林少年が報告を終わるのを待って、明智はとどめを刺すようにつけ加えた。

「宗像君、僕の証拠がどんなものであったか、これで君にもハッキリわかっただろうね。だが、この君の妹さんは、僕の予想がうまく的中して、幸いにとらえることが出来たが、僕の握っていた証拠はこれだけではないのだ。君は気づいていないかも知れぬが、北園竜子に雇われていたお里という婆やが、竜子の恋人に化けた君の素顔を、よく見覚えているのだよ。

「小林君、あの婆やも連れて来たのだろうね」

「ええ、廊下に待たせてあります」

「じゃ、ここへ呼んで来たまえ」

やがて、小林少年につれられて、お里婆やがオズオズとはいって来た。

「お里さん、君はこの人に見覚えがないかね」

明智が指さす宗像博士の顔を、老婆はつくづくながめていたが、いっこう記憶がないらしく、かぶりを振って、

「いいえ、少しも存じませんが……」

とうやうやしく答えた。

「ああ、そうだった。君が知っているのはこの顔ではなかったね。宗像君、この婆やのために面倒だけれど、一つそのつけひげと眼鏡を取ってやってくれたまえ。いや、とぼけたって駄目だよ、僕は何もかも知っているのだ。

「君は川手氏といっしょに山梨県の山中へ行く途中で、変装をするために、その三角ひげを取って見せたっていうじゃないか。いずれ殺してしまう川手氏のことだからと、つい油断をしたのだろうが、その川手氏が生き返ってみればあれは君の失策だったよ。川手氏のほかには、君のその精巧なつけひげの秘密を知っているのは、一人もないのだからね。

「ハハハハハ宗像君、今さら躊躇するのは未練《みれん》というものだよ。それじゃ、一つ僕がそのつけ髯をはがしてあげるか」

明智は云いながら、すばやく宗像博士の前に近より、いきなり猿臂《えんぴ》を延ばして眼鏡をたたき落とし、口髭と顎髯とをむしり取ってしまった。するとその下から、今まで

のしかつめらしい博士とは似ても似つかぬ、のっぺりとした無髯の悪相《あくそう》が現われて来た。

「おお、そのお方なら存じております。お亡くなりになった御主人様のところへよくたずねていらしった方でございます。お名前は存じませんが、御主人様と二人づれで、時々どこかへお出かけになった方でございますよ」

お里婆さんが、やっきとなってしゃべりたてる。

「つまり、いつか君が云っていた、北園竜子の情夫というのが、この男なんだね」

中村警部が横合いから質問すると、老婆はうなずいて、

「ええ、まあそういう御関係のお方と、お察し申していたのでございますよ」

と答えながら、口に手をあてて、はにかみ笑いを隠すような仕草をした。

「宗像君、これでも君はまだ弁解をする勇気があるかね。もしこの二人の証人で足りなければ、僕の方にはほかにも証人があるんだよ。たとえば山梨県の例の一軒家の留守番をしていた老夫婦だ。川手氏の話で、あの老婆の方が君たち兄妹の昔の乳母だったこともわかっている。その老夫婦は僕の部下が今捜索しているのだが、所在をつきとめて裁判所に引き渡す日も遠くはあるまい。

「それから、君が川手氏に地下室でお芝居を見せた時の役者連中だ。この方にも、捜

索の手が伸びている。君は一人も証人などはあるまいと安心していたようだが、川手氏が生き返ったばかりに、こういう証人がありあまるほど出て来たのだ。

「宗像君、君がいくら魔法使いでも、もうのがれる道はない。見苦しいまねはしないでくれたまえ。僕は君の犯罪者としての才能と狡智には驚嘆に近い感じを持っている。僕がこれまで取り扱った犯罪者には、君ほどの天才は一人もなかったと云ってもいい。

「復讐事業のために、まず民間探偵にばけて、様々の事件で手柄をたてて見せた遠大の計画と云い、怪指紋をたくみに利用して、被害者を逆に犯人に見せかけた着想と云い、いや、そればかりではない、犯人からの脅迫状を、塵芥箱の中や、当の被害者のポケットに入れておいて、さも不思議そうに驚いてみせたり、怪指紋のゼラチン版を、いろいろな器物や人間の頬にまで捺して、自分自身で捺した指紋を怪しんで見せたり、たとい正体を見破られた苦しまぎれとはいえ、助手を二人まで我が手にかけて嫌疑の転嫁をはかったり、その機敏と大胆不敵には、さすがの僕も舌を巻かないではいられなかった。

「君の五つの殺人のうちで、もっとも手の込んでいたのは、妙子さんの場合だが、あの記録を読んだ時にも、僕は君のすさまじい虚栄心に目を見はった。ただ予告の殺人をなしとげたいばっかりに、君は実に手数のかかるトリックを考え出している。

「あんなにまで苦労しなくても、予告をやめて、不意を襲いさえすれば、やすやすと目的を達することが出来るのに、わざわざそのたやすい道をさけて、不可能に近い困難な方法をえらんでいる。

「君はそのために、クッションの下に空洞のある特別のベッドを、非常な苦心をして、あらかじめ妙子さんの寝室に持ち込まなければならなかった。しかし、それは人目をあざむく手品の種、犯人も被害者も決してその空洞の中に隠れていたのじゃない。あの夜、廊下の見張り番をつとめていた君は、探偵という保護色によって、誰に疑われることもなく、妙子さんの寝室に忍び込み、そこにいた川手氏をしばり上げ、妙子さんをしめ殺して、その死体をすぐ表庭に運んで、塵芥箱の底へ隠しておいたのだ。

「それから夜が明けて、邸内の大捜索がはじまってから、君は捜索に参加しているように見せかけて、その実はコッソリ邸を抜け出し、眼帯の男に化けて、京子といっしょに塵芥車を引き込んで、死体運び出しの大芝居を演じたというわけだ。

「わざわざ注文して作らせた、仕掛けのあるあのベッドは、ただ見せかけの手品の種で、犯罪にはまったく使用されなかったという点を、僕は非常に面白く思った。気違いでなくては考えつけないような、ずば抜けた着想だ。ただ殺人を見せびらかすという『殺人芸人』のみ能《よ》くするところだ。

「お化け大会の中では、君は黒い衣装と黒覆面を、あらかじめどこかへ隠しておいて、探偵と犯人との一人二役を演じて見せた。君のかしこい助手は、犯人が宗像博士と知らないで、たくみな手段によってみごとに黒衣の怪物をとらえたが、そうして君の素顔を一と目見たばっかりに、その場で撃ち殺されてしまった。

「鏡の部屋では、扉の隙間からピストルの筒口をのぞかせておいて、人々の躊躇する間に、洋服の上に着ていた黒衣を手早く脱ぎ捨て、元の宗像博士の姿になって追手の前に立ち現われたのだ。つまり、君はいつも人々の目の前にいたのだ。しかし、名探偵その人が稀代の殺人犯人だなんて誰が想像し得ただろう。君は実に驚くべき保護色に包まれて、やすやすと世人をあざむきおおせたのだ。

「それほどの悪智恵を犯罪捜査に使ったのだから、君が名探偵といわれたのも無理ではない。犯罪者でなくては、犯罪者の心はわからないものだからね。盗賊上がりのヴィドックが稀代の名探偵となり上がったのも、君の場合とまったく同じだったといっていいのだ」

明智は思わず犯人を讃美するかの口吻を漏らしたが、そこで何に気づいたのか、ふと言葉をとめて、鋭く宗像博士をにらみつけた。

眼鏡と髯のなくなった宗像博士は、狂えるけだものの相好を呈していた。彼は今こそ彼ら兄妹の運の尽きであることを、はっきり悟ったのだ。いかなる魔術師も、この重囲の中を逃げ出す工夫はまったくなかった。ただ追いつめられた野獣の最後の一戦をこころみるばかりだ。

彼は部屋のすみに突っ立ったまま、腰のポケットから一挺の小型ピストルを取り出して、まず仇敵明智の胸にねらいを定めた。

「明智君、問答無用だ。おれは負けたのだ。俺の犯罪力は君の探偵力に及ばなかったのだ。しかしこのままおめおめととらえられるおれではないぞ。君を道連れにするのだ。俺の罪をあばいてくれた君の胸板《むないた》に、この鉛玉を進上するのだ。覚悟するがいい」

宗像博士の山本始はピストルの引金に指をかけて、じっとねらいを定めた。そして、彼の気違いめいた目が、糸のように細められたかと思うと、その指にグッと力がはいった。

人々はハッと息をのんだ。ピストルは発射されたのだ。しかも銃口は、一直線に明智の心臓部を指していた。この近距離では玉のそれる気づかいはない。では、明智はもろくも打ち倒されたのか？

だが、不思議なことに、明智は何の異状もなく、元の場所に突っ立ったまま、ニコニコ笑っていた。

「ハハハハハ、そのピストルからは、鉛の玉は飛び出さないようだね。どうしたんだね。さあ、もう一度やってみたまえ」

山本始は、それを聞くと、あせってまたねらいを定め、引金を引いた。しかし、今度も弾丸は、飛び出さないのだ。

「ハハハハハ、よしたまえ、いくらやったって、引金の音がするばかりだ。君は今夜はひどく興奮していたので、僕の小手先の早業《はやわざ》に気づかなかったのだよ。そのピストルの弾丸《たま》は、さいぜん僕がすっかり抜いておいたのだ。見たまえ、これだ」

明智はそういって、ポケットから取り出したいくつかのピストルの弾丸を、手の平の上でコロコロところがして見せた。兇悪《きょうあく》な犯人をとらえる際には、常にもちいる彼の常套《じょうとう》手段である。

「兄さん、いよいよ最後です。早く、あれを、あれを……」

突如としてさくような金切り声が響き渡ったかと思うと、黒衣の京子が、二青年の手を振り払い、後ろ手でしばられたまま、髪振り乱して、兄のそばへかけ寄った。

兄はその華奢な妹のからだを抱きしめて、

「よしッ、それじゃ今から、お父さんお母さんのおそばへ行こう。そしておれたちが復讐のためにどんなに骨折ったかを御報告しよう。さあ、京子、今が最期だよ」

その言葉が終わるか終わらぬに、妹の色を失った唇から「ウーム」という細い鋭いうめき声が漏れて、彼女はクナクナと床の上にくずれてしまった。

兄はうめき声さえたてなかった。ただ青ざめた顔に、見る見る玉の汗を浮かべて、苦痛をたえる様子であったが、ついにその力も尽きたのか、彼の大きな身体は、妹をかばうように、折り重なってその上に倒れ、兄も妹もそのまま動かなくなってしまった。

人々は何が何やらわけが分からず、あっけにとられて、ただこの有様をながめるばかりであった。

やがて、明智小五郎が、何に気づいたのか、二人の死体のそばに身をかがめ、その唇を開いて、口中を調べていたが、しきりとうなずきながら立ち上がると、低い声でささやいた。

「ああ、何という用心深い悪魔だ。二人とも金の義歯《いれば》をはめていたのですよ。その義歯の中がうつろになっていて、強い毒薬が仕込んであったのでしょう。いざという場合には、たとえ手足をしばられていても、その義歯の仕掛けをかみ破って、中の粉薬を呑み込みさえすればよかったのです。

「皆さん、悪魔の狡智は、考え得るあらゆる場合を計算に入れていました。そして、今その最悪の場合に際会《さいかい》したのです。

「それにしても、何という執念だったでしょう。この兄妹の心理は常識ではまったく判断が出来ません。

「おそらく幼時の類例のない印象が、二人の魂に固着したのです。残虐な殺人現場で、両親の流した血の海をはい廻った、あの記憶が彼らを悪魔にしたのです。

「仇敵の子孫を根だやしにするために生涯を捧げるなどという心理は、むしろ精神病理学の領分に属するもので、我々にはまったく理解しがたいところです。

「この二人は気違いでした。しかし、復讐という固着観念の遂行のためには、天才のように聡明な気違いでした」

いつもにこやかな名探偵の顔から、微笑の影がまったく消えうせていた。そして、その青白い額にこれまで誰も見たことのないような、悲痛な皺が刻まれていたのである。

（『日の出』昭和十二年九月より翌年十月号まで）

モノグラム

私が、私が勤めていたある工場の老守衛（といっても、まだ五十歳には、間のある男なのですが、何となく老人みたいな感じがするのです）栗原《くりはら》さんと心安くなって間もなく、恐らくこれは栗原さんの取って置きの話の種で、彼は誰にでも、そうした打ち明け話をしても差し支えのない間柄になると、待ち兼ねたように、それを持ち出すのでありましょうが、私もある晩のこと、守衛室のストーブを囲んで、その栗原さんの妙な経験話を聞かされたのです。

栗原さんは話し上手な上に、なかなか小説家でもあるらしく、この小噺《こばなし》めいた経験談にも、どうやら作為《さくい》の跡が見えぬではありませんが、それならそれとして、やっぱり捨て難い味があり、そうした種類の打ち明け話としては、私はいまだに忘れることの出来ないものの一つなのです。栗原さんの話しっぷりを真似て、次にそれを書いて見ることに致しましょうか。

いやはや、落としばなしみたいなお話なんですよ。でも、先にそれを云ってしまっちゃお慰《なぐさ》みが薄い、まあ当たり前のエー、お惚気《のろけ》のつもりで聞いてください。

私が四十の声を聞いて間もなく、四、五年あとのことなんです。いつもお話しする通り、私はこれで相当の教育は受けながら、妙に物事に飽きっぽいたちだものですから、何かの職業に就《つ》いても、大抵一年とはもたない。次から次と商売替えをして、とうとうこんなものに落ちぶれてしまったわけなんですが、その時もやっぱり、一つの職業を止《よ》して、次の職業をめっける間の、つまり失業時代だったのですね。御承知のこの年になって子供はなし、ヒステリーの家内《かない》と狭い家に差し向かいじゃやりきれませんや。私はよく浅草《あさくさ》公園に出掛けて、所在のない時間をつぶしたものです。

いますね、あすこには。公園といっても六区《ろっく》の見世物小屋の方ではなく、池から南の林になった、共同ベンチの沢山《たくさん》並んでいる方ですよ。あの風雨にさらされて、ペンキがはげ、白っぽくなったベンチに、又は捨て石や木の株などにちょうどそれらにふさわしく、浮世の雨風に責めさいなまれて、気の抜けたような連中が、すき間なく、こう、思案に暮れたという恰好《かっこう》で腰をかけていますね。自分もその一人として、あの光景を見ていますと、あなた方にはおわかりにならないでしょうが、まあ何とも云えない、物悲しい気持ちになるものですよ。

ある日のこと、私はそれらのベンチの一つに腰をおろして、いつもの通りぼんやり物思いにふけっていました。ちょうど春なんです。桜はもう過ぎていましたが、池を越して向こうの映画館の方は、大変な人出です。ドーッという物音、楽隊、それにまじっておもちゃの風船玉の笛の音だとか、アイスクリーム屋の呼び声だとかが、甲高《かんだか》く響いて来るのです。それに引きかえて、私達の居る林の中は、まるで別世界のように静かで、恐らく映画を見るお金さえ持ち合わせていない、みすぼらしい風体《ふうてい》の人々が、飢えたような物憂《ものう》い目を見合わせ、いつまでもいつまでも、じっと一つ所に腰をおろしている。こんなふうにして罪悪というものが醱酵《はっこう》するのではないかと思われるばかり、実に陰気で、物悲しい光景なのです。

そこは、林の中の、丸くなった空地で、私達の腰かけている前を、私達とは無関係な、幸福そうな人々が、絶えず通り抜けています。それが着かざった女なんかだと、それでも、ベンチの落伍者《らくごしゃ》どもの顔が、一斉にその方を見たりなんかするのですね。そうした人通りがちょうど途絶えて、空地がからっぽになっていた時でした、ですから自然私も注意したわけでしょうが、一方の隅のアーク燈の鉄柱の所へ、ヒョッコリ一人の人物が現われたのです。

三十前後の若者でしたが、風体はさしてみすぼらしいというのではないのに、どことなく淋しげな、少なくとも顔つきだけは決して行楽《こうらく》の人ではなく、私ども落伍者のお仲間らしく見えるのです。彼はベンチの空いた所でも探すようにしばらくそこに立ち止まっていましたが、どこを見ても一杯な上に、彼の風采《ふうさい》に比べては、段違いに汚らしくて怖《こわ》らしい連中ばかりなので、恐らく辟易《へきえき》したのでしょう。あきらめて立ち去りそうにした時、ふと彼の視線と私の視線とがぶつかりました。すると彼は、やっと安心したように、私の隣の僅《わず》かばかりのベンチの空間《あきま》を目がけて近づいて来るのです。そうした連中の中では、私の風体は、古ぼけた銘仙《めいせん》かなんか着ていて、おかしな云い方ですが、いくらか立ち勝《まさ》って見えたでしょうし、決してほかの人達のように険悪ではなかったのですから、それが彼を安心させたと見えます。それとも、これはあとになって思い当たったことですが、彼は最初から私の顔に気がついていたのかも知れません。いえ、その訳《わけ》はじきにお話ししますよ。

どうも私の癖《くせ》で、お話が長くなっていけませんな。で、その男は私の隣へ腰をかけると、袂《たもと》から（注16）敷島《しきしま》の紙を出して、煙草をすい始めましたのですが、そうしているうちに、だんだん、変な予感みたいなものが、私を襲って来るのです。妙だなと思って、気をつけて見ると、男が煙草をふかしながら、横の方から、ジロジロと私を眺めている。その眺め方が決して気まぐれではなく、何とやら意味ありげなんですね。

相手が病身らしいおとなしそうな男なので、気味がわるいよりは、好奇心の方が勝ち、私はそれとなく彼の挙動に注意しながら、じっとしていました。あの騒がしい浅草公園のまん中にいて、いろいろな物音は確かに聞こえているのですが、不思議にシーンとした感じで、長い間そうしていました。相手の男が、今にも何か云い出すかと待ち構える気持だったのです。

するとと、やっと男が口を切るのですね、「どっかでお目にかかりましたね」って、おどおどした小さな声です。多少予期していたので、私は別に驚きはしませんでしたが、不思議と思い出せないのですよ。そんな男、まるで知らないのです。

「人違いでしょう。私は一向お目にかかったように思いませんが」って返事をすると、それでも、相手はどうも不得心《ふとくしん》な顔で、又しても、ジロジロと私を眺めだすではありませんか。ひょっとしたら、こいつ何か企《たく》らんでるんじゃないかと、さすがに気持がよくはありませんや。「どこでお会いしました」ってもう一度尋ねたものです。

「さア、それが私も思い出せないのですよ」男が云うのですね、「おかしい、どうもおかしい」小首をかしげて、「昨今のことではないのです。もうずっと先《せん》からちょくちょくお目にかかっているように思うのですが、ほんとうに御記憶ありませんか」そういって、かえって私を疑うように、そうかと思うと、変に懐《なつ》かしそうな様子で、ニコニコしながら私の顔を見るじゃありませんか。

「人違いですよ。そのあなたの御存じの方は何とおっしゃるのです。お名前は」って聞きますと、それが変なんです。「私もさい前から一所懸命思い出そうとしているのですが、どういうわけか、出て来ません。でも、お名前を忘れるような方じゃないと思うのですが」

「私は栗原一造《いちぞう》て云います」私ですね。

「アア左様ですか、私は田中三良《たなかさぶろう》って云うのです」これが男の名前なんです。

私達はそうして浅草公園のまん中で名乗り合いをしたわけですが、妙なことに、私の方はもちろん、相手の男も、その名前にちっとも覚えがないというのです。馬鹿馬鹿しくなって、私達は大声を上げて笑い出しました。すると、するとですね、相手の男の、つまり田中三良のその笑い顔が、ふと私の注意を惹《ひ》いたのです。おかしなことには、私までが、何だか彼に見覚えがあるような気がしだしたのです。しかも、それがごく親しい旧知にでもめぐり合ったように、妙に懐かしい感じなんですね。

そこで、突然笑いを止めて、もう一度その田中と名乗る男の顔を、つくづく眺めたわけですが、同時に田中の方でも、ピッタリ笑いを納め、やっぱり笑いごとじゃないといった表情なんです。これがほかの時だったら、それ以上話を進めないで別れてしまったことでしょうが、今云う失業時代で、退屈で困っていた際ですし、時候はのんびりとした春なんです。それに、見たところ私よりも風体のととのった若い男と話すことは、わるい気持もしないものですから、まあひまつぶしといったあんばいで、変てこな会話をつづけて行きました。こういう工合《ぐあい》にね。

「妙ですね、お話ししているうちに、私も何だかあなたを見たことがあるような気がして来ましたよ」これは私です。

「そうでしょう。やっぱりそうなんだ。しかも道で行き違ったというような、ちょっと顔を合わせたくらいのところじゃありませんよ、確かに」

「そうかもしれませんね。あなたお国はどちらです」

「三重県《みえけん》です。最近初めてこちらへ出て来まして、今勤め口を探しているようなわけです」

して見ると、彼もやっぱり一種の失業者なんですね。

「私は東京の者なんだが、で、御上京なすったのはいつ頃なんです」

「まだ一と月《ひとつき》ばかりしかたちません」

「その間にどっかでお会いしたのかも知れませんね」

「いえ、そんな昨日今日のことじゃないのですよ。確かに数年前から、あなたのもっと、お若い時分から知ってますよ」

「そう、私もそんな気がする。三重県と。私は一体旅行嫌いで、若い時分から東京を離れたことはほとんどないのですが。殊《こと》に三重県なんて上方《かみがた》だということを知っているくらいで、はっきり地理もわきまえない始末ですから、お国で逢った筈《はず》はなし、あなたも東京は初めてだと云いましたね」

「箱根《はこね》からこっちは、ほんとうに初めてなんです。大阪《おおさか》で教育を受けて、これまであちらで働いていたものですから」

「大阪ですか、大阪なら行ったことがある。でも、もう十年も前になるけれど」

「それじゃ大阪でもありませんよ。私は七年前まで、つまり中学を出るまで国にいたのですから」

こんなふうにお話しすると、何だかくどいようですけれど、その時はお互いになかなか緊張していて、何年から何年までどこにいて、何年の何月にはどこそこへ旅行したと、細かいことまで思い出し、比べ合って見ても、一つもそれがぶつからない。たまに同じ地方へ旅行しているかと思うと、まるで年代が違ったりするのです。さあそうなると、不思議で仕様がないのですね。人違いではないかと云っても相手は、こんなによく似た人が二人いるとは考えられぬと主張しますし、それが一方だけならまだしも、私の方でも、見覚えがあるような気がするのですから、一概《いちがい》に人違いと云い切るわけにも行きません。話せば話すほど、相手が昔馴染《むかしなじみ》のように思え、それにもかかわらず、どこで会ったかはいよいよわからなくなる。あなたにはこんな御経験はありませんか。実際変てこな気持のものですよ。神秘的、そうです。何だか神秘的な感じなんです。ひまつぶしや、退屈をまぎらわすためばかりではなく、そういうふうに疑問が漸層的《ぜんそうてき》に高まって来ると、執拗《しつよう》にどこまでも調べて見たくなるのが人情でしょうね。が、結局わからないのです。多少あせり気味で、思い出そうとすればするほど、頭が混乱して、二人が以前から知り合いであることは、わかり過ぎるほどわかっているではないか、なんて思われて来たりするのです。でも、いくら話してみても、要領を得ないので、私達は又々笑い出すほかはないのでした。

しかし要領は得ないながらも、そうして話し込んでいるうちに、お互いに好意を感じ、以前はいざ知らず、少なくともその場からは忘れ難い馴染になってしまったわけです。それから田中のおごりで、池の側《そば》の喫茶店に入り、お茶をのみながら、そこでもしばらく私達の奇縁を語り合った後、その日は何事もなく別れました。そして別れる時には、お互いの住所を知らせ、ちとお遊びにと云いかわすほどの間柄になっていたのです。

それが、これっきりで済んでしまえば、別段お話しするほどの事はないのですが、それから四、五日たって、妙な事がわかったのです。田中と私とは、やっぱりある種のつながりを持っている事がわかったのです。初めに云った私のお惚気というのはこれからなんですよ(栗原さんはここでちょっと笑って見せるのです)。田中の方では、これは当てのある就職運動に忙しいと見えて、一向訪ねて来ませんでしたが、私は例によって時間つぶしに困っていたものですから、ある日、ふと思いついて、彼の泊まっている上野《うえの》公園裏の下宿屋を訪問したのです。もう夕方で、彼はちょうど外出から帰ったところでしたが、私の顔を見ると、待っていたと云わぬばかりに、いきなり「わかりました、わかりました」と叫ぶのです。

「例のことね。すっかりわかりましたよ。昨夜《ゆうべ》です。昨夜床の中でね、ハッと気がついたのです。どうも済みません。やっぱり私の思い違いでした。一度もお逢いしたことはないのです。しかし、お逢いしてはしていないけれど、まんざら御縁がなくはないのですよ。あなたはもしや、北川《きたがわ》すみ子《こ》という女を御存じじゃないでしょうか」

藪《やぶ》から棒《ぼう》の質問でちょっと驚きましたが、北川すみ子という名前を聞くと、遠い遠い昔の、華やかな風が、そよそよと吹いて来るような感じで、数日来の不思議な謎が、いくらかは解けた気がしました。

「知ってます。でも、ずいぶん古いことですよ。十四、五年も前でしょうか。私の学生時代なんですから」

というのは、いつかもお話ししました通り、私は学校にいた時分は、これでなかなか交際家でして、女の友達などもいくらかあったのですが、北川すみ子というのはその内の一人で、特別に私の記憶に残っている女性なのです。××女学校に通っていましたがね。美しい人で、我々の仲間の歌留多会《かるたかい》なんかでは、いつでも第一の人気者、というよりはクイーンですね。美人な代わりにはどことなく険《けん》があり、こう近寄り難い感じの女でした。その女にね（栗原さんはちょっと云いしぶって、頭をかくのです）実は私は惚れていたのですよ。しかもそれが、恥ずかしながら、片思いというわけなんです。そして、私が結婚したのは、やっぱり同じ女学校を出た、仲間では第二流の美人、いや今じゃ美人どころか、手におえないヒステリー患者ですが、当時はまあまあ十人並だった御承知のお園《その》なんです。手ごろなところで我慢しちまったわけですね。つまり北川すみ子という女は、私の昔の恋人であり、家内にとっては学校友達だったのです。

しかしそのすみ子を、三重県人の田中がどうして知っていたのか、又それだからといって、なぜ私の顔を見覚えていたのか、どうも腑《ふ》に落ちないのですね。そこでだんだん聞きただして見ますと、実に意外なことがわかって来ました。田中が云うには、ちょうどその前の晩に、寝床の中でハッとある事を思い出したのだそうです。どういうわけで私を見覚えていたかについてですね。で、すっかり疑問が解けてしまったので、早速そのことを私に知らせようと思ったのだけれど、あいにく、その日は（つまり私が彼を訪問した日ですね）就職のことで先約があったために、私の所へ来ることが出来なかったというのです。

そんな断わりを云ったあとで、田中は机の抽斗《ひきだし》から、一つの品物を取り出して、「これを御存じじゃないでしょうか」というのです。見ると、それはなまめかしい懐中鏡《かいちゅう》なんですね。大分流行遅れの品ではありましたが、なかなか立派な、若い女の持っていたらしいものでした。私が一向知らないと答えますと、

「でも、これだけは御存じでしょうね」

田中はそういって、何だか意味ありげに私の顔を眺めながら、その二つ折りの懐中鏡を開き、（注17）塩瀬《しおぜ》らしいきれ地にはめ込みになった鏡を、器用に抜き出すと、そのうしろに隠されていた一枚の写真を取り出して、私の前につきつけたものです。それが、驚いたことには、私自身の若い時分の写真だったではありませんか。

「この懐中鏡は私の死んだ姉の形見《かたみ》です。その死んだ姉というのが、今云った北川すみ子なのですよ。びっくりなさるのは御尤《ごもっと》もですが、実はこういうわけなんです」

そこで田中の説明を聞きますと、彼の姉のすみ子は、ある事情のために小さい時分から、東京の北川家に養女になっていて、そこから××女学校にも通わせてもらったのですが、彼女が女学校を卒業するかしないに、北川家に非常な不幸が起こり、止む

を得ず郷里の実家に、つまり田中の家に引き取られて、それからしばらくすると、彼女は結婚もしないうちに病気が出て死んでしまったというのです。私も私の家内も、迂闊《うかつ》にも、そうした出来事を少しも知らないでいたのですね。実に意外な話でした。で、そのすみ子が残して行った持ち物の中に、一つの小さな手文庫があって、中には女らしくこまごました品物が一杯はいっていたそうですが、それを田中は姉の形見として大切に保存していたわけです。

「此《こ》の写真に気がついたのは、姉が死んでから一年以上もたった時分でした」田中が云うのですね。

「こうして懐中鏡の裏に隠してあるのですから、ちょっとわかりません。その時は何でも、ひまにあかして、手文庫の中の品物を検査していたのですが、この懐中鏡をひねくり廻しているうちに、ヒョッコリ秘密を発見してしまったのです。で、昨夜寝床の中でこの写真のことを思い出し、それですっかり疑問が解けたわけでした。なぜといって、私はその後も折がある毎《ごと》にこのあなたの写真を抜き出して、死んだ姉のことを思い浮かべていたのですから、あなたという人は、私にとって忘れることの出来ない、深いお馴染に相違ないのです。先日お会いした時には、それをどう忘れして、写真ではなく実物のあなたに見覚えがあるように思い違えたわけなのです。又あなたにしても」田中はニヤニヤ笑うのですね、「写真までやった女の顔をお忘れになるはずはなく、その女の弟のことですから、私に姉の面影があって、それをやっぱり以前に会ったように誤解なすったのではありますまいか」

聞いて見れば、田中の云う通りに相違ないのです。しかし、それにしても腑に落ちないのは、写真はまあ、いろいろな人にやったことがあるのですから、すみ子が持っていても不思議はありませんけれど、それを彼女が懐中鏡の裏に秘めていたという点です。何だか、彼女と私の立場が反対になったような気がしましてね。だって、片思いの方にこそ、そうした仕草をする理由はありましょうが、すみ子が、私の写真なぞを大切にしている道理がないのですからね。

ところが、田中にして見ますと、私とすみ子との間に何か妙な関係があったものと独断してしまって、もっとも、それは無理もありませんけれど、その関係を打ち明けてくれといって迫るのです。で、彼が云うのですね。姉の死因はむろん主として肉体的な病気のためには相違ないけれど、弟の自分が見るところでは、他に何かあったのではないかと思う。というのは、例えば生前起こっていた縁談に、姉が強硬に不同意を唱えたことなどから考えると、誰か心に思いつめている人があって、それが意のままにならない、というようなことが姉の死を早めたのではないか、とね。実際すみ子は国へ帰ってから一種の憂鬱症《ゆううつしょう》にかかり、それの続きのようにして死病にとりつかれたのだそうですから、田中の言うところも尤もではあるのです。

さあ、そうなると、いい年をしていて、私の心臓は俄《にわ》かに鼓動を早めるのですね。虫のいい考え方をすれば、片思いは私の方ばかりでなくて、すみ子も同じように、云い出し兼ねた恋を秘めて、うらめしい私達の婚礼を眺めていたのだとも想像出来るのですから、あの美しいすみ子が、そうして死んで行ったとすれば、私はどうすればいいのでしょう。嬉しいのですね。何だかこう涙が喉の所へ込み上げて来るほど嬉しいのですね。

でも一方では、「こんなことが果たしてほんとうだろうか」という心持もあるのです。すみ子は私などに恋するには、余りに美しく、余りに気高《けだか》い女性だったのですから。そこで、私と田中との間に妙な押し問答が始まったのですよ。私は大事を取るような気持ちで、「そんなことがあるはずはない」と云えば、田中は「でも、この写真をどう解釈すればいいのだ」とつめ寄る。で、そうして云い合っているうちに、私はだんだん感傷的《かんしょうてき》になっていって、遂《つい》には私の片思いを打ち明けて、そう云うわけだから、すみ子さんの方で私を思っていてくれたなんてことはあり得ないと、実はその反対をどれほどか希望しながら、まあ強弁したわけなんです。

ところが、話し話し懐中鏡をもてあそんでいた田中が、ふと何かに気がついた様子で、「やっぱりそうだ」と叫ぶのですよ。それが、大変なものを発見したのです。懐中鏡のサックは、さっきも云ったように塩瀬で作った二つ折のもので、その表面の麻の葉つなぎかなんかの模様の間に、すみ子の手すさびらしく、目立たぬ色糸で英語の組み合わせ文字の刺繍《ししゅう》がしてあったのですが、それがIの字をSで包んだ形に出来ているのです。

「私は今までどうしても、この組み合わせ文字の意味がわからなかったのです」田中が云うのですね、「Sはなるほどすみ子の頭字かも知れませんが、Iの方は、実家の田中にも養家の北川にも当てはまらないのですからね。ところが、今ふっと気がつくと、あなたは栗原一造とおっしゃるではありませんか、イチゾウの頭字のIでなくてなんでしょう。写真といい、組み合わせ文字といい、これですっかり姉の思っていたことがわかりましたよ」

重ね重ねの証拠品に、私は嬉しいのか悲しいのか、妙に目の内が熱くなって来ました。そういえば、十数年以前の北川すみ子の、いろいろな仕草が、今となっては一々意味ありげに思い出されます。あの時あんなことを云ったのは、それでは私への謎《なぞ》であったのか。あの時こういう態度を示したのは、やっぱり心あってのことだったのかと、年甲斐《としがい》もないと笑ってはいけません、次から次へ、甘い思い出にふけるのでした。

それから、私達はほとんど終日、田中は姉の思い出を、私は学生時代の昔話を、事実が遠い過去のことであるだけに、少しも生々《なまなま》しいところはなく、又いや味でもなく、ただ懐かしく語り合いました。そして、別れる時に、私は田中にねだって、その懐中鏡と、すみ子の写真とを貰《もら》い受け、大切に、内ぶところに抱きしめて、家へ帰ったことでした。

考えて見れば、実に不思議な因縁と云わねばなりません。偶然浅草公園の共同ベンチで出逢った男が、昔の恋人の姉弟《きょうだい》であって、しかも、その男からまるで予期しなかったその人の心持を知るなんて、それも、私達が以前に逢っているのだったら、さして不思議でもないのですが、まるで見ず知らずの間柄で、双方相手の顔を覚えていたのですからね。

そのことがあってから、当分というものは、私はすみ子のことばかり考えて居りました。あの時私に、なぜもっと勇気がなかったかと、それもむろん残念に思わぬではありませんが、何をいうにも年数のたったことではあり、こちらの年が年ですから、そんな現実的な事柄よりは、単に何となく嬉しくて、又悲しくて、家内の目を盗んでは、形見の懐中鏡と写真とを眺め暮らし、夢のように淡い思い出にふけるばかりでした。

しかし、人間の心持は、何と妙なものではありませんか。そんなふうに、私の思いは、決して現実的なものではなかったのに、ヒステリー患者とは云いながら、これまでさして厭《いや》にも思わなかった家内のお園が、きわ立っていとわしくなり、すみ子が睡《ねむ》っている三重県の田舎町が、そこへ一度も行ったことがないだけに、不思議にもなつかしく思えるのですね。そして、しまいには、巡礼のようなつつましやかな旅をして、すみ子のお墓参りがして見たいとまで願うようになったものです。こんなふうの云い方をしますと、今になっては身体《からだ》がねじれるほどいやみな気がしますけれど、当時は、子供のような純粋な心持で、ほんとうにそれまで思いつめたものなんです。

田中から聞いた、彼女のやさしい戒名《かいみょう》を刻んだ石碑の前に、花を手向《たむ》け香をたいて、そこで一とこと彼女に物が云って見たい。そんな感傷的な空想さえ描くのでした。むろんこれは空想に過ぎないのです。たとえ実行しようとしたところで、当時の生活状態では、旅費を工面《くめん》する余裕さえなかったのですから……。

で、お話がこれでおしまいですと、謂《い》わば四十男のお伽噺《とぎばなし》として、たとえお惚気とは云え、ちょっと面白い思い出に相違ないのですが、ところが、実はこの続きがあるのですよ。それを云うと、非常な幻滅《げんめつ》で、まるきり他愛のない落とし話になってしまうので、私も先を話したくないのですけれど、でも、事実は事実ですから、どうも致し方がありません。なに、あんなことで自惚《うぬぼ》れてしまった私にとっては、いい見せしめかも知れないのですがね。

私がそんなふうにして、死んだすみ子の幻影を懐かしんでいたある日のことでした。ちょっとした手抜かりで、例の懐中鏡とすみ子の写真とを、私のヒステリーの家内に見つかってしまったわけなんです。それを知った時は、困ったことになった、これで又四、五日の間は、烈《はげ》しい発作《ほっさ》のお守《もり》をしなければなるまいと、私はいっそ覚悟をきめてしまったほどでした。ところが、意外なことには、その二品を前にして、私の破れ机の前に座った家内は、一向ヒステリーを起こす様子がないのです。そればかりか、ニコニコしながらこんなことを云うではありませんか。

「まあ、北川さんの写真じゃありませんか、どうしてこんなものがあったの。それに、まあ珍しい懐中鏡、ずいぶん古いものですわね。私の行李《こうり》から出て来たのですか、もうずっと前になくしてしまったとばかり思っていましたのに」

それを聞きますと、私は何だか変だなと思いましたが、まだよくわからないで、ぼんやりして、そこにつっ立って居りました。家内はさも懐かしそうに懐中鏡をもてあそびながら、

「あたしが、この組み合わせ文字の刺繍を置いたのは、学校に通っている頃ですわ、あなた、これがわかって」そういって、三十歳の家内が妙に色っぽくなるのですよ。「一造のIでしょう。園のSでしょう。まだあなたと一緒にならない前、お互いの心が変わらないおまじないに、これを縫ったのですわ。わかって。どうしたのでしょうね。学校の修学旅行で日光《にっこう》に行った時、途中で盗まれてしまったつもりでいたのに」というわけです。おわかりでしょう。つまりその懐中鏡は私が甘くも信じきっていたすみ子のではなくて、私のヒステリー女房のお園のものだったのです。園もすみも頭字は同じSで、飛んだ思い違いをしたわけです。それにしてもお園の持ち物がどうしてすみ子の所にあったか、そこがどうも、よくわかりません。で、いろいろと家内に問いただしてみましたところ、結局こういうことが判明したのです。

家内が云いますには、その修学旅行の折、懐中鏡は財布などと一緒に、手提《てさげ》の中へ入れて持っていたのを、途中の宿屋で、誰かに盗まれてしまった。それがどうも、同じ生徒仲間らしかったというのです。私も仕方なく、すみ子の弟との邂逅《かいこう》のことを打ち明けたのですが、すると家内は、それじゃこれはすみ子さんが盗んだのに相違ない。あなたなんか知るまいけれど、すみ子さんの手癖《てくせ》の悪いことは級中でも誰知らぬ者もないほどだったから。じゃ、きっとあの人だわと云うのです。

この家内の言葉が、出鱈目《でたらめ》や、勘違いでなかった証拠には、その時にはもう抜き出してなくなっていた、鏡の裏の私の写真のことを覚えていました。それも家内が入れておいたものなんです。多分すみ子は、死ぬまで、この写真については知らずに過ぎたものに相違ありません。それを彼女の弟が、気まぐれにもてあそんでいて、偶然見つけ出し、飛んだ勘違いをしたわけでしょう。

つまり、私は二重の失望を味わわねばならなかったのです。第一にすみ子が決して私などを思ってはいなかったこと、それから、もし家内の想像を真実とすれば、あれほど私が恋いしたっていた彼女が、見かけによらぬ泥棒娘であったこと。

ハハハハハ、どうも御退屈さま。私の馬鹿馬鹿しい思い出話は、これでおしまいです。落ちを云ってしまえば、此の上もなくつまらないことですけれど、それがわかるまでは、私もちょっと緊張したものですがね。

（『新小説』大正十五年六月号発表）

注1　五千円
現在の百万円程度。

注2　八幡の藪知らず
迷路のこと。千葉県市川市にある出られないという伝承のある森の名から。

注3　生人形
生きている人間のように見える精巧な細工の人形。見世物として興行された。

注4　土豪
その土地の豪族。地方の有力者。

注5　インバネス
ケープのついた丈の長い男性用のコート。

注6　桜木町八王子線
横浜線のこと。横浜線は八王子・東神奈川間だが、その先の横浜・桜木町まで乗り入れている。

注7　枢
戸締り用の木片。

注8　九寸五分
刃の長さが約二十九センチの短刀。

注9　丸火屋
ランプの火を覆う丸いガラス。

注10　五十円
　現在の十万円程度。
注11　細引
　細引き縄。麻などをよりあわせた細い縄。
注12　妲己のお百
　江戸時代中期に数々の悪事を働いた女。歌舞伎や講談により悪女の代名詞となった。
注13　鬼熊
　大正十五年に起きた殺人事件の犯人、岩淵熊次郎。愛人などを殺し、自殺した。新聞で全国的な話題となった。
注14　縲紲
　罪人として捕らえられること。
注15　ルンペン
　浮浪者。ホームレス。
注16　敷島
　国産タバコの銘柄。
注17　塩瀬
　塩瀬羽二重。帯などに用いる厚地の絹織物の一種。

『悪魔の紋章』解説

落合教幸

乱歩が同じ趣向を何度も使用することはよく知られている。長篇「妖虫」が、戦後に少年物の「鉄塔の怪人」として書き直されるような比較的単純なものだけではなく、犯罪の方法や人物の造形についても、以前の作品と近いものが用いられているのを、いくつも見つけることができる。

これは乱歩自身も述べているような発想の限界といった要因だけではなく、ある程度は乱歩が積極的に意図したものでもあった。乱歩は短篇については小説を書き直しながら完成度を上げていくタイプの作家であった。そしてトリックについては、同じトリックでも扱い方を工夫することで、新鮮な驚きを与えることができるという考えを持っていたことも重要である。

最初期の作品でも、例えば、数人が集まって順に話をしていくという「赤い部屋」の設定は、「鏡地獄」の冒頭でも使われている。さらには、晩年の「ぺてん師と空気男」で描かれるプラクティカル・ジョークの会にまで影響しているといえるだろう。

初期の中篇「パノラマ島奇談」は、見世物のように作られた世界の物語だが、のちに同様の趣向で「地獄風景」となっている。この二つの作品だけではなく、大金を持った犯罪者などが、自分の好みで埋め尽くされた王国をつくるというのは、乱歩が幾度も描いた設定である。その場所は、島であったり、地下であったり、あるいは部屋の中であったりもする。空想世界に遊ぶ「幻影の城主」を夢見た乱歩は、そのような世界の魅力を語りつつ、現実世界で彼らが敗れ去る姿も提示していった。

こうしたおそらく自身と直結した着想だけでなく、他作家の作品から得られた発想を、再利用していくこともしばしば行われる。乱歩は自作の源泉を明らかにすることをためらわなかったので、多くの先行作品が乱歩自身による解説で紹介されている。

江戸川乱歩という筆名に端的にあらわされているように、もちろんエドガー・アラン・ポーの影響は大きく、多くの作品で参照されている。「ホップ・フロッグ」から「踊る一寸法師」が生まれたように、探偵小説以外のポーの作品からも着想を得ている。

乱歩は「優れたトリックは、一度使っただけで捨ててしまわず、それを縦から見たり横から見たり裏から見たりしていると案外色々な使い途のあることを発見するものである（「楽屋噺」昭和四年）とかなり早い段階で書いている。こうした意識が、乱歩の

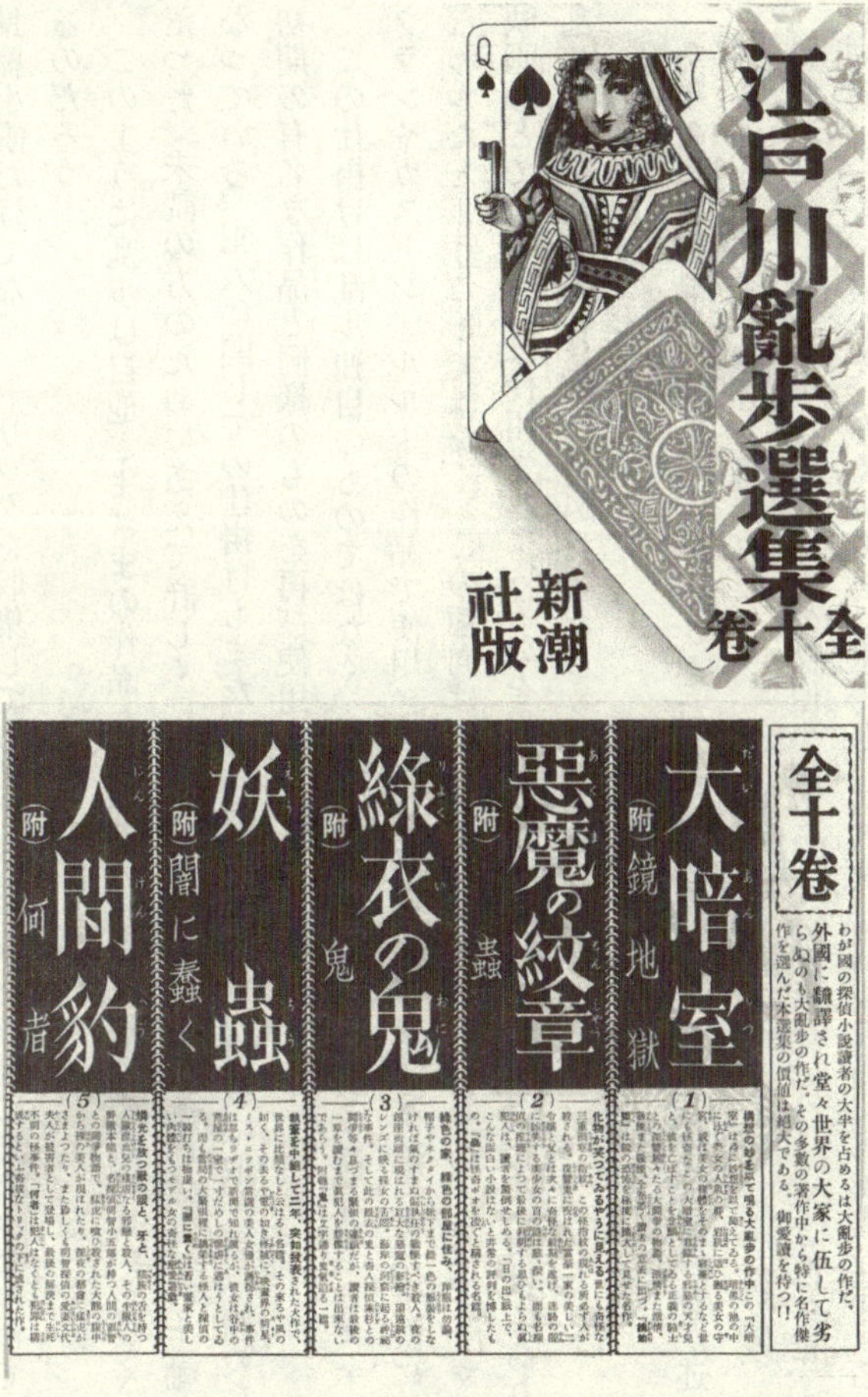

新潮社「江戸川乱歩選集」内容見本(『貼雑年譜』)

長篇小説だけでなく、トリックを収集して分類する、後年の評論にまでつながっているのだろう。

このように乱歩は自他さまざまの作品から取り入れた材料で小説を書いていくのだった。未読の方のためにあえて詳しくは書かないが、この「悪魔の紋章」の主軸となっている、犯人に関しての仕掛けもまた、乱歩が一般向けの長篇に取り組み始めた、初期の有名な作品と同様のものを再び使用している。

この仕掛けは乱歩独自のものではなく、乱歩も明かしているように、モーリス・ルブランやガストン・ルルーの作品で使用されていたものである。乱歩だけがそれにこだわったということではなく、この趣向は現代でも、ミステリにとどまらずドラマや映画などで、しばしば使用されているのを目にする。それだけ魅力的な仕掛けであり、乱歩もまたそのように考えていたのだろう。

乱歩の長篇作品は、「涙香とルブランを合わせたような」としばしば乱歩自身が述べているような味を意識して書かれた。

黒岩涙香《くろいわるいこう》は、明治二十年代に海外の探偵小説を日本の読者に向けて書き直した、翻案探偵小説を発表した。多くの読者を獲得し、のちの小説家たちにも影響を与えることになる。

モーリス・ルブランの怪盗アルセーヌ・ルパンのシリーズは、保篠龍緒《ほしのたつお》の訳で読まれていた。大正時代から翻訳は刊行され、一部は『新青年』にも掲載されている。昭和四（一九二九）年からは平凡社版の全集が刊行された。

雑誌『新青年』を中心として大正末に登場した、乱歩たち探偵作家が、短篇から長篇へと進んでいく際に参照されたのがこれらの作家だった。そのなかでも乱歩は、これらを意識的に吸収して、長篇小説のモデルとしていったことを多くの文章に書いている。

これまでいくつかの乱歩文庫解説でも述べてきたように、昭和十（一九三五）年前後に探偵小説が「第二の山」を迎えた際、乱歩は小説の実作ではなく、全集の編纂や評論によって貢献する道を選んでいる。

乱歩は昭和十年九月から雑誌『ぷろふいる』に評論「鬼の言葉」を連載、翌十一（一九三六）年に単行本が刊行される。乱歩はここで、甲賀三郎《こうがさぶろう》が主張するような厳格な探偵小説論ではなく、しかし怪奇小説や犯罪小説などを広く含んだものとも異なった、乱歩なりの探偵小説観を提示した。

新潮社「江戸川乱歩選集」『大暗室』『悪魔の紋章』新聞広告
(『貼雑年譜』)

日本の探偵小説については、『日本探偵小説傑作集』を編み、長文の探偵小説論、作家論を書いた。同時期に柳香書院の「世界名作探偵全集」にも携わって、海外探偵小説の紹介にも尽力している。また『世界文芸大事典』の探偵小説観連の項目の執筆にもあたった。

こうした背景には、乱歩が少し前から海外の探偵小説に再び関心を持ち始めたことがあった。これには、『ぷろふいる』で活躍した評論家であり翻訳家の、井上良夫《いのうえよしお》の影響が大きかったと乱歩は振り返っている。特に井上との手紙でのやり取りは、「赤毛のレドメイン家」についてなど、乱歩に新しい知識をもたらすことにもなった。井上は海外の探偵小説に詳しく、「赤毛のレドメイン家」のフィルポッツだけでなく、のちにエラリー・クイーンであることが判明するバーナビー・ロスの「Yの悲劇」、クロフツ「樽」などを紹介した。これらはのちに乱歩が海外探偵小説のベストテンを選定する際の中心となっている。

乱歩がその頃に吸収した欧米探偵小説の知識は、それ以後の長篇小説にも影響していった。昭和十一年の「緑衣の鬼」は、その「赤毛のレドメイン家」を書き直したものである。昭和十四(一九三九)年の「幽鬼の塔」は、シムノンの「サン・フォリアン寺院の首吊人」の筋を利用している。戦後の「三角館の恐怖」は、スカーレット「エンジェル家の殺人」の舞台を日本にして翻案したものである。

また、昭和十四年の「暗黒星」「地獄の道化師」は、乱歩が「荒唐無稽」と書いているように、現実性からは遠い物語である。そして時局的に書けるものが制限されていたこともあり、乱歩にしてはやや淡泊な印象も感じられる作品になっている。しかし、一方で両作品の「犯人の隠し方」「犯人の意外性」を乱歩はのちに自ら再評価している。そうした工夫に、海外探偵小説の影響を見ることもできるだろう。


この「悪魔の紋章」は、雑誌『日の出』に昭和十二(一九三七)年九月から翌十三(一九三八)年十月まで連載された。この『日の出』には以前「黒蜥蜴」を連載している。そして、後に「幽鬼の塔」と「偉大なる夢」を連載することになる雑誌でもある。

「悪魔の紋章」も乱歩の他の作品と同様に、乱歩の過去の作品や海外の探偵小説から多くを取り入れている作品である。ルブランの「虎の牙」や「赤い絹のマフラー」などに多くを負っていることを、光文社文庫版の解説で新保博久《しんぽひろひさ》が指摘している。

また、乱歩のいくつもの作品に登場する見世物小屋がこの作品でも使われているが、ここにはさらにさまざまな鏡を使用した部屋も存在する。「何かの本で、人間を鏡の部屋にとじこめて発狂させた話を読んだことがあった」と乱歩の「鏡地獄」を想起さ

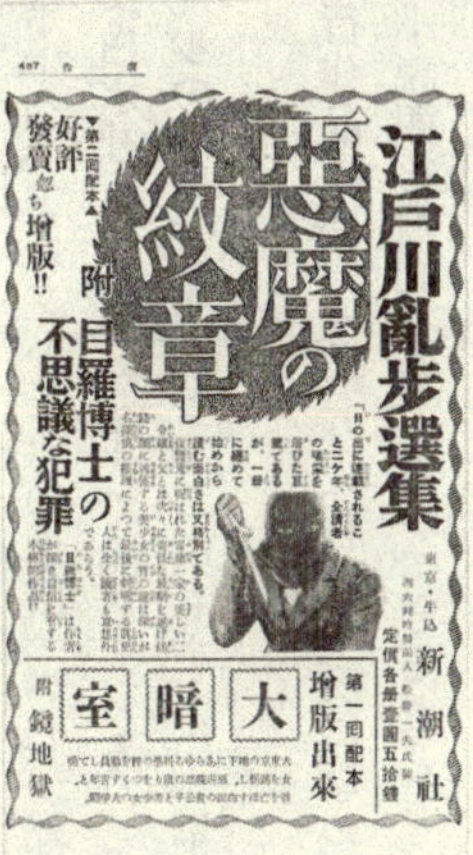

新潮社「江戸川乱歩選集」『悪魔の紋章』雑誌広告（『貼雑年譜』）

せる記述もされている。

パノラマ的な部分については、登場人物のひとりに「昔、パノラマという見世物があってね、そのパノラマへ入る通路が、やっぱりこんなだったよ。この闇が、つまり現実世界との縁を絶つ仕掛けなんだ。そうして置いて、全く別の夢の世界を見せようというのだね。パノラマの発明者は、うまく人間の心理を摑んでいた」と語らせている。これは「パノラマ島奇談」、そしてさらにポーの「アルンハイムの地所」へとつながっていくことは柏木《かしわぎ》博《ひろし》が『探偵小説の室内』(白水社、二〇一一年)で論じている。他にも、生きたまま埋葬される話は、乱歩の「白髪鬼」から、これもポーの「早すぎた埋葬」へとさかのぼることができる。

このように、「悪魔の紋章」は多くの先行作品の要素を取り入れた小説になっている。その選択と配置、描き方に乱歩の探偵小説観を垣間見ることができるだろう。

もう一篇の「モノグラム」は、初期の短篇のひとつで、春陽堂の雑誌『新小説』大正十五(一九二六)年六月号に掲載された。いくつかある、乱歩の暗号を使った恋愛もののひとつである。また、うまくいくかどうかは運次第という「プロバビリティ」ものにも通じる面も持っている。

監修／落合教幸
協力／平井憲太郎
立教大学江戸川乱歩記念大衆文化研究センター

本書は、『江戸川乱歩全集』（春陽堂版　昭和29年～昭和30年刊）収録作品を底本としました。旧仮名づかいで書かれたものは、なるべく新仮名づかいに改め、筆者の筆癖はそのままにしました。漢字は変更すると作品の雰囲気を損ねる字は正字体を採用しました。難読と思われる語句には、編集部が適宜、振り仮名を付けました。

本文中には、今日の観点からみると差別的、不適切な表現がありますが、作品発表当時の時代的背景、作品自体のもつ文学性、また筆者がすでに故人であるという事情を鑑み、おおむね底本のとおりとしました。

説明が必要と思われる語句には、最終頁に注釈を付しました。

（編集部）

江戸川乱歩文庫
悪魔《あくま》の紋章《もんしょう》
著　者　江戸川乱歩《えどがわらんぽ》

2019年8月30日　初版第1刷　発行

発行所　株式会社　春陽堂書店
104-0061　東京都中央区銀座3-10-9
KEC銀座ビル9F
編集部　電話03-6264-0855

発行者　伊藤良則

印刷・製本　株式会社マツモト

ISBN978-4-394-30171-4 C0193